BIRGIT RINGLEIN

Wenn der Winter stirbt – Der Fasalecken-Mord

MORD BEIM FASALECKEN-UMZUG Im beschaulichen Baiersdorf am Rande der Fränkischen Schweiz vollzieht sich jedes Jahr das gleiche Ritual: Die Effeltricher Fasalecken jagen die Winterbären aus dem Ort. So soll die dunkle Jahreszeit vertrieben werden. Auch an diesem Faschingssonntag strömen zahlreiche Besucher in die kleine Stadt, um sich das bunte Treiben anzuschauen. Der Umzug beginnt, die Stimmung ist ausgelassen, als vor den Augen der Zuschauer plötzlich ein Winterbär in Flammen steht. Schnell ist klar, dass es kein Unfall, sondern kaltblütiger Mord war. Fast zufällig schlittern die Kleinstadtpolizisten Evita Emmerling und Ludger Dauer in die Ermittlungen von Kommissarin Nadia Drissi, die mit der Aufklärung dieses kniffligen Falls ihre Bewährungsprobe bei der Mordkommission Erlangen bestehen muss.

Die gebürtige Bayreutherin Birgit Ringlein absolvierte in den USA eine zweijährige Ausbildung zur Fremdsprachenkorrespondentin und war anschließend in Nordafrika als Geschäftsführerin für ein tunesisches Unternehmen tätig. Im Jahr 2000 kehrte sie nach Bayreuth zurück. Drei Jahre lang war sie Vorstandsmitglied der Uni-Gourmets e. V. Bayreuth. Seit 2010 engagiert sie sich als Mitglied der »Genussregion Oberfranken«. Ihre Liebe zum fränkischen Dialekt, fränkischem Essen und der Fränkischen Schweiz beschreibt Birgit Ringlein in einer Reihe von Sachbüchern über die regionale Küche. Wenn sie nicht am PC sitzt, um historische Romane oder Krimis zu schreiben, steht sie am Herd und kocht Rezepte aus Großmamas Feder nach.

© privat

BIRGIT RINGLEIN

Wenn der Winter stirbt –
Der Fasalecken-Mord

KRIMINALROMAN

GMEINER

Die automatisierte Analyse des Werkes, um daraus Informationen insbesondere über Muster, Trends und Korrelationen gemäß § 44b UrhG (»Text und Data Mining«) zu gewinnen, ist untersagt.

Immer informiert

Spannung pur – mit unserem Newsletter informieren wir Sie regelmäßig über Wissenswertes aus unserer Bücherwelt.

Gefällt mir!

Facebook: @Gmeiner.Verlag
Instagram: @gmeinerverlag

Besuchen Sie uns im Internet:
www.gmeiner-verlag.de

© 2024 – Gmeiner-Verlag GmbH
Im Ehried 5, 88605 Meßkirch
Telefon 0 75 75 / 20 95 - 0
info@gmeiner-verlag.de
Alle Rechte vorbehalten
1. Auflage 2024

Lektorat: Claudia Senghaas, Kirchardt
Herstellung: Mirjam Hecht
Umschlaggestaltung: U.O.R.G. Lutz Eberle, Stuttgart
unter Verwendung eines Fotos von: © Dr. Rüdiger Hess,
geo-selectfotoart.de
Druck: GGP Media GmbH, Pößneck
Printed in Germany
ISBN 978-3-8392-0658-4

VORBEMERKUNG

Dieses Buch ist ein Roman und von der ersten bis zur letzten Seite ein Produkt meiner Fantasie. Er spielt zwar an real existierenden Schauplätzen wie den Städten Erlangen, Forchheim, Baiersdorf und der Ortschaft Effeltrich, aber ich habe mir die Freiheit genommen, diese so zu verändern, dass sie zum Verlauf meiner Geschichte passen. Ich hoffe, dass die Leserinnen und Leser, die in diesen Orten leben, mir das nicht übelnehmen.

Alle Personen und Handlungen sind frei erfunden. Ähnlichkeiten mit lebenden oder toten Personen sind unbeabsichtigt und rein zufällig. Weder die Einwohner der Stadt Baiersdorf noch die der Ortschaft Effeltrich sind mit den Figuren im Buch identisch.

Den *Fasalecken*-Umzug am Faschingssonntag gibt es wirklich. Er ist ein sehenswertes Spektakel mit einer mehr als 100-jährigen Tradition.

Gut ist der Reichtum,
wenn keine Schuld an ihm klebt

Jesus Sirach

KAPITEL 1

6. Februar, zwölf Tage vor dem Fasalecken-Umzug

Am meisten nervt mich im Februar das Wetter. Nasskalte Novembertage stecke ich locker weg genau wie graue Dezembervormittage oder eisige Januarnächte. Aber Anfang Februar ist dann Schluss mit lustig, da warte ich nur noch aufs Frühjahr, starre jeden Morgen erwartungsvoll aus dem Fenster und hoffe, dass sich im mickrigen Hinterhofbeet die ersten Schneeglöckchen aus dem gefrorenen Erdreich schieben. Aber nix da, da kann ich lang schauen. Im Februar ist es in unserer Gegend noch saukalt, es herrscht tiefster Winter mit Schneestürmen, vereisten Straßen und schneidendem Nordwind, der durch menschenleere Straßen pfeift und leere Chipstüten, achtlos weggeworfene Bierdosen und anderen Müll vor sich hertreibt. Total trostlos, irgendwie.

So wie heute Morgen. Es ist 6.45 Uhr in der Früh, dicke, feuchte Flocken fallen vom Himmel, und ich stehe frierend am Fenster unseres Polizeipostens und klammere mich an meine dampfende Kaffeetasse, in der Hoffnung, draußen etwas, oder besser noch jemanden, zu entdecken, der meine Laune um ein paar Zentimeter heben könnte. Aber der Einzige, der in mein Blickfeld torkelt, ist der Wirtshausschläger Leo Poldner, das versoffene Überbleibsel der »Friedens- und Klimademo«, auf der gestern am frühen Abend ein paar traurige Gestalten Wind und Wet-

7

ter getrotzt haben, um lautstark mit selbst gemalten Papp-schildern herumzuwedeln, bis diese der Nässe wegen zu feuchten Haufen zusammengefallen sind. Wahrschein-lich wollten die paar Klimahansel nur checken, ob es sich lohnt, am Glühweinstand festzukleben. Keine Chance, weil der Wein nur ein billiger Fusel, lauwarm, zuckersüß und viel zu teuer war. Deswegen sind die Klimakteri-ker, wie ich sie für mich nenne, nach einer halben Stunde wieder heim vor die warme Ölheizung gekrochen, und mein Kollege und ich sind in unsere gut geheizte Amts-stube zurückgefahren. Nur Klimaaktivist Poldner hat in Gesellschaft einer mittlerweile fast leeren Wodkaflasche tapfer bis heute Morgen durchgehalten.

Jetzt umschlingt er mit einem Arm den Laternenpfahl, um ein paar Minuten zu verschnaufen und sich einen Schluck Schnaps in den Hals zu gießen. Dabei fällt sein Blick auf mich, weil meine Silhouette im diffusen Däm-merlicht von der Straße aus bestimmt gut sichtbar ist, wenn hinter mir die Schreibtischlampe brennt. Einen Moment lang glotzt er mich aus triefenden Säuferaugen an, dann dreht er sich um, zieht seine schmierige Jeans bis an die Knie hinunter und streckt mir seinen schlaf-fen weißen Altmännerarsch entgegen. »Mooning« nen-nen das die Amerikaner, wenn jemand auf diese Art seine Missachtung ausdrückt. Wenn der Tag schon mit solchen Einblicken beginnt, wie bitteschön soll er dann enden, frage ich mich. Eigentlich müsste ich jetzt hinausgehen und den Poldner wegen Erregung öffentlichen Ärgernis-ses festnehmen, aber dazu fehlt mir die Energie. Wenn ich ihn in unsere einzige Zelle sperre, kotzt er bestimmt alles voll. Und wer macht dann sauber? Richtig, POM Emmerling.

POM Emmerling, das bin nämlich ich, und ich glaube, jetzt ist der richtige Zeitpunkt, mich vorzustellen. Mein Name ist Evita Emmerling, Polizeiobermeisterin im Polizeiposten Baiersdorf am Rande der Fränkischen Schweiz. Evita Emmerling, das klingt so pseudo-exotisch wie Fatima Holzapfel, und ich weiß bis heute nicht, was sich meine Eltern bei dieser Namenskombination gedacht haben. Vielleicht waren sie bei der Namensfindung bekifft, keine Ahnung.

Als ich mit 28 geheiratet habe, hätte ich nur zu gern den Namen meines Göttergatten angenommen, aber Evita Muschelknauz klingt, wenn möglich, noch bescheuerter als Evita Emmerling. Deswegen habe ich meinen Mädchennamen behalten, sehr zum Ärger meines Mannes, den übrigens alle nur »Muschikauz« nennen. Mit einem solchen Namen kannst du dir doch nirgendwo Respekt verschaffen, vor allem nicht als Frau, vor allem nicht bei uns auf dem Land. Polizeiobermeisterin Muschikauz, also ehrlich. Aber das ist mittlerweile eh Schnee von gestern, weil ich seit zwei Jahren glücklich geschieden bin.

Ich, POM Emmerling, 42, mittelgroß, mittelschlank, mittelblond (drei blaue Sterne, 2. Qualifikationsebene), bekennende Singlefrau, leite seit vier Jahren unseren kleinen Polizeiposten. Mir zur Seite steht Polizeioberwachtmeister (POW) Ludger Dauer, 23 Jahre, athletisch, gut aussehend (ein blauer Stern, auch 2. Qualifikationsebene), seit der Grundschule in Olgas festen Händen. Unser gemischtes Doppel ist von 7 Uhr morgens bis abends 18.30 Uhr im Dienst, wobei wir uns auf eine Art Schichtdienst geeinigt haben, damit wir nicht nahezu zwölf Stunden am Stück im Einsatz sind. Ich bin zeitig in der Früh im Büro, weil ich den kürzeren Arbeitsweg habe, der Ludger kommt irgendwann nach 8 Uhr bei Wind und Wetter mit dem Mountainbike angeradelt. Dafür ist für mich um 5 Uhr nachmittags Schicht im Schacht, und der Ludger hält die Stellung bis Dienstschluss. In Notfällen bin ich aber auch spätabends noch für unsere Bürger ansprechbar, weil ich – ähnlich wie die selige Queen – über dem Shop in einer Dienstwohnung hause. Zwar nicht ganz so königlich wie sie, aber genauso ungern, weil man ständig mit Störungen jeder Art rechnen muss. Wie die Queen, die laut der *Yellow Press* lieber in Clarence House gewohnt hätte, würde ich auch ein anderes Domizil vorziehen. Der Polizeiposten ist in einem alten Backsteingebäude untergebracht, das viel Ähnlichkeit mit dem aus der Serie *Mord mit Aussicht* hat und zentrumsnah in der Forchheimer Straße liegt. Ich würde ja lieber am Rathausplatz in einem der malerischen Fachwerkhäuser aus dem vorigen Jahrhundert residieren, aber Job und Wohnung gehören in diesem Polizeiposten nun mal zusammen. Trotz allem ist meine Wohnung, bestehend aus zwei großen Räumen, einer Wohnküche und einem altmodischen Bad, ganz kuschelig, und mein Weg zur Arbeit erfreulich kurz.

Baiersdorf ist ein idyllisches Städtchen, das genau zwischen der Universitätsstadt Erlangen und der Königsstadt Forchheim liegt. Dort befindet sich auch die nächstgelegene Polizeistation mit mehreren Beamten, an die wir uns im Notfall wenden können. Notfall? Welcher Notfall denn, bitteschön? Unsere ermittlerischen Aufgaben beschränken sich fast ausschließlich auf Ladendiebstähle im Lebensmittelladen von Oma Ruprecht, Falschparken vor der Mittelschule oder Wildbieseln an der Friedhofsmauer. Manchmal werden wir auch gerufen, wenn es im oder vor dem Wirtshaus zu körpernahen Kontakten in

Form einer Rauferei kommt, aber das erledigt sich meistens von allein, und wir fungieren dabei eher als Zuschauer. Meist hat der Poldner bei solchen Aktionen seine Fäuste im Spiel, wenn er nicht gerade bei Nachbarn Fenster einschlägt, Autoscheibenwischer herausreißt oder einen Vorgarten zertrampelt, weil er sich vom Eigentümer belästigt oder beleidigt fühlt. Das ganze Städtchen freut sich, wenn er wieder einmal für ein paar Monate in die JVA einfährt, denn dann herrscht in Baiersdorf ein geradezu paradiesischer Frieden.

Obwohl Baiersdorf seit dem Jahr 1353 Stadtrechte besitzt, ist es eigentlich eher ein großflächiges Dorf als eine echte Stadt. Baiersdorf ist bekannt für den besten und schärfsten Meerrettich Deutschlands. Früher gab es hier das weltweit einzige Meerrettich-Museum, aber das hat seit Kurzem geschlossen. Ansonsten hätten wir im kulturellen Bereich Ende September den Krenmarkt zu bieten oder Anfang Dezember den Adventsmarkt. Und seit 20 Jahren wird bei uns die Meerrettichkönigin gekrönt. Bei der Jugend heißt das Event nur das *Miss Meerrettich Monitoring,* abgekürzt MMM, dem vor allem die weiblichen Schönheiten aufgeregt entgegenfiebern. Ach ja, unser größtes Highlight, den *Fasalecken*-Umzug am Faschingssonntag, hätte ich um ein Haar vergessen, obwohl es in zwei Wochen wieder einmal soweit ist. Junge Effeltricher Burschen mit bunten Hüten treiben den Winter in Gestalt von *Strohbären* durch Baiersdorf, um ihn dort mit viel Geschrei und Tamtam zu verbrennen, ein Spektakel, das Besucher aus der ganzen Region in unser Städtchen lockt. Faschingssonntag ist wirklich jeder mit dabei, der sich auf den Beinen halten kann, vom Kleinkind bis zum Opa. Zu unserer Überraschung erschienen nach den verschiedenen

Corona-Lockdowns so viele Besucher zu dem Event, dass wir im letzten Jahr Kollegen aus Forchheim anfordern mussten, die uns bei den Straßensperren und der Begleitung des Umzugs zur Hand gingen. Ein Menschenauflauf war das, so was kann sich keiner vorstellen. Weit mehr als 1000 Zuschauer strömten aus Erlangen, Bayreuth, Bamberg, Nürnberg und Ansbach ins beschauliche Baiersdorf, um beim *Fasalecken*-Treiben dabei zu sein. Nicht schlecht für ein kleines Städtchen, würde ich meinen.

Während ich den Poldner dabei beobachte, wie er mit erhobener Faust den vorbeifahrenden Autos Flüche hinterherbrüllt, wird die Tür aufgerissen, und ein eisiger Windstoß fegt den Ludger in die Amtsstube.

»Servus, Evita!«, grüßt er zu mir her, bevor er seinen Sportrucksack auf den Schreibtisch knallt. »Gibt's da draußen wohl was Interessantes zu sehen?«

Ich schüttle den Kopf und lasse mich auf meinen Bürostuhl fallen, gespannt auf das nun folgende Schauspiel. Denn jetzt schält sich der Ludger aus seiner wetterfesten Luxus-Outdoor-Jacke. Darunter trägt er, wie jeden Tag, ein Franken-T-Shirt, heute mit dem Aufdruck: »Droll di, du Doldi«, was auf Deutsch so viel heißt wie: Hau ab, du Idiot. Der Ludger ist Franke mit Leib, Herz und Seele, der seine Gesinnung am liebsten auf allerlei merkwürdigen Bekleidungsstücken zur Schau stellt. Mir wurscht, solange er darüber seine Uniform trägt.

Er schlüpft rasch in sein Diensthemd, dann packt er seine Tasche aus, und das ist für mich jedes Mal wie Weihnachten. Wasserflasche, Thermoskanne, drei Tupperdosen, zwei Proteinriegel, zwei zuckerfreie Skyr und eine Bäckertüte. Die Olga sorgt gut für ihren Kerl, das muss man ihr lassen. Jeden Tag hat mein Kollege Proviant für mindestens drei bis vier Personen im Gepäck. Das trifft sich hervorragend, weil ich eher eine phlegmatische Hausfrau bin, die äußerst ungern zum Einkaufen geht und sich statt dessen lieber von fettigen Burgern, Döner, Weißbier und Cola als von Gemüsesticks und Quark ernährt. Der Ludger, oder eigentlich seine Olga, sorgt dafür, dass meine Ernährungsbalance einigermaßen im Gleichgewicht bleibt.

»Was hat dir deine Olga denn heute Schönes eingepackt?«, will ich wissen, beuge mich vor und starre heißhungrig auf die Leckerbissen, die auf dem gegenüberstehenden Schreibtisch ausgebreitet werden.

»Hm, schau mer mal«, murmelt mein Kollege, reißt die Papiertüte auf und öffnet eine Plastikdose nach der anderen. »Also, da hätten wir Schnittlauchfrischkäse, fettreduzierten Emmentaler und Gouda, vier Hackfleischküchle aus Bio-Rinderhack, ein paar Scheiben Roastbeef, 100 Gramm Putenschinken, dreierlei Gemüsesticks, Babykarotten, zwei Äpfel, Laugenstangen und Körnersemmeln. Außerdem stilles Wasser und entkoffeinierten Kaffee. Reicht das?«

»Kommt wohl noch wer zum Frühstück?« Das ist jeden Tag mein Standardtext angesichts der Köstlichkeiten, die sich auf Ludgers Schreibtisch türmen, während mir bei ihrem Anblick schon der Zahn tropft.

»Ja, meine Chefin, die Polizeiobermeisterin Emmerling, die offensichtlich keinen eigenen Kühlschrank besitzt und deshalb jeden Tag bei ihrem Kollegen Essen schnorrt«, antwortet der Kollege trocken, genau wie jeden Morgen. Dann zieht er die neueste Ausgabe von *Men's Health* hervor und macht es sich am Schreibtisch bequem.

»Ich verstehe nicht, wie du bei den Unmengen Essen, die du ständig in dich hineinstopfst, so schlank bleibst«, murre ich und knabbere an einer Karotte, so als wollte ich mich heute beim Frühstück vornehm zurückhalten.

»Wenn du nicht so eine ausgemachte Bewegungslegasthenikerin wärst, sondern wie ich jeden Morgen zehn Kilometer laufen und regelmäßig trainieren würdest, könntest du so viel essen, wie du willst, und dir deine seltsamen Diätexperimente sparen. Ich hab noch nicht bemerkt, dass du auch nur ein Gramm abgenommen hast, eher das Gegenteil.«

Beleidigt leg ich das angebissene Hackfleischküchle zurück auf den Teller. Muss ich mir von dem Fitness-Schnösel wirklich sagen lassen, ich sei zu fett? Bei derart unsensiblen Kommentaren vergeht mir schlagartig der Appetit.

Mit knurrendem Magen beobachte ich, wie mein Kollege genüsslich ein belegtes Weckla nach dem anderen verdrückt, während ich genügsam an einem weißgrauen Schokoriegel knabbere, den ich ganz hinten in der Schreibtischschublade gefunden habe. Von wegen, ich würde mich nicht um meine Ernährung kümmern!

»Isst du das noch?« Bevor ich den Teller wegziehen kann, schnappt sich der Ludger mein angebissenes Hackfleischküchle und verschlingt es.

Verärgert räuspere ich mich. Der Ludger schluckt grinsend den letzten Bissen hinunter, dann will er wissen: »Also, Frau Kollegin, was liegt an?«

»Was soll schon anliegen? Same procedure as every day. Wir drehen unsere Runde wie jeden Tag. Aber danach sollten wir uns Gedanken machen, wie wir den *Fasalecken*-Umzug ordnungsgemäß absichern. Außerdem müssen wir die Forchheimer informieren, dass wir dabei auch in diesem Jahr ihre Unterstützung brauchen.«

Der Ludger wischt sich Mund und Hände an einer Serviette ab und schaut mich dabei fragend an.

»Na ja, wir zwei allein werden es wohl kaum schaffen, ein paar 1000 Zuschauer im Auge zu behalten«, meine ich, stehe auf und nehme meinen Parka mit der Aufschrift »Polizei« von der Wandgarderobe. Auch der Ludger macht sich zum Aufbruch bereit.

Ich befestige das Schild »Vorübergehend geschlossen« inklusive meiner Mobilfunknummer an der Tür. Die Baiersdorfer kennen das schon. Wenn wir unsere obligatorischen Runden im Ort drehen, sind wir nur telefonisch erreichbar.

Wie immer dauert es, bis der Schrotthaufen, der unserem Polizeiposten zur Verfügung steht, in die Gänge kommt. Bergab und mit Rückenwind erreicht er spielend eine Geschwindigkeit von 100 Stundenkilometern. Kritisch wird es erst, wenn es bergauf geht. Wahrscheinlich wären wir mit einem Tretroller schneller, aber das macht halt nicht so viel her, wenn die Polizei mit einem Kinderfahrzeug vorfährt. Außerdem, wo sollten wir denn am Tretroller das Blaulicht befestigen?

Im Schneckentempo schaukeln wir die Forchheimer Straße entlang in die Jahnstraße, biegen rechts ab in die Bürgermeister-Fischer-Straße, der wir bis zur Einmündung in die Erlanger Straße folgen. Nach ein paar Metern fahren wir Richtung Möhrendorf und dann entlang des Main-Donau-Kanals bis nach Kleinseebach. Dort nehmen wir die ERH5, die uns an der Kreuzung Linsengrabenstraße/Schmalzgasse zurück nach Baiersdorf bringt. Es ist kaum Verkehr, nur ab und zu kommt uns ein Fahrzeug entgegen. Die Kids sind in der Schule, die Eltern am Arbeitsplatz. Die Rentner räumen die Supermarktregale leer. Apropos Supermarkt, da fällt mir etwas ein.

»Fahr noch am *Edeka*-Markt und am *Rewe* vorbei«, bitte ich den Ludger, der schon Richtung Schreibtisch abbiegen will, weil die Supermarktparkplätze die bevorzugten Ecken der Schulschwänzer sind, um dort ihren geklauten Schnaps zu konsumieren. Und richtig, auf dem *Rewe*-Parkplatz stehen der Straßer und sein Kumpel Thümmler, beide mit einer Kippe im Mundwinkel und einer Flasche, die zwischen ihnen kreist. Die beiden sind Radaubrüder und anerkannte Schulverweigerer mit gestörtem Sozialverhalten, denen kein Schulsozialarbeiter oder schulpsychologische Beratung helfen kann. Ich weiß nicht, wie oft wir die zwei schon an der Mittelschule abgeliefert haben. Genützt hat es nichts, weil wir sie nach ein paar Tagen wieder vor einem Supermarkt oder dem Alten Rathaus aufgegriffen haben. Heute ist es wieder einmal so weit.

Der Ludger wendet und fährt so dicht an die zwei Schwachköpfe heran, dass sie gezwungen sind zurückzuspringen, wenn sie keinen Wert auf platt gefahrene Entenfüße legen. Ich kurble das Fenster herunter und lehne mich hinaus.

»Na, Männer, habt ihr eine Freistunde?«, frage ich zuckersüß.

»Schau mal, Lenny«, grinst der Straßer und bläst mir den Rauch seiner Zigarette ins Gesicht. »Die Bulette und ihr HiWi. Was die wohl von uns wollen?«

Inzwischen steigt der Ludger aus, schlendert zu den Kerlen hinüber, baut sich vor ihnen auf und schaut aus einem Meter 86 verächtlich auf sie hinunter.

»Das kann ich dir sagen, du Zwerg!«, brüllt er dem Straßer ins Gesicht, dass dem vor Schreck die Kippe von der Unterlippe rutscht. »Einsteigen, aber zackig!«

Widerstandslos lassen sich die zwei auf die Rückbank schubsen. Ich hab natürlich längst die Flasche unter dem Thümmler seinem Hoodie bemerkt. Sobald der Ludger wieder hinter dem Lenkrad sitzt, drehe ich mich zu den beiden Helden um und erkläre ihnen langsam, deutlich und zum Mitschreiben:

»Also, ihr habt jetzt die Wahl. Entweder bringen wir euch in die Schule, wo ihr bleibt, bis der Unterricht beendet ist, und euch fleißig mit Geografie, Deutsch und Geschichte beschäftigt, oder wir liefern euch nacheinander bei euren Erziehungsberechtigten ab. Mit dir, Thümmler, fangen wir an«, verspreche ich und schenke den beiden mein freundlichstes Haifischlächeln.

Vor lauter Schreck lässt der Bengel einen Rülpser fahren, schweigt aber ansonsten zu meinem Vorschlag. Im Wagen herrscht gespannte Stille. Ich warte.

»In Ordnung, Freunde der gepflegten Unterhaltung«, entscheide ich nach etwa einer Minute. »Dann mal los, Ludger. Du kennst ja den Weg zur Edelbrennerei Thümmler.«

Noch während mein Kollege den Wagen startet, höre ich von hinten eine kleinlaute Stimme:

»Das meinen Sie doch nicht im Ernst, Frau Emmerling, oder?«

»Siehst du mich lachen, Lenny?«, knurre ich.

»Bitte nicht heim zu mir. Mein Vater schlägt mich tot, wenn er erfährt, dass ich schon wieder nicht in der Schule war, vor allem, weil wir heute doch Mathe schreiben.«

In Zeitlupe wende ich mich um, greife ihm unter sein Hoodie und ziehe die Flasche hervor.

»Und was meinst du, wie dein Alter erst ausrastet, Lennart, wenn ich ihm eine Flasche seines teuersten Gins unter die Nase halte? Weiß er, dass du seine besten Schnäpse aus dem Lager klaust? Ganz sicher nicht. Er wird ganz schön ausrasten, schätze ich, wenn er das erfährt.«

Der Kerl wird kreidebleich, während er zu einem Häufchen Elend zusammensackt, und ich kann mir denken, warum. Vater Thümmler ist einer der ganz alten Schule, der seinen Nachwuchs nach dem Motto erzieht: erst schlagen, dann fragen. Der rammt den Lenny ungespitzt in den Boden, wenn ich ihm vom Schnapsdiebstahl und der anschließenden Freizeitgestaltung seines Sprösslings erzähle. Ich glaube, da ist ein Tag in der Schule die schmerzlosere Alternative. Auch der Straßer Nico nickt ganz verzagt. Seine Eltern betreiben eine Wollfabrikation und haben wenig Zeit, sich um ihren renitenten Filius zu kümmern. Sein Vater schlägt zwar nicht, hat aber schon beim letzten Schulverweis gedroht, seinen Nachwuchs in einem renommierten Internat einzuquartieren, wenn der weiterhin Mist baut. Das Ende der Fahnenstange könnte durchaus heute erreicht sein. Dann bye-bye Baiersdorf und *dolce far niente* mit den feierfreudigen Kumpels.

Während der Ludger im Auto wartet, begleite ich die beiden Übeltäter ins Sekretariat. Hinter dem Schreibtisch thront Schulsekretärin Mechthild Kress, die in der Mittelschule seit der Kreidezeit das Zepter schwingt und wahrscheinlich schon dem T-Rex das Fürchten gelehrt hat. Sie kennt sich aus und hat bereits alles gesehen und erlebt; nichts kann sie mehr erschüttern.

»Die Herrschaften haben darauf bestanden, Herrn Rektor Nöther persönlich einen guten Morgen zu wünschen und ihm zu versichern, wie gern sie heute die Mathearbeit mitschreiben würden.«

Wortlos weist sie auf die geöffnete Tür ins Rektorat. Ich

schiebe die beiden Delinquenten vor mir her, warte, bis sie sich gesetzt haben, und schließe dann mit Nachdruck die Tür hinter mir.

»Geh ruhig, Evita, du brauchst nicht zu warten. Mit den Knaben da drin werd ich schon allein fertig«, schnarrt Frau Kress. »Oder haben die beiden etwas angestellt, das du Herrn Nöther persönlich mitteilen willst?«

»Nein, keine besonderen Vorkommnisse, alles wie immer. Tschüs, Frau Kress!« Ich tippe an den Schirm meiner Mütze und verabschiede mich. Die Schulsekretärin und ich sind alte Bekannte, seit ich vor mehr als 27 Jahren an der Mittelschule mein Unwesen getrieben habe. Sie kann sich wahrscheinlich noch an die zahlreichen Verweise erinnern, die ich mir während meiner Schulzeit wegen diverser Vergehen eingefangen habe.

Auf dem dunklen Gang Richtung Treppe beginnt mein Handy zu vibrieren. Als ich abnehme, teilt mir Frau Ruprecht aus dem Tante-Emma-Laden aufgeregt mit, dass Opa Schmidt in ihrem Geschäft wieder einmal auf Raubzug ist. Ich beschleunige meine Schritte, eile die Stufen hinunter und springe in den Streifenwagen.

»Ins Geschäft von Frau Ruprecht«, ordne ich an, und Ludger gibt Gas.

Vor dem Laden angekommen, kann ich schon beim Aussteigen durchs Schaufenster die skurrile Szene beobachten, die sich im Laden abspielt. Frau Ruprecht versucht, Opa Schmidt ein Paket zu entreißen, das dieser krampfhaft mit beiden Händen umklammert. Die beiden zerren daran wie Terrier, die sich um eine tote Ratte streiten.

»Schönen guten Morgen!«, rufe ich ins Getümmel. Opa Schmidt ist für einen Moment aus dem Konzept gebracht. Die Ladenbesitzerin nutzt den Vorteil, reißt das Paket mit einem schrillen Kampfschrei an sich und schwenkt es über dem Kopf.

»Gut, dass du endlich kommst, Evita!«, keucht sie atemlos. Kleine Speicheltröpfchen landen auf meiner Wange. »Der alte Depp wollte mich schon wieder beklauen. Als wenn ich das nicht merken tät'. Ich hab meine Augen überall!«

Das kann ich nur bestätigen; schriftlich, wenn's sein muss.

Frau Ruprecht ist eine erprobte Kampfamazone; sie bewacht ihre Waren mit Krallen und Zähnen. Mit der ist nicht gut Kirschen essen. Auch mich hat sie als Kind einmal beim Klauen von Brausepulver mit Waldmeistergeschmack erwischt. An die Tracht Prügel von meinem Vater, die mir der Spaß eingebracht hat, erinnere ich mich noch heute. Ich war nämlich in meiner Kindheit und Jugend beileibe kein braves Engelchen, sondern eher das, was die Franken einen richtigen »Fregger« nennen, also ein aufgewecktes, lebhaftes Kind mit vielseitigen Interessen.

»Was ist denn genau passiert?«, will ich wissen.

»Der da, der elende Lump, wollte mich schon wieder ausrauben«, echauffiert sich Frau Ruprecht, noch außer Atem vom Ringwettbewerb mit Opa Schmidt. Kochend vor Wut hält sie mir das heiß umkämpfte Teil unter die Nase. Aha, Damenbinden, die aus dem Sonderangebot für 1,69 Euro.

»Was wollen Sie mit den Damenbinden, Herr Schmidt?«, frage ich und muss mir das Lachen verkneifen.

Opa Schmidt schweigt und schaut sich nach einem Fluchtweg um.

»Er wollte auch Geschirrspülertabs stehlen, aber die habe ich ihm schon weggenommen. Da, schau nur!« Frau

Ruprecht zeigt auf ein weiteres Paket, das auf dem Fuß-boden liegt.

»Herr Schmidt, wozu brauchen Sie denn Geschirrspü-lertabs?«, frage ich geduldig. »Sie haben doch gar keinen Geschirrspüler.«

Verwirrt lenkt der alte Mann seinen Blick auf mich. Er lebt im Seniorenheim Sankt Johann und leidet an Demenz. Trotzdem gelingt es ihm immer wieder auszubüxen und sich im Ruprechtschen Laden mit irgendwelchem unsin-nigen Zeug einzudecken. Sobald ein Anruf kommt, sor-gen der Ludger und ich dafür, dass er abgeholt wird und unbeschadet wieder im Seniorenheim landet.

»Kommen Sie, Herr Schmidt, wir bringen Sie heim. Gleich gibt es Mittagessen, da wollen Sie sicher nicht zu spät kommen.«

Ich nehme seinen Arm, drehe mich um und frage der Form halber:

»Auf eine Anzeige verzichten Sie doch sicher, nicht wahr, Frau Ruprecht?«

Wenn ich jedes Mal, wenn Opa Schmidt »einkaufen« geht, eine Anzeige aufnehmen würde, käme ich zu nichts anderem mehr.

Die Ladenbesitzerin zischt etwas Unverständliches, lässt uns aber ohne nennenswerten Widerstand ziehen.

Sanft verfrachte ich den alten Herrn ins Auto, dann nimmt Ludger Kurs auf das Seniorenheim Sankt Johann. Opa Schmidt freut sich derweil über den Ausflug im Poli-zeiauto. Davon hat er wahrscheinlich schon als kleiner Bub geträumt.

Als wir vor dem gepflegten gelben Gebäude ankommen, das von Bäumen umgeben zwischen ausgedehnten Rasen-flächen steht, fällt mir eine schmale Gestalt im beigefarbenen Schlupfkasack der Pflegekräfte auf, die sich frierend in eine Mauernische drückt. Dicke Rauchwolken steigen aus ihrem Mund in die kalte Luft. Der Ludger erkennt sie sofort.

»Da schau, die Fiona Hohenstein!«, informiert er mich mit leuchtenden Augen. Fiona Hohenstein, wer ist das? Schon der Name klingt irgendwie hochherrschaftlich.

»Muss ich die kennen?«, frage ich ein wenig irritiert, weil der Ludger, außer bei seiner Olga, sonst nicht so euphorisch auf weibliche Wesen reagiert.

»Ja, freilich!«, ereifert er sich. »Die Fiona ist doch unsere amtierende Meerrettichkönigin, erinnerst du dich nicht? Das ist mit Abstand die schönste Miss Meerrettich, die wir je hatten!«

Er beugt sich über das Lenkrad, um das Objekt der Begierde näher zu betrachten. Wenn das seine Olga wüsste! Da gäb es in Zukunft keine feinen Delikatessen mehr in der Brotzeitbox. Sehr wahrscheinlich gäbe es gar keine Brotzeitbox mehr für den Ludger.

»Unsere Meerrettichkönigin? Deine vielleicht, meine bestimmt nicht!«, erkläre ich.

Fürsorglich helfe ich Opa Schmidt beim Aussteigen. Sobald Frau Königin bemerkt, dass wir einen Bewohner des Heims an Bord haben, löst sie sich von der Mauer und tänzelt auf uns zu, ganz so, als wäre sie auf dem Catwalk.

»Ja, Herr Schmidt, wo waren Sie denn? Wir haben Sie schon vermisst!«, zwitschert sie beim Anblick des Aus- reißers.

Die Sprecherin ist tatsächlich ausnehmend hübsch, da muss ich meinem Kollegen Recht geben. Ihre silber- blonde Mähne ist zu einem lockeren Bun hochgesteckt; Kinderlöckchen ringeln sich verspielt zu beiden Seiten ihres Gesichts. Ihr Make-up ist so raffiniert, dass es ganz natürlich wirkt und kaum auffällt. Am vorletzten Finger der linken Hand funkelt ein Riesenklunker, so groß, dass er nur unecht sein kann. Ihre Hände sind gepflegt, ihre Gelnägel in unauffälligem Rosé lackiert. Selbst in dem hässlichen beigefarbenen Sack sieht sie umwerfend gut aus. Die Baiersdorf-Barbie, Made by Mattel.

»Es wäre nett, wenn Sie uns in Zukunft sofort Bescheid geben würden, wenn einer Ihrer Schützlinge abgängig ist«, fahre ich das Wunderweib erbost an.

Ein Engelslächeln, unschuldig und süß, huscht über ihr Gesicht, erreicht aber nicht ihre eisblauen Augen.

»Entschuldigen Sie vielmals, Frau Kommissarin, aber das hatte ich ja vor. Ich wollte nur noch schnell eine Zigarette rauchen, danach hätte ich Sie sofort benachrichtigt.« Die Meerrettichkönigin zeigt sich einsichtig, und das auf äußerst attraktive Weise.

Ich muss an mich halten, um ihr keine patzige Antwort um die Ohren zu hauen. Klar, Rauchen geht natürlich vor, dafür habe ich doch allergrößtes Verständnis, liegt mir auf der Zunge. Wie nachlässig kann man als Pflegekraft eigentlich sein, frage ich mich. Und was nützt ein hübsches Köpfchen, wenn es innen hohl ist?

Jetzt ist auch der Ludger ausgestiegen und kommt näher. Er grinst so selig wie sonst nur beim Anblick eines medium gebratenen Filetsteaks.

»Servus, Fiona, alles gut bei dir? Lang nimmer gesehen!«, stottert er mit hochrotem Kopf.

»Ja, danke, äh … alles super!« Sie schenkt ihm ein hinreißendes Lächeln, aber ich bin sicher, dass sie weder weiß, wer der Ludger ist, noch woher er sie kennt. »Aber wir müssen jetzt reingehen, sonst verkühlt sich der liebe Herr

Schmidt noch. Danke, Herr Kommissar, dass Sie ihn hergebracht haben.«

Sie schlingt ihren Arm um den alten Herrn und schiebt ihn zum Eingang.

»Hallo, Erde an Ludger!« Ich wedle mit der Hand vor seinem Gesicht herum. »Bist du ansprechbar?«

»Kein Wunder, dass sie die Fiona zur Meerrettichkönigin gewählt haben, so rattenscharf, wie die aussieht.« Mit verklärtem Blick starrt er ihr hinterher, während sie davontrippelt.

»Lass das bloß nicht deine Olga hören!«, warne ich ihn. »Sonst ernährst du dich in Zukunft nur noch von Big Mac, TK-Pizza und Cola, weil es dann Essig ist mit abendlichen Drei-Gänge-Menüs und prall gefüllten Brotzeitboxen.« Die Olga ist nämlich eine ganz Toughe, die duldet kein Herumscharwenzeln um eine Miss Meerrettich oder andere weibliche Lichtgestalten. Sie ist gelernte Köchin, energisch und zupackend, die sowohl ihr Leben als auch ihren Ludger fest im Griff hat. Ob mein Kollege überhaupt ahnt, was für ein Glück er mit einer Superfrau wie der Olga hat?

Er wackelt mit dem Kopf, als müsste er die platinblonde Traumfrau herausschütteln. Leider klappt es nicht.

»Weißt du, die Fiona kommt aus ganz schwierigen Familienverhältnissen«, berichtet er. »Der Vater ist ein arbeitsscheuer Faulenzer, und ihre Mutter hat sich früher im Rotlichtmilieu herumgetrieben. Ihre zwei jüngeren Geschwister sind im Heim untergebracht, weil es in der Familie drunter und drüber geht. Aber die Fiona ist ehrgeizig, sie hat einen Schulabschluss und eine Berufsausbildung. Und vor Kurzem wurde sie zur Meerrettichkönigin gewählt. Sogar der *Playboy* soll wegen eines Fotoshootings bei ihr angeklopft haben. Ein Mädchen aus Baiersdorf als Playmate auf dem Cover, das musst du dir mal vorstellen! So viel Power hat nicht eine jede«, schwärmt er mit verklärtem Blick.

»Das hört sich tatsächlich nach einer Bilderbuchkarriere an«, spotte ich. »Meerrettichkönigin und Playmate, was kann eine Frau im Leben mehr erreichen?«

Er wirft mir einen ärgerlichen Seitenblick zu, dreht sich um und geht zum Streifenwagen zurück.

»Wohin jetzt?«, raunzt er, sobald wir wieder im Wagen sitzen.

»Zurück ins Büro, schlage ich vor. Wir sind lange genug unterwegs. Ich muss noch in Forchheim anrufen, um Verstärkung für den *Fasalecken*-Umzug anzufordern. Komm schon, es wird langsam Zeit!«

Unterwegs halten wir noch kurz beim Italiener. Brav bestellt der Ludger einen Salat mit Essig-Öl-Dressing, ich dagegen eine Pizza mit allem und zusätzlich doppeltem Käse. Wer es sich leisten kann, gell? Dafür gibt es in meinem Haushalt auch keinen Partner, der meine Nahrungsaufnahme mit Argusaugen überwacht. Für mich kein Problem, man kann halt nicht alles haben.

Nach dem Mittagessen und einem original italienischen Espresso doppio, den unser stylischer Kaffeeautomat ausspuckt, reinigt der Ludger den Innenraum des Streifenwagens, während ich bei der Polizeistation Forchheim anrufe und mich mit Dienststellenleiter Polizeihauptmeister Edgar Kuhn verbinden lasse. Den Kollegen Kuhn kenne ich seit Beginn meiner Polizeikarriere vor 23 Jahren. Damals saß er an meinem Schreibtisch und ich, der Frischling, an dem von Ludger. Was ich über praktische Polizeiarbeit weiß, habe ich von Edgar Kuhn gelernt. Schon oft habe ich mich gefragt, wie jemand, der so gutmütig und friedfertig ist wie er, ausgerechnet bei der Polizei gelandet ist. Aber er kann natürlich auch anders, zum Beispiel, wenn Familie, Freunde oder Kollegen betroffen sind. In solchen Fällen mutiert Kuhn zum wilden Tier und wird der Verteidiger von Recht und Ordnung, weil es um die Sicherheit seiner Schutzbefohlenen geht. Ein Polizist, der sich immer noch als Schutzmann versteht.

Der PHM (mit Amtszulage) Edgar Kuhn hätte es in Erlangen oder Bamberg mühelos zum Polizeioberkommissar bringen können, aber er ist durch und durch heimatverbunden und wollte eigentlich nie weg aus seiner Geburtsstadt Baiersdorf. Für ihn bedeutet Forchheim schon die große weite Welt. Außerdem ist er keiner, der vor den Vorgesetzten buckelt. In Forchheim ist er unangefochten der Boss, der bestimmt, wo es langgeht.

»Ja, die Evita!«, freut er sich, als er meine Stimme hört. Sein jovialer Ton und der unverkennbar fränkische Dialekt sind noch die gleichen wie zu unserer gemeinsamen Dienstzeit. »Du rufst bestimmt wegen den *Fasalecken* an, hab ich recht?«

»Grüß Gott, Herr Kuhn, genau, Sie haben es erraten«, bestätige ich. Er kennt mich einfach viel zu gut.

»Also, mehr als sechs Leut' kann ich leider ned entbehren. Reicht dir das?«, fragt er.

Ich zähle zusammen.

»Sechs sind zu wenig«, entscheide ich. »Dann wären wir mit dem Ludger und mir ja nur acht Beamte, die mehr als 1000 Besucher im Auge behalten sollen. Wie soll das gehen? Ich glaube, wir brauchen insgesamt mindestens zwölf Leute. Was meinen Sie?«, will ich wissen, weil er die größere Erfahrung hat.

»Weißt was? Ich frag' bei den Erlanger Kollegen nach, ob sie ein paar Leute für einen Tag entbehren können. Na, was sagst dazu? Bist du damit zufrieden, Mädchen?« Er lacht, und ich kann es beinahe durchs Telefon sehen, wie sein Bauch dabei wackelt. Wahrscheinlich bin ich immer noch sein »Mädchen«, wenn ich kurz vor der Pensionierung stehe.

Nachdem wir noch ein wenig über dies und das geplaudert haben, lege ich auf. Den restlichen Nachmittag beschäftige ich mich mit Papierkram, während der Ludger mit dem Streifenwagen durch die Waschanlage fährt.

»Sauwetter, elendiges! Eigentlich war das Autowaschen für die Katz'«, schimpft er und klopft sich den Schnee von den Schultern, als er kurz vor 16 Uhr ins Büro kommt. »Es schneit wie blöd, und die Straßen sind spiegelglatt.«

»Da trifft es sich ja gut, dass ich heute nicht mehr aus dem Haus muss«, lache ich zufrieden. Schnell hefte ich noch drei Berichte ab, räume meinen Schreibtisch leer und verabschiede mich in den Feierabend. Wenn der Nachmittag so ruhig ist wie heute, kann ich es mir erlauben, ein wenig früher zu gehen. Außerdem bin ich ja immer in Ruf- und Reichweite. Nach einem letzten »Servus, bis morgen« steige hinauf in meine Wohnung.

In weiser Voraussicht habe ich heute Früh schon Holz und Briketts in meinen Kaminofen geschlichtet. Jetzt brauche ich nur ein Streichholz dranzuhalten, und in kurzer Zeit verbreitet sich wohlige Wärme in Küche und Wohnzimmer, die durch eine Schiebetür getrennt sind. Das Apfelbaumholz, von dem mein Vater mir eine Fuhre gebracht hat, verströmt einen angenehm feinen Geruch, der mich an meine Kindheit im Fachwerkhaus meiner Großeltern erinnert. Mein Großvater war Kunstschreiner, der mir ein paar seiner schönsten Möbelstücke vererbt hat. Ein Vertiko mit Aufsatz aus Tulpenbaumholz, einen Kleiderschrank mit Intarsienarbeit, einen Schreibtisch mit Löwenfüßen und einige Kleinmöbel. Als ich die Fotos davon vor Jahren einem Antiquitätenhändler aus Hamburg gezeigt habe, war der Feuer und Flamme und wollte mir auf der Stelle mein ganzes Mobiliar abkaufen. Aber ich kann mich von keinem Stück trennen, das mein Großvater eigenhändig geschreinert hat.

Mein Abendessen fällt spartanisch aus, denn ich habe es wieder einmal versäumt einzukaufen. Frisch geduscht und duftend schlüpfe ich in Jogginghose und Schlafhemd. Gerade schenke ich mir ein Glas Primitivo ein und will es mir mit einem Krimi von Agatha Christie auf dem Sofa bequem machen, als der melodische Dreiklang meiner Funkklingel ertönt. Eine Sekunde lang überlege ich, ob ich mich tot stellen und einfach nicht reagieren soll. Doch dann siegt das Pflichtgefühl, ich stehe auf und drücke auf den automatischen Türöffner. Im Hausflur höre ich eilige Schritte, die sich rasch nähern. Dann ruft auf der Treppe eine Stimme:

»Frau Emmerling, sind Sie zu Hause?«

»Nein, der Butler hat die Tür geöffnet«, würde ich am liebsten antworten, aber da steht sie schon vor mir. Carmela Schwankel, in voller Höhe und Breite, wie immer krebsrot im Gesicht, wie immer hysterisch nach Luft schnappend.

»Frau Emmerling, mein Nacho ist verschwunden. Ich habe nur ganz kurz die Haustür aufgelassen, weil ich den Müll entsorgt habe, und zack, schon hat er die Gelegenheit genutzt, sich aus dem Staub zu machen, dieser böse, böse Junge. Sie MÜSSEN mir helfen, ihn zu finden, er ist doch völlig hilflos, so allein da draußen in der Kälte!«

Theatralisch schluchzt sie in ihr Papiertaschentuch, obwohl ihre Augen völlig trocken sind. So eine scheinheilige Kuh! Wer glaubt, bei Nacho handle es sich um den Ehemann oder gar den Latin Lover meiner Nachbarin, der ist falsch gewickelt. Nacho ist ihr Kater, der jede Chance zur Flucht nutzt, wofür ich das größte Verständnis habe. Auch ich würde am liebsten flüchten, aber Frau Schwankel versperrt mir den Weg.

»Hören Sie, Ihr Nacho kennt den Weg nach Hause, der findet bestimmt …«, versuche ich, das drohende Unheil abzuwenden, doch sofort fällt sie mir ins Wort:

»Nein, nein, Sie müssen mitkommen und mir beim Suchen helfen. Der arme Kleine erfriert sonst da draußen. Haben Sie denn gar kein Herz? Wollen Sie ein armes unschuldiges Katzenleben auf Ihr Gewissen laden?«

Das war eine rhetorische Frage, nehme ich an, deshalb mache ich mir nicht die Mühe zu antworten.

»Warten Sie bitte unten, ich ziehe mir etwas Wärmeres an, dann komme ich zu Ihnen, und wir suchen Ihren Kater.« Was soll ich sonst machen? Keiner hat behauptet, dass Polizeiarbeit immer Spaß macht. Also, Augen auf bei der Berufswahl!

Ciao, Primitivo, Kaminfeuer, Krimi und Sofa. Die Pflicht, beziehungsweise die Schwankelnde Carmela, ruft!

Es schneit, als wolle Petrus für ein weißes Weihnachtswunder den Oscar gewinnen. Zu spät, mein Lieber, du hast dich um fast zwei Monate in der Zeit geirrt!, denke ich grimmig. Für mich bräuchte er sich die Mühe eh nicht machen, ich wäre mit 20 Grad und einem lauen Frühlingslüftchen durchaus zufrieden.

Im Streifenwagen fahre ich trotz Eiseskälte mit geöffnetem Beifahrerfenster im Schritttempo durch eisglatte, menschenleere Straßen. Bei diesem Wetter jagt man keinen Hund vor die Tür, geschweige denn eine Polizistin.

»Miez miez miez!«, schreit die Katzenmutter neben mir in einer Lautstärke, dass mein Trommelfell bebt und, »Nacholein, Mausebär, komm zu Mama!«

Nach einer halben Stunde entdecken wir den Ausreißer, der auf einem Baum am Straßenrand hockt und seine Pfoten leckt. Frau Schwankel stürzt aus dem Auto, stellt sich unter den Baum und gibt schrille Balzlaute von sich, die das Tier in ihre Arme locken sollen. Der Kater zeigt sich höchst desinteressiert. Nach einer Weile fühle ich mich genötigt, meinen trockenen Sitzplatz im Auto zu verlassen. Mittlerweile schneit es stärker denn je, und meine Füße erstarren innerhalb weniger Minuten zu Eis.

»Jetzt unternehmen Sie doch endlich etwas!«, keift mich die Katzenmutter an. »Sie sehen doch, dass Nacho sich nicht herunter traut. Helfen Sie ihm gefälligst!«

»Und an welche Hilfestellung hätten Sie da gedacht?«, keife ich nicht weniger aggressiv zurück. »Soll ich ein Trampolin aufstellen und darauf zu ihm hochhüpfen?«

Nachdem wir ein paar Minuten in gereiztem Ton hin und her diskutiert haben, rufe ich meinen Kumpel Thomas von der Freiwilligen Feuerwehr an und bitte ihn, mit einer Leiter vorbeizukommen. Er fragt nicht lang, sondern sagt sofort zu. Es dauert 15 Minuten, dann fährt sein Pickup vor, am Steuer Thomas, neben ihm sein Sohn Julian. Auf die zwei kann ich mich halt immer verlassen. Ruckzuck lehnt die Leiter am Baum, Julian klettert hinauf und schnappt sich Nacho, der keinen nennenswerten Widerstand leistet. Die ganze Aktion dauert nicht länger als 10 Minuten, dann ist der Kater in Sicherheit und Frauchen beruhigt. Nachdem ich mich bei den Rettern bedankt und sie für die nächsten Tage auf ein Bier in unserer Stamm-kneipe eingeladen habe, schwingen sich alle in ihre Fahr-zeuge. Jetzt nichts wie ab nach Hause.

Vor dem Polizeiposten lasse ich den Wagen ausrol-len. Wortlos springt die Nachbarin mitsamt Kater aus dem Auto und schmettert die Tür hinter sich zu. Kein Abschiedsgruß, erst recht kein Dankeschön, nicht ein Wort der Anerkennung. Erbost schau ich ihr hinterher.

Immer wieder gern, Schwankel, du grindige Spinat-wachtel, würde ich ihr am liebsten nachrufen. Es war mir wie immer ein Vergnügen, dir zu helfen. Ach, egal, end-lich ist das Weibsbild weg, und ich habe meine Ruhe, das ist die Hauptsache.

Es ist kurz vor 22 Uhr, als ich meine Wohnung betrete. Zum Glück sind alle Räume herrlich warm. So ein Kamin-ofen ist wirklich Gold wert! Weintrinken und Lesen sind heute Abend allerdings gestrichen, weil ich todmüde ins Bett falle und meine Eisbeine auf einer Wärmflasche parke.

KAPITEL 2

13. Februar, sechs Tage vor dem Fasalecken-Umzug

Als in aller Herrgottsfrühe mein Handy schrillt, brauche ich einen Moment, um in der Realität anzukommen. Wo habe ich das verdammte Ding gestern Abend hingelegt? Auf der Suche danach taumle ich orientierungslos von Zimmer zu Zimmer. Im Flur werde ich fündig und melde mich. Meine Stimme klingt verschlafen und rau.

»Na, Mädchen, sitzt du schon am Schreibtisch?«

Mein Blick fällt auf die Standuhr im Wohnzimmer. Der Spaßvogel! Es ist 6.10 Uhr. Draußen herrscht stockfinstere Nacht, der Wind treibt weiße Flocken ans Fenster.

»Nein, Herr Kuhn, gerade nicht, weil …«, versuche ich zu erklären.

»Horch amol«, unterbricht er mich. »Ich komme heute Vormittag um 11 Uhr nach Baiersdorf, dann laufen wir gemeinsam den Weg vom Umzug ab, damit ich mir ein Bild machen kann. Danach gehen wir mittagessen. Was sagst du dazu?«

Sie kennen doch seit Ihrer Kindheit jeden Meter Weg! Welches Bild genau wollen Sie sich denn machen?, würde ich ihn am liebsten fragen. Laut jedoch sage ich:

»Oh, das ist schön. Ich freue mich auf Ihren Besuch.« Er hat mich völlig überrumpelt.

»Dann bis nachher, Evi!« Herr Kuhn legt auf.

Nichts hasse ich so sehr, als schon in aller Früh aus

dem Konzept gebracht zu werden. Wenn ich aus dem Bett geklingelt und mit Überraschungen konfrontiert werde. Ich neige keineswegs zur Spontanität. Mir ist sehr an einem gleichförmigen Tagesablauf gelegen, der sich möglichst wenig ändert. Aus diesem Grund schiebe ich Dienst in Baiersdorf und nicht in Nürnberg. Ich mag weder Groß-städte noch Überraschungen. In Baiersdorf gibt es zum Glück keine, und falls doch, dann nur ganz kleine. Aber gut, wenn er es wünscht, werde ich mit PHM Kuhn den Weg ablaufen, den wir beide seit der Kindheit kennen, und Ludger fährt die morgendliche Streife eben allein. Was soll denn schon passieren?

Bevor ich mich auf den Weg zur Arbeit mache, reinige ich rasch den Kaminofen und lege Holz und Pellets nach. Heute wird mir keiner den Feierabend vermiesen, und wenn ich die Klingel abstellen muss.

Sobald der Ludger erscheint, der heute »Free Fran-ken« auf dem T-Shirt stehen hat, bereitet der Kaffee-vollautomat einen herrlich duftenden Cappuccino für mich zu, während er sich aus der Thermoskanne einen labbrigen Grüntee eingießt. Sobald ich am Schreibtisch sitze, schiebt er mir einen Teller mit Wurstsemmel und einem Stück Bergkäse hin. Das ist so ein schönes Ritual, unser gemeinsames Frühstück, das ich immer wieder aufs Neue genieße. Während wir uns in trauter Zweisamkeit mit Olgas Leckerbissen vollstopfen, erzähle ich meinem Kollegen zwischen zwei Bissen von Edgar Kuhns bevor-stehendem Besuch.

»Er will den Umzugsweg mit dir ablaufen? Ernst-haft? Was soll der Scheiß?«, fragt er und schüttelt grin-send den Kopf. »Den findet er doch blind. Ich sag dir was: Dem alten Knaben ist es langweilig in seiner muffigen Schreibstube drüben in Forchheim, der will einfach mal mit einer hübschen Schnecke essen gehen und ein bisschen über alte Zeiten quatschen, um die Zeit totzuschlagen.«

Hübsche Schnecke, hat der Ludger mich genannt. Das geht runter wie süffiger Rotwein.

»Du musst halt nachher allein die Vormittagsrunde drehen«, teile ich ihm mit.

»So what?« Der Ludger zuckt mit den Schultern und lacht. »Was soll denn schon passieren?«

Während ich auf meinen ehemaligen Vorgesetzten warte, denke ich über den Brauch der *Fasalecken* nach. Den gibt es nirgendwo sonst in Deutschland außer bei uns in Effeltrich und Baiersdorf.

Jedes Jahr am Faschingssonntag wird in Baiersdorf der Winter durch die Effeltricher *Fasalecken*, die Frühlingsboten, ausgetrieben. Das sind junge, ledige Männer des Effeltricher Burschenvereins *Zufriedenheit*, weiß gekleidet und mit bunten Bändern geschmückt. Auf dem Kopf tragen sie liebevoll gestaltete Kronen aus kleinen Buchsbaumsträußen. Seit 125 Jahren kommen die Effeltricher *Fasalecken* nach Baiersdorf, um dort mit knallenden Peitschen die *Strohbären*, die Dämonen des Winters, vor sich her zu jagen. Auf diese Weise wird der Winter vom Frühling vertrieben. Das ist beileibe keine Faschingsgaudi, sondern einer der ältesten Bräuche in der Fränkischen Schweiz und drum herum.

Mit ihrer weißen Kleidung und den bunten Kronen symbolisieren die *Fasalecken* die bevorstehende helle Jahreszeit. Ihre Peitschen sind ein Zeichen der Fruchtbarkeit, die der Frühling der Natur schenken soll.

Die Vorbereitungen zum großen Treiben beginnen in

der Effeltricher Baumschule. Dort werden die jungen Männer in unförmige Bären verwandelt. Mit viel Geduld wickeln die Helfer die Burschen so ins Stroh ein, dass gerade noch Teile des Gesichts erkennbar sind. Für das »Einkleiden« der *Winterbären* muss man eine Menge Geduld und noch mehr Geschick mitbringen, denn das Stroh wurde nicht maschinell geerntet, sondern in mühsamer Handarbeit mit der Sense geschnitten und das Jahr über sorgsam getrocknet und eingelagert.

Sobald die Bären in ihr Fell geschlüpft sind, werden *Frühlingsburschen* und *Winterbären* gemeinsam mit den Effeltricher *Trachtenmädchen* und der Musikkapelle im Lastwagen und Bus nach Baiersdorf chauffiert. An der Jahnhalle beginnt der Umzug, angeführt von der Musikkapelle. Danach folgen die *Strohbären*, begleitet vom Peitschenknallen der *Fasalecken* und dem Geschrei der Zuschauer. Der Weg führt durch die Hauptstraße, Judengasse und die Pfarrgasse bis hin zum Linsengraben. Dort wird den *Winterbären* das Fell abgezogen, sprich: das Stroh heruntergerissen. In früherer Zeit wurde das Stroh, also das symbolische Bärenfell, in die Regnitz geworfen, sobald man es ihnen heruntergerissen hatte. Heutzutage hat sich der Brauch verändert: Es wird auf dem Parkplatz am Linsengraben verbrannt.

Zu den Liedern des Effeltricher Musikvereins tanzen die weiß gekleideten *Frühlingsburschen* mit den *Trachtenmädchen* fränkische Tänze rund um das lodernde Feuer.

Wenn ich mich richtig erinnere, wird die Bezeichnung *Fasaleck* vom Wort *faseln* abgeleitet, was so viel bedeutet wie wachsen oder gedeihen. Eigentlich sollen die Winterdämonen ja im Bach oder Fluss ertränkt werden. Aber weil Effeltrich kein fließendes Gewässer besitzt, zogen die *Fasalecken* in alten Zeiten in den Nachbarort Baiersdorf, wo die Regnitz in Ortsnähe vorbeifließt. Obwohl das Stroh mittlerweile nicht mehr ertränkt, sondern verbrannt wird, ist der Brauch des Umzugs nach Baiersdorf geblieben.

Zurück in ihr Heimatdorf kehren die Burschen erst nach ausgiebigen Besuchen der verschiedenen Baiersdorfer Wirtshäuser. Das jedenfalls ist ein Brauch, der sich bis heute unverändert erhalten hat.

Der Ludger ist bereits auf Streife, als pünktlich um 11 Uhr PHM Kuhn auf unserem Polizeiposten eintrifft. Zu Fuß machen wir uns auf den Weg zum Parkplatz in der Jahnstraße, wo der Umzug jedes Jahr startet. In gemächlichem Tempo spazieren wir anschließend durch die Straßen hinüber zum Parkplatz in der Linsengrabenstraße. Wir schauen uns kurz um, dann reibt sich der Kollege die rot gefrorenen Hände:

»So, Evi, das reicht für heute. Wie wäre es jetzt mit einem schönen Schweinsbraten und einem ordentlichen Schluck Weißbier?«

Ich muss grinsen. »Für mich nur ein Mineralwasser. Ich bin im Dienst.«

»Ich auch!« Der Kuhn lacht. »Aber es wird mich schon keiner der Kollegen zum Alkoholtest bitten.«

Wir gehen die paar Schritte hinüber zum *Storchennest*, wo ein Zweiertisch für uns reserviert ist. Nachdem wir bestellt haben, informiert mich mein ehemaliger Vorgesetzter:

»Also, Mädchen, von mir kriegst du sechs Mann Verstärkung. Und von den Erlanger Kollegen vier Zivile, die sich unters Volk mischen. Für die kurze Strecke sind zwölf Beamte genug. Acht in Uniform, vier in Zivil. Das muss reichen. Wir sind hier in Baiersdorf, nicht in Hamburg oder Berlin. Bei uns gibt es keine kriminellen Subjekte, die Steine oder Stühle schmeißen, und erst recht keine Brandanschläge. Mit den paar Besoffenen, die über ihre eigenen Füße fallen, werdet ihr mit zwölf Leuten spielend fertig.«

Er hebt sein Glas und prostet mir zu.

»Meine Frau und ich werden dieses Jahr auch dabei sein. Die Gerda freut sich schon darauf. Es ist Jahre her, seit wir die *Winterbären* durch die Stadt getrieben haben.«

Nach dem Essen sitzen wir noch eine Weile gemütlich beisammen und tauschen Neuigkeiten aus. Wer ist in Baiersdorf gestorben, wer hat geheiratet, welches Paar hat sich scheiden lassen? Als die Rechnung kommt, greift der Kuhn danach und verlangt eine Quittung.

»Geschäftsessen!«, schmunzelt er und legt einen Fünfziger auf den Tisch. »Stimmt so!«

Dann schaut er auf die Uhr und meint:

»Was hältst du davon, wenn wir zusammen den Einsatzplan für den Umzug erstellen? Früher habe ich das jedes Jahr selbst gemacht, ich weiß, worauf zu achten ist.«

Ich weiß es genauso gut wie er, weil es nicht das erste Mal ist, dass ich mich darum kümmere, aber was soll's. Der Kuhn hat Heimweh nach Baiersdorf, das ist nicht zu übersehen. Gerade als ich mich für sein Angebot bedanken will, schrillt mein Handy und zeigt eine unbekannte Nummer an. Der Kuhn, der schon in seine Jacke geschlüpft ist, bleibt stehen und schaut mich erwartungsvoll an.

»Polizei Baiersdorf, Polizeiobermeisterin Emmerling am Apparat«, melde ich mich vorschriftsmäßig.

»Hier Doktor Seiler«, höre ich eine fremde Stimme. »Können Sie in meine Praxis kommen und Ihren Kollegen Dauer abholen?«

»Warum abholen? Was ist denn geschehen? Ist er verletzt?«, stammle ich erschrocken.

»Nicht am Telefon. Kommen Sie vorbei, dann besprechen wir es hier!« Er nennt mir die Adresse, die nur ein paar Häuser weiter liegt.

Jetzt will natürlich auch der Kuhn wissen, was Sache ist. Darum lässt er es sich nicht nehmen, mich zur Arztpraxis Seiler zu begleiten. Zu meinem Erstaunen parkt unser Streifenwagen vor der Tür, unversehrt, ohne erkennbare Schäden. Was immer dem Ludger zugestoßen ist, ein Verkehrsunfall war es jedenfalls nicht.

Ein junges Mädchen im weißen Kittel öffnet auf unser Klingeln hin die Tür und führt uns in eines der Sprechzimmer. Dort sitzt der Ludger, in sich zusammengesunken wie ein Häufchen Elend. Bei seinem Anblick erschrecke ich so sehr, dass mir fast das Herz stehen bleibt. Mein Kollege ist von Kopf bis zum Knie blutbesudelt. So jedenfalls sieht es auf den ersten Blick aus. Erst auf den zweiten Blick erkenne ich, dass es nur rote Farbe ist, die an seiner Stirn, Wangen und Uniform haftet. Ein weißer Mullverband klebt über seinem linken Auge.

»Ach, da sind Sie ja. Grüß Gott, Seiler mein Name.«

Aus einer Seitentür tritt der Arzt in den Behandlungsraum. Ich kenne ihn nicht, er muss neu sein im Ort.

»Ihr Kollege hat Sprühfarbe ins Auge bekommen, will sich aber auf keinen Fall krankschreiben lassen, obwohl er ein paar Tage Ruhe bräuchte. Ich habe das Auge ausgespült, gesäubert und mit Salbe behandelt. Zum Verbinden muss er aber jeden Tag in die Praxis kommen. Sollten sich Komplikationen ergeben, rate ich Ihnen, sofort in die Uniklinik Erlangen zu fahren, Herr Dauer. Immerhin geht es um Ihr Augenlicht. Und jetzt entschuldigen Sie mich bitte, ich habe nebenan noch einen anderen Patienten.«

Er nickt uns zu, dann ist er verschwunden. Der Kuhn und ich haken den Ludger auf beiden Seiten unter und schleppen ihn aus der Praxis. Er hängt zwischen uns wie ein nasser Sack.

Gemeinsam verstauen wir meinen Kollegen auf dem Beifahrersitz, und der Kuhn quetscht sich stöhnend auf die Rückbank. Als alle sitzen, beginnt der Ludger zu erzählen, wie es zu der Farbattacke gekommen ist. So viel zu Kuhns Aussage, dass in Baiersdorf nie etwas Kriminelles passiert.

»Also, ich bin unsere übliche Strecke abgefahren, so wie jeden Morgen, Evita. Es gab keine besonderen Vorkommnisse, alles war ruhig, alles im grünen Bereich. Bis ich an die Schule kam. Auf dem Schulhof stand einer, der war gerade dabei, ›Fack ju Nöter, du‹ mit roter Farbe ans Gebäude zu schmieren. Ich bin ausgestiegen, zu ihm gerannt, hab ihn von hinten gepackt und wollte ihm die Sprühdose aus der Hand reißen. Aber er hat nicht losgelassen, sondern mich beschimpft, sich zu mir umgedreht und mich mit Farbe eingenebelt. Dabei ist mir Farbe ins Auge gelaufen. Es hat so dermaßen gebrannt, dass ich ihn loslassen musste. Bevor ich reagieren konnte, ist er davongerannt. Der Kerl ist einfach abgehauen!«, schnaubt der Ludger, wütend wie ein wilder Stier.

»Wer war es, Kollege?« PHM Kuhn beugt sich zwischen den Sitzen nach vorn. »Haben Sie den Angreifer wenigstens erkannt?«

»Ja, klar.«

»Nun sag schon, wer war es?«, verlange auch ich zu wissen.

»Der Straßer Nico!«

Der Straßer Nico? Ich hätte eher auf den Lenny Thümmler getippt, weil der in den meisten Fällen der Anstifter zu Blödsinn aller Art ist.

»Das gibt eine fette Anzeige«, bellt der Kuhn rachedurstig. »Sachbeschädigung, Beamtenbeleidigung, Körperverletzung, Widerstand gegen die Staatsgewalt«, zählt er an den Fingern seiner Hand auf. »Mit einer Geldstrafe kommt der Saukerl nicht davon.«

»Der Straßer ist minderjährig«, wende ich ein, weil ich berechtigte Zweifel habe. »Es gab bereits eine Anzeige wegen Ladendiebstahl, aber dafür hat er nur ein paar Sozialstunden aufgebrummt bekommen.«

»Diesmal nicht«, funkelt der Kuhn mich an. »Wenn ich das schon höre! Sozialstunden! Auch so eine neumodische Erfindung. Ein Verbrecher wie der gehört hinter Schloss und Riegel, damit er lernt, dass man Polizeibeamte nicht ungestraft angreift.«

In diesem Fall muss ich meinem ehemaligen Vorgesetzten recht geben. Den Angriff auf den Kollegen dürfen wir nicht auf die leichte Schulter nehmen. Ich kann mich nicht daran erinnern, dass in Baiersdorf schon einmal ein Polizist während des Dienstes verletzt wurde.

»Ich bringe dich heim, Ludger«, biete ich ihm an, weil er einen ziemlich lädierten Eindruck macht, doch er widerspricht.

»Nix da!« Vorsichtig schüttelt er den Kopf, wahrscheinlich hat er Schmerzen. »Wir fahren auf der Stelle in die Wollfabrik und nehmen den Nico fest. Eine Nacht in der

Zelle wird ihm guttun, da hat er Zeit zum Nachdenken. Du kannst derweil den Bericht und die Anzeige schreiben, Evita.«

»Ich komme mit!« PHM Kuhn ist nicht zu bremsen. »Und ich sorge dafür, dass der Rotzlöffel morgen dem Haftrichter vorgeführt wird, der hoffentlich so schlau ist, U-Haft anzuordnen. Immerhin hat der Verbrecher einen Beamten tätlich angegriffen und nicht unerheblich verletzt. Los, Mädchen, fahr zu!«

Die Festnahme im Hause Straßer gestaltet sich vollkommen unspektakulär. Der Nico hockt daheim am Küchentisch und flennt, neben ihm sein wutentbrannter Vater.

»Dieses Mal ist endgültig Schluss mit lustig«, tobt er. »Ab nächster Woche sitzt der kleine Scheißer im Internat. Dort werden sie ihm schon Zucht und Ordnung beibringen. Ich habe jedenfalls genug von seinen Mätzchen. Jeden Tag eine neue Überraschung. Mir reicht es!« Mit zornesrotem Gesicht wandert sein Blick von mir zu Ludger und zurück. »Schaffen Sie mir den kleinen Idioten aus den Augen und sperren Sie ihn ein.«

Wir klären den Nico ordnungsgemäß über seine Rechte auf und schieben ihn in den Streifenwagen, neben ihm PHM Kuhn, der den Delinquenten mit finsteren Blicken taxiert. Es ist offensichtlich, wie sehr er die Abschaffung der Prügelstrafe bedauert.

»Papa, rufst du deinen Anwalt an? Er soll mich rausholen!«, schreit der Nico verzweifelt.

»Den Teufel werd ich tun!«, brüllt sein Vater zurück. »Ich hoffe, sie sperren dich ein und werfen den Schlüssel in die Regnitz, du Versager!«

Na super, es geht doch nichts über ein liebevolles Elternhaus.

Im Polizeiposten angekommen verfrachten wir den Sprayer in die Arrestzelle, während der Kuhn sich den Telefonhörer zwischen Ohr und Schulter klemmt, um einen Termin beim Haftrichter zu vereinbaren.

Fast tut mir der Nico ein wenig leid, aber er hat immerhin meinen Lieblingskollegen verletzt, und das ist keine Kleinigkeit.

Nach einigen Minuten hitziger Diskussion legt der Kuhn auf.

»Keine Chance. Wir müssen den Klößkopf dort drinnen morgen wieder freilassen. Wie es aussieht, bleibt er bis zum Prozessbeginn auf freiem Fuß – falls sich der Staatsanwalt überhaupt zu einer Anklage entschließen kann, was keineswegs feststeht.«

Resigniert schauen wir uns an. So ist es oft bei der Polizeiarbeit: Wir nehmen einen Übeltäter fest und müssen ihn nach 24 Stunden wieder laufen lassen. Manchmal ist das ganz schön frustrierend, kann ich nur sagen.

»Gut, ich pack's dann.« Der Kuhn steht schon an der Tür. »Ruf an, wenn dein Einsatzplan steht, Evi, dann gehen wir ihn gemeinsam noch einmal durch. Servus, ihr zwei, bis bald, und dir, Kollege, gute Besserung!«

Die Tür fällt zu, der Ludger und ich sind allein.

Nach einer Weile bemerke ich, wie bleich und still POW Dauer ist. Ohne Widerworte lässt er zu, dass ich ihn in den Streifenwagen verfrachte. Daheim nimmt ihn seine Olga unter die Fittiche, und ich fahre beruhigt zurück zum Polizeiposten. Unterwegs halte ich kurz beim Metzger und besorge Wurstsemmeln, zwei für mich, zwei für den Nico. Das muss für heute reichen.

Jetzt kehrt Ruhe ein im Büro, und ich befasse mich mit dem Einsatzplan für den *Fasalecken*-Umzug. Nur noch sechs Tage bis Faschingssonntag. Hoffentlich ist der Ludger bis dahin wieder fit. Ich würde nur ungern auf seine Mitarbeit verzichten.

KAPITEL 3

17. Februar, noch zwei Tage bis zum Fasalecken-Umzug

Die Tage bis zum großen Event vergehen wie im Flug.

Dem Nico erteile ich am nächsten Tag einen ordentlichen Rüffel und schicke ihn anschließend nach Hause. Ich glaube, das ist eine härtere Strafe, als in der ruhigen Zelle zu liegen, außerhalb der Hörweite seines wutschnaubenden Vaters. In Nicos Haut möchte ich wirklich nicht stecken.

Nach zwei Tagen erscheint der Ludger morgens wieder zur Arbeit. Heute steht »Franken Fregger« quer über seiner Brust. Na ja, wenn es ihm gefällt ... Mein Geschmack ist es nicht.

Der Verband ist verschwunden, das Auge hat zum Glück keinen Schaden genommen. Darüber bin ich froh und auch, dass mein Partner wieder auf seinem Platz mir gegenüber am Schreibtisch sitzt. Zusammen gehen wir die Berichte der letzten Tage durch, aber viel ist nicht passiert: ein Fahrraddiebstahl, eine Zechprellerei in der Pizzeria, ein umgefahrenes Stoppschild. Den Zechpreller habe ich erwischt, als er ins Auto einsteigen wollte, das kaputte Stoppschild bei der Stadtverwaltung gemeldet. Der Fahrraddieb ist mir entwischt – kein Wunder, er hatte ja auch ein nagelneues Rennrad unterm Hintern.

Als wir unsere tägliche Morgenrunde drehen, schlägt der Ludger plötzlich vor:

»Lass uns doch nach Effeltrich zur Baumschule fahren

und schauen, wie weit die Burschen mit ihren Vorbereitungen für die *Winterbären* sind.«

Weil nichts weiter anliegt, stimme ich zu, und wir fahren die fünfeinhalb Kilometer hinüber ins Nachbardorf. Im Sommer ist die Baumschule ein grünes Paradies. Im Freiland blühende Büsche, Hecken und Bäume aller Art, soweit das Auge reicht. Wohin man schaut wuchern während der warmen Jahreszeit die schönsten Rosenbüsche, deren intensiver Duft über dem ganzen Gelände liegt. In den Gewächshäusern gedeihen Blumen in allen Formen und Farben, exotische Pflanzen und tragende Obstbäumchen. Ich kann mich daran nicht sattsehen und könnte den ganzen Tag zwischen den Pflanzen herumwandern, ohne mich eine Sekunde zu langweilen.

Leider liegt die Außenanlage heute unter einer schmutziggrauen Schneedecke, die nicht zum Herumspazieren einlädt. Weil ich schon so oft hier war, weiß ich, wo das spezielle Stroh für die *Winterbären* gelagert wird. Wir halten vor einer weiß getünchten Fachwerkscheune und steigen aus.

»Hallo, ist jemand zu Hause?«, ruft der Ludger durch das offene Scheunentor. Einen Moment ist es still, dann raschelt es, und ein älterer Herr mit grüner Schürze und Schirmmütze erscheint.

»Grüß Gott!« Er stutzt, sobald er den Streifenwagen sieht. »Is wohl was g'schehen? Hat's einen Unfall gegeben, oder warum seid ihr hier?« Ich kenne den Seniorchef der Baumschule von meinen häufigen Einkäufen in seiner Firma; er spricht ausschließlich fränkischen Dialekt.

»Nein, nein, keine Sorge, Herr Schmiedinger, es ist alles in Ordnung«, beruhige ich ihn rasch. »Wir sind aus reiner Neugier gekommen.«

»Ach so? Und worauf seid ihr neugierig?«, fragt der misstrauisch.

»Dürfen wir einen Blick auf das Stroh für die *Winterbären* werfen? Es soll ja ein ganz besonderes Stroh sein.« Auch der Ludger kennt sich aus.

»Von mir aus! Kommt halt rein!« Er winkt uns in die Scheune, wo sich in einer Ecke ein Haufen Stroh stapelt. Mit dem Kinn weist er darauf. »Da, das ist es. Aber da gibt's nix Besonderes zu sehen. Nur Stroh halt.«

»Von Hand geschnitten, stimmt's?«, frage ich und nehme mir eine Handvoll. Es fühlt sich spröde und ein wenig rau an.

»Ja, und bei uns hier getrocknet und gelagert«, erfahren wir.

»Sind Sie es, der die Bären ins Stroh wickelt?«, frage ich.

»Ja, das ist seit Jahrzehnten meine Aufgabe. Es helfen aber immer Männer aus dem Dorf dabei. Drei bis vier Stunden und meterweise Faden braucht es, bis alle Bären ins Stroh eingebunden sind. Ein *Winterbär* zu sein erfordert eine Engelsgeduld, das muss man mögen. Zum Schluss vom Einbinden gibt es aber immer noch einen ordentlichen Schluck Schnaps zur Stärkung von der Vorsitzenden des Baiersdorfer Heimatvereins. Das hat Tradition, es gehört dazu wie die Peitschen und Buchsbaumkronen.«

»Wie viele *Winterbären* nehmen denn heuer am Treiben teil?«, interessiert sich der Ludger.

»Fünf sind es dieses Jahr«, gibt der Schmiedinger bereitwillig Auskunft. »Sonst sind es meistens nur drei, selten vier Burschen, aber dieses Jahr haben wir zwei Neuzugänge, den Seiler Finn und den Schnappauf Emil.«

»Seiler? Hat der etwas mit dem Doktor Seiler zu tun, dem seit Kurzem die Praxis in Baiersdorf gehört?«, fragt mein Kollege.

»Freilich! Der Finn ist der Sohn vom Doktor. Die Familie stammt ja ursprünglich aus Erlangen, wo der Finn Medizin studiert. Vor ein paar Monaten ist er zu seinem Vater gezogen. Der wohnt seit über einem Jahr in Effeltrich. Seit damals ist der Bub Mitglied im *Burschenverein*, genau wie der Emil, der hier ein Haus gebaut hat, weil er bald heiratet«, vertraut uns der Seniorchef an.

Der Emil Schnappauf ist Braumeister drüben in Forchheim in der Brauerei seiner Eltern.

»Ach was, wer ist denn die Glückliche?« Jetzt bin auch ich neugierig geworden. Für Klatsch und Tratsch habe ich immer ein offenes Ohr, weil man auf diese Weise eine Menge Wissenswertes über seine Mitmenschen erfährt. Nicht bloß über denjenigen, der gerade Gesprächsthema ist, sondern vor allem über den, der genüsslich tratscht.

»Na, eure Baiersdorfer Meerrettichkönigin. Mir fällt bloß der Name grad nicht ein.«

Der Schmiedinger nimmt die Kappe ab und kratzt sich nachdenklich am Hinterkopf.

»Etwa die Fiona Hohenstein?« Allein schon die Erwähnung ihres Namens treibt dem Ludger Farbe in die Wangen. »Die heiratet den Schnappauf? Echt jetzt? Aber die ist doch erst 20 oder so.«

»Für ein Mädchen genau das richtige Alter zum Heiraten!«, meint der Schmiedinger, offensichtlich ein Fachmann in Sachen Herzensangelegenheiten. »Sie und der Emil sind seit einiger Zeit verlobt. Er hat ein großes Haus für sie gebaut, mit einer Vierergarage und einem Schwimmbad mit Sauna im Keller. Da fehlt es an nichts. Das Fräulein Meerrettich hat es gut getroffen mit dem Emil. Der stammt aus einer wohlhabenden Familie, und er selber verdient auch recht ordentlich in der Familienbrauerei. Mit dem wird die Meerrettichkönigin ein schönes Leben haben. Außerdem ist er ein stattliches Mannsbild, groß und sportlich. Vollkommen narrisch ist der auf das Madla. Wenn er von ihr redet – und das tut er ständig – nennt er sie ›meine Königin‹. Sogar so ein Sprudeldings hat er einbauen lassen, wo vier bis fünf Leut' zusammen baden können.«

Der alte Schmiedinger ist erstaunlich gut informiert.

»Sie meinen einen Whirlpool, nehme ich an?« Ich schüttle den Kopf über so viel ungebremste Hingabe von Seiten des Bräutigams.

»Ja, genau so einen. Darauf hat das gnädige Fräulein bestanden. Der Emil verwöhnt seine Braut nach Strich und Faden, für die ist ihm nix zu teuer. Zur Hochzeit schenkt er ihr ein MINI-Cabriolet. Das steht schon in der Garage. Als Verlobungsring hat er ihr einen riesigen Brillanten für ein paar 1000 Euro an den Finger gesteckt. Unser Braumeister trägt seine Verlobte buchstäblich auf Händen. So einer ist das, ein richtiger Kavalier.«

»Und einer, der sein Sixpack am Bauch und nicht im Kühlschrank hat, obwohl er den ganzen Tag am Braukessel steht.«

Die Stimme gehört dem Paul, dem Juniorchef der Baumschule. Er ist auch einer der *Strohbären*, soviel ich weiß.

»Servus, Paul, lang nimmer gesehen!«

Freundschaftlich klopft der Ludger dem Neuankömmling auf die Schulter.

»Den Emil scheinst du zu mögen, wie mir scheint.«

»Davon kannst ausgehen! Der Emil ist wirklich ein feiner Kerl. Wir trainieren zusammen Kickboxen im *BuddyFit* in Baiersdorf und spielen miteinander Eishockey in Erlangen. Er ist ein Clubberer wie alle hier und geht jedes Mal mit zu den Heimspielen in Nürnberg. Ein echter Kumpel, der Emil, der sich auch mit Freibier für die *Burschenschafts*-Abende nicht lumpen lässt. Wer was gegen ihn sagt, der kriegt's mit mir zu tun. Auf den Emil lass ich fei nix kommen.« Der Paul nickt mehrmals zur Bekräftigung seiner Worte.

»Der Seiler Finn ist auch ein Neuer, hat dein Vater erzählt.«

»Ja, der Finn. Eher so ein Stiller, der wenig redet und lieber für sich bleibt. Wie haben uns alle gewundert, dass er bei der *Burschenschaft* mitmachen will. Aber bei uns ist ein jeder willkommen.«

Durch das offene Scheunentor fegt ein kalter Windstoß herein, und ich beginne zu frieren. Ungeduldig stampfe ich mit den Füßen auf, um die Blutzirkulation anzukurbeln. Außerdem langweilen mich die Männergespräche über Fitness, Fußball und Vereinsabende.

»Haben Sie Zitronenbäumchen?«, wende ich mich deshalb an den Seniorchef.

»Ja, freilich, nebenan im Gewächshaus. Wenn S' mitkommen wollen, Fräulein?« Ja, ich will! Raus aus der Kälte, rein ins tropisch warme Gewächshaus.

»Du, Ludger, ich schau mir mal die Pflanzen an.«

Er nickt geistesabwesend, ganz in den Austausch mit Paul vertieft.

Als mein Kollege nach einer Viertelstunde zum Streifenwagen kommt, staunt er nicht schlecht. Auf der Rückbank steht dicht gedrängt allerhand Grünzeug.

»Sag mal, spinnst du, Evita? Was ist denn das für eine Schweinerei? Ich hab erst vor ein paar Tagen den Wagen gereinigt, und schau ihn dir jetzt an! Alles voller Dreck, nassem noch dazu. Das krieg ich nie wieder sauber«, schreit er erbost, als er meine Neuanschaffungen sieht. »Was willst du eigentlich mit dem ganzen Unkraut?«

Von wegen Unkraut. Meine Wohnung wird sich gleich in einen farbenfrohen Paradiesgarten verwandeln. Ich kann es kaum erwarten.

»Du hast dich ja auffallend für den *Burschenverein* interessiert. Willst du etwa beitreten?«, versuche ich, Kollegen Dauer von seinem Ärger über mich und meine Pflanzen abzulenken.

»Das würde ich auf der Stelle, wenn ich in Effeltrich wohnen würde«, knurrt er, schon halb besänftigt. »Aber die nehmen nur waschechte Effeltricher in ihren Reihen auf. Man muss seinen Wohnsitz im Dorf haben.«

Für einen Moment verschlägt es mir die Sprache. Der Ludger sehnt sich nach dem *Burschenverein*, wer hätte das gedacht! Eigentlich ist es kein Wunder, dass sich der arme Kerl bierselige Männerfreundschaften wünscht, bei so viel weiblicher Überpräsenz: seine energiegeladene Mutter, seine resolute Anwaltsschwester, seine willensstarke Olga und ich als seine Vorgesetzte, von der er jeden Tag Anweisungen entgegennehmen muss. Wirklich kein leichtes Leben für ein gestandenes Mannsbild.

»Ludger, fahr doch mal am Schnappauf seinem Haus vorbei«, fordere ich den Kollegen auf.

Ich muss zugeben, dass mich der Prachtbau interessiert, den der Braumeister für seine Liebste in Effeltrich errichtet hat, und ich werde nicht enttäuscht. Es ist eine weiße Villa im toskanischen Stil, mit Marmorsäulen vor dem Eingangsportal, drei Stockwerken, einem weitläufigen Garten mit modernen Skulpturen und einem schmiedeeisernen Gartenzaun um das gesamte Areal. An den Garten schließt sich eine Garage an, so groß wie ein Familienbungalow. Da stellt sich die Frage, wie viele Fahrzeuge zwei Leutchen tatsächlich brauchen. Die hier bietet jedenfalls Platz für vier

Autos oder mehr. Die zukünftige Familie Schnappauf zeigt offensichtlich gern, was sie hat. Eine solche Zurschaustellung von Reichtum erweckt sicher bei vielen Menschen Neid und Missgunst. Aber das soll nicht meine Sorge sein.

Daheim angekommen hilft mir Kollege Dauer, die Pflanzen in die Wohnung zu schleppen. Nachdem ich sie dekorativ arrangiert habe, bringen sie neuen Glanz und einen Hauch von Frühling in meine Bude.

Am Freitagabend vor dem *Fasalecken*-Winteraustreiben bin ich mit Thomas und Julian in unserer Stammkneipe verabredet. Ich schulde ihnen noch ein Feierabendbier für die nächtliche Katzenrettung.

Als ich die Tür öffne, schlägt mir lautes Stimmengewirr entgegen. Die Wirtsstube ist rappelvoll. Hinter der Theke steht Wirtin Betty an der Zapfanlage und schaut nur kurz auf, als ich vorbeigehe. Ich hebe drei Finger, sie nickt und weiß Bescheid. Die beiden Jungs sitzen bereits am Stammtisch und warten auf mich. Wie gut, dass wir uns auch ohne Worte verstehen, denn eine Unterhaltung ist bei dem Lärmpegel kaum möglich. Ich schaue mich um und bemerke einen einsamen Bierschlucker am Tresen, der mit weit ausholenden Gesten Selbstgespräche führt. Der Poldner, wer sonst! Mit dem Rücken zu ihm sitzt ein breitschultriger Mann in brauner Lederjacke, neben ihm die Fiona Hohenstein, um die er den Arm gelegt hat.

»Der Emil vom Forchheimer *Goldbräu* und seine Schnecke«, wispert mir der Thomas ins Ohr, als er meine prüfenden Blicke bemerkt. »Die zwei heiraten im Mai. Alle von der Freiwilligen Feuerwehr und vom *Burschenverein* sind eingeladen. Das wird ein Riesenfest, sag ich dir, mit Bierzelt, Fischbraterei, Grillwagen und Bierbrunnen, dazu eine Hüpfburg und Karussell für die Kinder.«

Kerwatreiben auf dem Hochzeitsfest. Für den, der's mag, bestimmt das Höchste! Mein Geschmack ist es nicht.

Wir trinken in geselligem Schweigen unsere Seidla aus, dann bestellt der Thomas die nächste Runde. Wenn ich nach Feierabend ohne Auto unterwegs bin, sag ich zu einem oder zwei Bieren nicht Nein. Kaum stehen die neuen Getränke vor uns, geht es auf einmal am Tresen richtig rund. Geschrei und Schimpfworte schallen bis zu unserem Tisch herüber.

»Halt dein böses Maul, Poldner, und misch dich nicht in meine Angelegenheiten!«

Der Emil Schnappauf ist aufgestanden und baut sich mit zorniger Miene vor dem Poldner auf. Schlagartig verstummen die Gespräche in der Wirtsstube, alle Augen richten sich auf die beiden Streithähne. Auch ich will aufstehen und in meiner Funktion als Ordnungshüterin und Friedensstifterin dazwischengehen, doch der Thomas hält mich am Arm fest.

»Lass, Evita, das regelt sich von selbst«, raunt er mir ins Ohr.

Aber der Poldner denkt nicht daran, Ruhe zu geben. Im Gegenteil, er greift nach seinem Bierglas und schüttet dem Emil den Inhalt ins Gesicht, packt ihn dann am Revers seiner Jacke und zerrt daran. Da holt der Braumeister aus und verabreicht dem Poldner so eine Mordswatschen, dass der rückwärts vom Hocker fällt. Die Betty versucht vergebens, den Emil zurückzuhalten, als er sich bückt, seinen Gegner am Kragen schnappt und zur Tür schleift. Er öffnet sie, schmeißt den Randalierer hinaus auf die Straße und schließt mit Nachdruck die Tür hinter sich, dann kehrt er zu seinem Platz am Tresen zurück.

Mittlerweile ist es in der Kneipe so still wie nur sonntags in der Kirche. Alle starren den Emil an, der nach einer Serviette greift, um sich das Bier von Gesicht und Jacke zu wischen, bevor er ein *Rüscherl* bestellt.

Da wird die Tür aufgerissen, und der Poldner brüllt in die verlegene Stille:

»Schnappauf, du Sau, komm raus, wenn du dich traust! Ich bring dich um! Das machst ned noch einmal mit mir, Bierpanscher, elendiger! Von dir lass ich mir ned das Maul verbieten, hast mich gehört? Ich sag einem jeden, dass dein Bier ein Dreck ist, das wie Kuhpisse schmeckt!«

Krachend fällt die Tür ins Schloss.

Zwei Sekunden lang herrscht noch atemlose Stille, dann setzt ohrenbetäubendes Stimmgewirr ein, weil alle zur gleichen Zeit ihrer Erregung Luft machen.

»Der Poldner weiß nicht, wann Schluss ist – weder beim Saufen noch beim Reden«, brummt der Thomas. »Ein Stänkerer ist er, der sich mit jedem anlegt. Egal, wie oft sie dem die Hucke vollhauen, er lernt es einfach nicht. Aber diesmal ist er an den Falschen geraten. Der Schnappauf ist Kampfsportler, der lässt sich von einem wie dem Poldner nichts gefallen.«

Nach und nach wird es ruhiger in der Wirtsstube. Die Gäste tuscheln nur noch hinter vorgehaltener Hand in Zimmerlautstärke über die Rauferei. Alle geben dem Emil recht, der sich ziemlich derb gegen den Poldner gewehrt hat.

Während ich den letzten Schluck aus meinem Glas trinke, denke ich mit Grauen an das bevorstehende *Fasalecken*-Treiben und hoffe, dass es ohne größeren Ärger über die Bühne geht. Wieder einmal zweifele ich, ob zwölf Beamte für die Sicherheit sowohl der *Fasalecken* als auch der Besucher tatsächlich ausreichen. Die Stimmung ist jetzt schon aufgeheizt, da kann alles Mögliche passieren.

Ich lege das Geld für die Zeche auf den Tisch, und wir verlassen gemeinsam das Lokal.

In gemächlichem Tempo mache ich mich durch verschneite Straßen auf den Heimweg, in Gedanken bei dem übermorgen stattfindenden Spektakel.

KAPITEL 4

19. Februar, Faschingssonntag, der Tag des Fasalecken-Umzugs

Sonnig und klar dämmert der Faschingssonntag herauf, aber die Eiseskälte hält weiter an. Minus sieben Grad zeigt das Außenthermometer. Trotzdem werden bei dem schönen Wetter Scharen von Zuschauern anreisen, die sich das nachmittägliche Treiben nicht entgehen lassen wollen.

Pünktlich um 9 Uhr treffen die Kollegen aus Erlangen und Forchheim auf dem Polizeiposten ein. Zu meiner Überraschung ist auch PHM Kuhn unter ihnen.

»Guten Morgen, Herr Kuhn, was machen Sie denn hier?«, wundere ich mich. »Wollten Sie sich nicht mit Ihrer Frau zusammen den Umzug ansehen?«

»Die Gerda ist krank und liegt mit Fieber im Bett, da dachte ich: Machst dich in deiner alten Heimat nützlich und hilfst den Kollegen. Du kannst einen weiteren Mann doch sicher brauchen, Evi?«

»Klar, ich bin froh über jeden, der uns heute zur Hand geht«, versichere ich meinem ehemaligen Chef und freue mich über sein Hilfsangebot.

Wir besprechen noch einmal die Einsatzpläne, die ich den auswärtigen Kollegen schon vor einigen Tagen per E-Mail zugeschickt habe, dann fährt der Ludger mit den Beamten aus Erlangen ihre Einsatzorte an und weist sie ein. Die Forchheimer wissen aus langjähriger Erfahrung, was sie zu tun haben, da braucht es keine großen Worte.

Noch vor dem Mittagsläuten stehen wir bereit, jeder Polizeibeamte auf dem ihm zugewiesenen Platz. An den Straßensperren werden die Fahrzeuge umgeleitet und auf die ausgewiesenen Parkplätze gelotst, die zivilen Beamten patrouillieren durch die Straßen und mustern die Passanten mit aufmerksamen Blicken, ob nicht wer mit einer Waffe herumfuchtelt. Kinder rennen schreiend zwischen den Erwachsenen herum, knisternde Spannung liegt in der Luft. In zweieinhalb Stunden beginnt das Winteraustreiben. Der Kuhn, der Ludger und ich werden die *Fasalecken* und *Winterbären* am seitlichen Rand des Zugs begleiten, und zwar so, dass wir sie jederzeit im Auge haben.

Schon jetzt sind zahllose Gäste in der Stadt unterwegs, die Wirtschaften bis auf den letzten Platz gefüllt. Menschenmengen schieben sich durch die Straßen. Mit meinen beiden Helfern laufe ich Richtung Jahnstraße, um auf dem Parkplatz das Eintreffen und die Aufstellung der Frühlingsboten und Winterdämonen zu beobachten.

Kurz vor 14.30 Uhr treffen sie ein. Zwei Omnibusse und ein Lastwagen, auf dessen Ladefläche die *Strohbären* stehen und in die Menge winken. Aus einem Kleinbus steigen die *Fasalecken* mit ihren *Trachtenmädchen*, aus dem anderen die Musiker samt Instrumenten.

Nun strömen von allen Seiten Besucher auf den Platz, um den Start des Umzugs mitzuerleben. Manche von ihnen stecken in Faschingskostümen und abenteuerlichen Masken. Piraten, Marvel-Helden, Ritter, Prinzessinnen, Hexen und Haremsdamen sind unterwegs, obwohl der *Fasalecken*-Umzug alles andere als eine Faschingsveranstaltung ist. Viele junge Männer halten Bier- oder Schnapsflaschen in den Händen. Teenie-Mädchen umklammern Kaffeebecher und Glühweintassen. Die eignen sich prima als Wurfgeschosse, wenn der Alkoholpegel die entscheidende Höhe erreicht hat. Ich seufze, weil ich Schlimmes befürchte.

Ein als *Batman* verkleideter Kerl packt mich am Arm, zieht mich an sich und flüstert:

»Geiles Kostüm, Zuckerschneggla, ich steh' auf heiße Weiber in Uniform!«

Ich reiße mich los, stoße ihn zurück und fauche:

»Aber ich nicht auf einen Spargeltarzan im Faschingskostüm!«

Er lacht, zuckt mit den Schultern und ruft:

»Was du nicht willst, das ich dir tu, das füg' ich einer andern zu!«, bevor er sich umdreht und in der Menge verschwindet.

Batman ist ein Poet.

Mittlerweile stehen die Schaulustigen Schulter an Schulter. Meine Kollegen und ich drängeln uns nach vorne durch, wo die Kapelle den ersten Tusch spielt, bevor sie sich in Bewegung setzt. Als Nächstes trampeln die *Strohbären* mit viel Getöse hinter ihnen her. Ich meine, den Emil Schnappauf zu erkennen und neben ihm den Finn Seiler. Hinter den *Winterbären* folgen die *Fasalecken*, die ihre Peitschen über die Köpfe knallen lassen. Den Schluss bilden die *Trachtenmädchen* in ihren prachtvollen traditionellen Festgewändern. Das ist ein schönes Bild, das die meisten Zuschauer mit ihren Handykameras festhalten.

Ich laufe in etwa zwei Meter Entfernung neben Emil und den anderen *Winterbären* her, auf der gegenüberliegenden Seite begleiten Kuhn und Ludger die *Fasalecken*. Nach einigen Schritten beginnen die *Winterbären* zu tan-

zen, und ich verliere den Überblick, wer unter der Strohverkleidung steckt.

Die Zuschauer feuern die Burschen mit solchem Gebrüll
an, dass die Musik in dem Lärm fast untergeht. Von hinten drängeln immer mehr Menschen nach vorn, und ich
muss höllisch aufpassen, die *Strohbären* nicht aus den
Augen zu verlieren. Schon strecken ein paar Übermütige
die Hände aus, um ihnen das Stroh abzureißen. Ich versuche, sie davon abzuhalten und auf den Gehsteig zurück
zu schieben, aber es klappt nicht. Ich habe es gewusst, wir
hätten mehr Polizeipräsenz gebraucht. Es sind einfach viel
zu viele Menschen unterwegs.

Plötzlich schlingt sich ein Arm um meine Taille und
hält mich mit eisernem Griff fest, dann wispert mir *Batman* ins Ohr:

»Hey, Zuckerschneggla, hast du es dir überlegt? Soll
ich dich …«

Er beugt sich über mich, um mich zu küssen, und bläst
mir dabei seine Schnapsfahne ins Gesicht. Wütend ramme
ich ihm den Ellbogen in den Bauch, er lässt los, aber für
ein paar Sekunden bin ich abgelenkt und achte nicht auf
den Umzug. In diesem Augenblick geht ein Aufschrei
durch die Menge.

Hektisch schaue ich mich nach den *Winterbären* um.
Zur Salzsäule erstarrt bleibe ich stehen, weil ich in der
ersten Schrecksekunde nicht begreife, was sich direkt vor
meinen Augen abspielt.

Rauch steigt auf, und sofort züngeln Flammen empor.
Ein *Winterbär* brennt. Seine panischen Schmerzensschreie
übertönen selbst den Lärm der Feiernden am Straßenrand.

Im Nu werden auch die Zuschauer auf das Feuer aufmerksam. Entsetzte Hilferufe ertönen, dann bricht ein

unglaubliches Chaos aus. Die vorn Stehenden versuchen, sich vor den Flammen in Sicherheit zu bringen, die hinten stemmen sich gewaltsam dagegen, um zu sehen, was vorne passiert. Jemand stößt mir ein Knie in die Beine und schubst mich beiseite, als ich mich zu dem brennenden *Strohbären* durchkämpfen will. Dann sehe ich PHM Kuhn, der schon mit seinem Parka wie wild auf die Flammen einschlägt. Doch ohne Erfolg, das trockene Stroh brennt wie Zunder. Die anderen *Winterbären* suchen nach einer Fluchtmöglichkeit, um sich vor den Flammen zu retten. Bei dem starken Funkenflug sind auch sie in Gefahr, in ihrer Verkleidung Feuer zu fangen.

Der brennende *Strohbär* fällt langsam zu Boden und schreit und schreit, bis er schließlich reglos liegen bleibt. Jetzt erreicht ihn auch Ludger, einen Wimpernschlag später habe auch ich mich durch die Menge geboxt. Zu dritt versuchen wir, das Feuer mit unseren Jacken zu ersticken. Aber es nützt nichts, immer wieder lodern neue Flammen auf. Beißender Rauch dringt mir in Mund und Nase. Ich beginne zu husten, zu würgen und ringe verzweifelt nach Atem. Neben mir schnappt PHM Kuhn nach Luft wie ein Fisch auf dem Trockenen.

Aus der Ferne höre ich die Sirene der Feuerwehr. Doch es ist kein Durchkommen bei dem Tumult, der rings um uns herum tobt. Es stinkt nach verbranntem Fleisch, und ich sehe, wie die rechte Hand des Brandopfer noch einmal kurz zuckt, bevor sie bewegungslos liegen bleibt. Ich drehe mich zur Seite, weil mir übel wird. Ein gallebitterer Geschmack breitet sich in meinem Mund aus, Tränen tropfen mir unaufhörlich aus den Augen. Das hier ist der blanke Horror, schlimmer als in meinen wüstesten Albträumen. Der Mensch vor mir rührt sich nicht mehr, wahrscheinlich ist er tot; Stroh, Kleidung, Haut, Haare und Fleisch zu einer schwarzen Masse verschmolzen. Auf Knien liege ich neben der Leiche im Straßendreck und heule Rotz und Wasser, bis Edgar Kuhn mir unter die Arme greift, um mich hochzuziehen und an seine Brust zu drücken. Dabei macht er beschwichtigende Laute, mit denen man ein kleines Kind oder einen Hundewelpen beruhigt. Ich klammere mich an ihn, als wäre er der sprichwörtliche Fels in der Brandung.

Dann endlich ist die Feuerwehr zur Stelle, ich erkenne Thomas, Julian und andere Feuerwehrmänner in ihren Uniformen, die die Gaffer zurückdrängen und den Unfallort mit Flatterband sichern, während ihre Kollegen das Opfer mit einer Folie abdecken. Plötzlich steht Ludger neben uns, von oben bis unten mit schwarzem Sott bedeckt und mit Tränen in den Augen. Seine Augenbrauen sind versengt, und von den fliegenden Funken hat er kleine Brandwunden im Gesicht und an den Händen.

»Dort liegt einer meiner Freunde«, stammelt er fassungslos. »Ich kenne doch alle Jungs vom Effeltricher *Burschenverein*.« Er dreht sich um und wankt zurück zu der abgedeckten Leiche. Selbst PHM Kuhn, ein alter Hase und seit 40 Jahren im Geschäft, ist kreidebleich und wirkt einigermaßen verstört. Wir Polizisten vom Land erleben einen solchen Horror wahrscheinlich nur einmal im Leben. Da ist es nur allzu verständlich, wenn man die Fassung verliert.

Mit rußverschmierten Händen wische ich mir die Tränen ab. Als ich wieder klar sehen kann, bemerke ich den Leo Poldner, der feixend in der ersten Reihe hinter der Absperrung steht und gar nicht genug kriegen kann von dem grausigen Spektakel. Auch die Schwankel drängt sich mit einem Smartphone in der Hand rücksichtslos nach vorn, um bloß nichts zu verpassen, das Gesicht zu einer sensationsgeilen Fratze verzerrt. Was sind das nur für kranke Gestalten, die sich am Tod eines jungen Menschen ergötzen?

In der Zwischenzeit hat der Kuhn den Kriminaldauerdienst in Erlangen verständigt. Die Kriminaltechniker sowie mehrere Kripobeamte und ein Rechtsmediziner sind unterwegs nach Baiersdorf.

Jetzt schiebt sich ein Krankenwagen im Schritttempo durch die Menge, eine Frau und zwei Männer springen heraus. Kuhn pflückt mich von seiner Brust und übergibt mich der Notärztin, die mich zum Wagen führt, mir fürsorglich eine Decke um die Schultern legt und aus einer Thermoskanne ein dampfendes Getränk eingießt.

»Hier, trinken Sie, das wird Ihnen guttun.« Freundlich lächelt die Frau mich an, als sie mir die Tasse an die Lippen hält. Meine Hände zittern noch immer so sehr, dass ich wahrscheinlich ohne Hilfe den Tee verschütten würde.

»Ich gebe Ihnen ein Beruhigungsmittel«, erklärt sie mir, während sie die Injektion vorbereitet. »Der Unfall hat Sie sehr mitgenommen, wie es scheint.« Mitgenommen? Das ist die Untertreibung des Jahres. Ich bin am Boden zerstört.

Widerspruchslos strecke ich ihr den Arm hin und murmle: »Das war kein Unfall, sondern Mord. Jemand hat den *Winterbären* absichtlich angezündet.«

»Wie können Sie so etwas behaupten? Das wissen Sie doch nicht.« Vorsichtig setzt sie die Spritze, und nach einigen Minuten verspüre ich die Wirkung. Mein Kopf fühlt sich federleicht an, ein wenig wie in Watte gepackt, und ich lehne mich erschöpft an die Seite des Krankenwagens, um meinen Kollegen und den Feuerwehrleuten bei der Arbeit zuzuschauen.

Als ein dunkelblauer Audi, ein schwarzer BMW und ein weißer Transporter bis zum Unglücksort vorstoßen, weiß ich, dass die Erlanger Kollegen und der Rechtsmediziner eingetroffen sind. In angenehmem Dämmerzustand beobachte ich den attraktiven Hünen im eleganten Sakko und Designer-Jeans, der sich ein wenig mühsam hinter dem Steuer hervorschiebt, und eine junge dunkelhaarige Frau, fast noch ein Mädchen, die mit einem Tablet in der Hand an seine Seite huscht. Aus dem Transporter laden mehrere Männer allerlei Gerätschaften, Alukoffer und Lampen, bevor sie in weiße Ganzkörperschutzanzüge steigen und der Doktor sich neben die verkohlte Leiche kniet. Der Kuhn gesellt sich dazu, und ich höre ihn sagen:

»Mein Gott, das ist einer der Effeltricher Burschen. Ein Bub aus dem Nachbardorf, und noch so jung.«

»Ja, und schon so tot«, stellt der Gerichtsmediziner trocken fest. »An seinen Verbrennung gestorben, wie es auf den ersten Blick ausschaut. Das ist schon recht makaber, weil das Verbrennen von Menschen, selbst im fränkischen Raum, vor rund 300 Jahren aus der Mode gekommen ist.«

»Doktor Otto, bitte unterlassen Sie Ihre geschmacklosen Bemerkungen. Nicht jeder schätzt Ihre spezielle Art von Humor«, schnarrt der Hüne und stellt sich mit der jungen Frau zum Ludger. Er scheint ihn zu befragen, denn mein Kollege deutet hierhin und dorthin, wahrscheinlich um die Situation vor dem Brandanschlag zu schildern.

Mittlerweile sind noch mehr Beamte in Uniform eingetroffen, um die Schaulustigen in Schach zu halten. Einige Kollegen gehen herum und nehmen die Namen von Zeugen auf.

»Bring das Zelt!«, ruft einer der Spurensicherer einem

anderen zu. »Jetzt schick dich halt, Kurti, wir brauchen einen Sichtschutz!«

Den brauchen sie tatsächlich, wie mir trotz meines benebelten Zustands auffällt, denn erst jetzt bemerke ich das ständige Klicken der Handykameras hinter der Absperrung. Den Shitstorm in den sozialen Netzwerken sehe ich bereits vor mir: »Polizistin bricht heulend neben Unfallopfer zusammen. So ein Weichei ist doch für den Job völlig ungeeignet.« Oder: »Weiber bei der Polizei, das geht gar nicht! Die soll sich mal lieber um ihre Familie kümmern!« Und das dürften noch die freundlicheren Kommentare bezüglich meines Zusammenbruchs sein.

Sollen sie doch, die Lästermäuler, es ist mir egal. Der hautnah erlebte Tod eines Menschen erschüttert mich bis ins Innerste, ich befinde mich in einer Art Schockstarre. Ob ich diese Bilder und die panischen Schmerzensschreie des Opfers je wieder vergessen werde? Ich sehe nicht ein, warum ich meine Trauer vor diesen mitleidlosen Gaffern verstecken soll.

»Polizeiobermeisterin Emmerling?« Ich blicke auf. Vor mir steht der Hüne. »Ich bin Polizeihauptkommissar Kilian Weinstock von der Kriminalpolizeiinspektion Erlangen. Ich hätte ein paar Fragen an Sie.«

»Hat das nicht Zeit bis morgen?«, grätscht die Notfallärztin dazwischen. »Die Patientin steht unter Schock und hat ein Sedativum erhalten. Sie ist nicht in der Verfassung, Fragen zu beantworten.«

Mit einer fahrigen Handbewegung wehre ich ab: »Nein, nein, es geht schon. Was wollen Sie denn wissen?« Ich rücke ein Stück zur Seite, um ihm Platz zu machen.

PHK Weinstock setzt sich neben mich in die offene hintere Tür des Krankenwagens. Dabei weht ein Hauch von

Eau de Sauvage zu mir herüber. Das gleiche Herrenparfüm hat auch mein Ex benutzt, ein verführerisch männlicher Duft, stelle ich trotz des Dämmerzustands fest.

»Sie sind also die ganze Zeit neben den sogenannten *Winterbären* hergelaufen. Haben Sie dabei etwas bemerkt? Ist den Strohmännern jemand von den Zuschauern zu nahe gekommen?«

Ich denke nach und berichte von den Jugendlichen, die den *Winterbären* Teile der Strohverkleidung heruntergerissen haben. Dann fällt mir der Zwischenfall mit *Batman* ein, der sich wie ein Klammeraffe an mir festgekrallt hat. Aus diesem Grund habe ich die *Winterbären* für ein paar Sekunden aus den Augen verloren. Das erzähle ich dem Kommissar, und er macht sich handschriftliche Notizen in ein stylisches Notizbuch mit LV-Aufdruck.

»Wer war dieser *Batman*? Haben Sie ihn erkannt?«, will er wissen.

Ich schüttle verneinend den Kopf.

»Wie denn auch, er trug doch eine Maske, so ein schwarzes Latexding mit Ohren, halt wie der Fledermausmann in den Comics.«

»Aber Sie kennen hier doch jeden, nehme ich an. Haben Sie denn gar keine Vermutung, wer in der Verkleidung gesteckt haben könnte?«, insistiert er. »Dieser *Batman* hat Sie vielleicht absichtlich abgelenkt, während ein Komplize den *Strohbären* angezündet hat.«

Wieder schüttle ich den Kopf, und dabei wird mir richtig schwindlig. Die Ärztin bemerkt es, legt mir sofort den Arm um die Schulter und fängt mich auf.

»Schluss jetzt!«, faucht sie PHK Weinstock an. »Sie hören sofort auf mit Ihrer Fragerei. Sehen Sie nicht, dass die Frau am Ende ihrer Kräfte ist? Wir bringen sie jetzt nach Hause, und ich sorge dafür, dass sie die nötige Ruhe bekommt. Sie können morgen mit ihr reden.«

Der Kommissar steht auf, zieht sein Jackett zurecht und greift in die Innentasche. Er holt eine zerfledderte Visitenkarte heraus und drückt sie mir in die Hand.

»Falls Ihnen doch noch etwas einfällt, können Sie mich jederzeit anrufen, Frau Kollegin. Ansonsten sehen wir uns morgen auf dem Polizeiposten, dann unterhalten wir uns ungestört.« Dabei streift ein verärgerter Blick die Ärztin, die ihn jedoch erfolgreich ignoriert.

Daheim betten mich die beiden Sanitäter aufs Sofa, wickeln mich in eine Decke und stellen eine Flasche Wasser und ein Glas auf den Tisch.

»Wenn Sie gesundheitliche Probleme wie heftige Kopfschmerzen, Übelkeit, Schwindel, Gleichgewichtsstörungen oder dergleichen verspüren, rufen Sie sofort einen Arzt, haben Sie mich verstanden? Nehmen Sie die Anzeichen eines Schocks bitte nicht auf die leichte Schulter«, warnt mich der ältere noch, bevor er die Tür hinter sich zuzieht und ich endlich alleine bin. Ich bin so dermaßen fertig von dem furchtbaren Erlebnis und dem Beruhigungsmittel, dass ich nach kurzer Zeit in einen ohnmachtsähnlichen Schlaf falle.

KAPITEL 5

20. Februar, Rosenmontag

Als ich am nächsten Morgen aufwache, dröhnt mein Kopf wie eine Glocke. Aus dem Spiegel starrt mich eine zerknautschte, kreidebleiche Fremde an. Die Symptome kenne ich aus meiner Jugend, wenn ich am Vorabend zu heftig gefeiert und ein paar Promille zu viel *Sangria* und *Rüscherl* getankt habe. Gestern aber war ich abstinent, also scheinen es die Nachwirkungen des Schocks sowie des Beruhigungsmittels zu sein. Erst nach einer ausgiebigen Dusche, einer großen Tasse Kaffee, zwei Aspirin und ein wenig Farbe im Gesicht fühle ich mich einigermaßen alltagstauglich.

Im Büro ist es kalt und dunkel. Ich drehe die Heizung auf, lasse mir einen Cappuccino aus der Maschine und stelle mich mit dem Wachmacher in der Hand ans Fenster. In der Nacht hat es wieder einmal geschneit, die Straße glänzt tückisch glatt im fahlen Licht der Straßenbeleuchtung. Ein trostloser Anblick am frühen Morgen. Dieser Winter nimmt einfach kein Ende. Während ich das belebende Heißgetränk schlürfe frage ich mich, wer von den *Winterbären* gestern ermordet wurde und welcher meiner Kollegen die traurige Aufgabe hatte, die Angehörigen zu benachrichtigen. Von den Effeltricher Burschen ist keiner älter als 28. Was muss das für ein Grauen sein für die Familienangehörigen und die Freunde des Opfers? Ich vermag mir einen solchen Verlust gar nicht vorzustellen.

In meinem Umfeld gab es bisher zum Glück noch nie ein Tötungsdelikt.

Ob die Erlanger Kriminaler schon etwas über den Tathergang herausgefunden haben? Gibt es vielleicht sogar schon einen Verdächtigen?, überlege ich.

Lange muss ich nicht auf Antworten warten, denn noch vor Ludger trifft PHM Kuhn im Büro ein. Er sieht so käsig, traurig und angeschlagen aus, wie ich mich fühle.

»Servus!« Er hängt seinen Parka über die Lehne und lässt sich auf Ludgers Drehstuhl fallen.

»Guten Morgen, Herr Kuhn!«

»Geht's denn wieder, Mädchen? Du warst gestern ja ziemlich von der Rolle. Wir haben uns alle Sorgen um dich gemacht.« Prüfend wandert sein Blick über mein Gesicht.

Ein Nicken meinerseits. Dann ist es still, weil keiner als Erster reden will. Schließlich räuspert sich mein früherer Chef, bevor er mit rauer Stimme sagt:

»Du wirst sicher wissen wollen, wer das Todesopfer ist.«

Beklommen nicke ich noch einmal, obwohl ich es eigentlich gar nicht wissen will.

»Den Schnappauf Emil hat's erwischt.«

»Den Emil?« Mir verschlägt es vor Entsetzen die Sprache, ein eiskalter Finger gleitet an meiner Wirbelsäule entlang. Ich kannte den Braumeister zwar nur vom Sehen, erinnere mich aber, wie verliebt er in die Meerrettichkönigin war und dass er sie in Kürze heiraten wollte.

»Ja, es ist eine wahre Tragödie.« Trauer und Hilflosigkeit schwingen in Kuhns Stimme mit. »So ein tüchtiger junger Mensch, der das ganze Leben noch vor sich hatte. Für eine solche Tat gibt es kein Motiv. Niemand kann sich vorstellen, wer dem Emil das angetan haben könnte. Der Bub war doch überall beliebt.«

Er verstummt und reibt gedankenverloren seine großen roten Hände aneinander, bevor er in der Lage ist weiterzusprechen:

»Ich hab' seinen Eltern die Todesnachricht überbracht. Das war die schlimmste Aufgabe meiner gesamten Polizeilaufbahn. Sie sind außer sich vor Kummer und werden derzeit von einem Notseelsorger und einer Polizeipsychologin betreut. Kollege Weinstock war bei Emils Verlobter, dieser Meerrettichkönigin. Die hatte einen Nervenzusammenbruch, als sie von seinem Tod erfahren hat. Jetzt liegt sie im Forchheimer Klinikum. So viel Leid und Elend!«

Der Kuhn muss nach diesen Worten ein paar Mal schlucken. Dann zieht er ein riesiges Taschentuch aus der Jacke und wischt sich damit den Schweiß von der Stirn, obwohl es im Büro immer noch recht frisch ist.

Es dauert eine Weile, bis ich all diese Hiobsbotschaften verdaut habe.

»Was meinen Sie, Herr Kuhn, wer den Emil Schnappauf ermordet hat und aus welchem Grund?«

Der fesche Braumeister wurde nicht nur im *Burschenverein* hoch geschätzt wegen seiner Hilfsbereitschaft, der Großzügigkeit und dem Gemeinschaftssinn. Bisher habe ich noch keinen getroffen, der ihn nicht mochte. Wer sollte so einen umbringen wollen?

»Ich weiß es nicht, Evi. Das herauszufinden wird die Aufgabe vom Kollegen Weinstock und seinem Team sein. Alles hoch motivierte Leute«, antwortet Kuhn.

»Und wir? Sie, der Ludger und ich? Was machen wir? Wir sind nicht nur räumlich ganz nah am Geschehen, wir kennen doch auch alle Leute in Baiersdorf und Effeltrich. Können wir denn gar nichts zu den Ermittlungen beitragen?«, frage ich aufsässig, obwohl ich die Antwort bereits kenne.

»Nein, Frau Emmerling, das erachte ich tatsächlich nicht für zielführend! Sie sind schließlich nur bei der Schutzpolizei, nicht bei der Mordkommission. Die Aufklärung eines Kapitalverbrechens ist allein die Aufgabe der Kriminalpolizei.«

Lautlos und von uns unbemerkt hat PHK Weinstock das Büro betreten.

Ich drehe mich zu ihm um, und mir fällt vor Staunen der Unterkiefer auf die Brust. Auch heute sieht er wieder aus wie vom Laufsteg gefallen. Trotz der arktischen Temperaturen trägt er eine kurze *Armani*-Lederjacke, eine farblich darauf abgestimmte Hose und auf Hochglanz polierte Loafers mit dünner Sohle, ein recht sommerliches Outfit für diese frostige Jahreszeit. Jedes Haar liegt akkurat an seinem Platz, er hat einen samtig gepflegten Dreitagebart und verströmt den dezenten Duft nach Elemiholz, Citrus und gediegener Eleganz.

»Sauwetter!«, schimpft er und wischt sich die Schneeflocken von der hochmodischen Designerjacke. »Ich verstehe nicht, warum in Baiersdorf noch tiefster Winter herrscht. Noch nicht mal die Hauptstraße ist geräumt. Na ja, Landleben eben. In Erlangen dagegen …«, will er ein Loblied auf die Universitätsstadt anstimmen, wird aber von PHM Kuhn ausgebremst:

»Es gibt kein schlechtes Wetter, Kollege, nur falsche Kleidung!«

Nach dieser Zurechtweisung sinkt die Stimmung im Büro augenblicklich auf Außentemperatur. Da weder Kuhn noch ich ihm einen Platz anbieten, zieht er den wackligen Besucherstuhl zu sich heran und lässt sich vorsichtig darauf nieder, so als könnte eine Berührung mit dem rustikalen Sitzmöbel seine hochwertigen Beinkleider ruinieren. Normalerweise serviere ich jedem Gast einen Espresso oder Latte macchiato, aber dieser gelackte Fatzke geht mir mit seinem Dünkel derart auf die Nerven, dass ich ein freundliches Angebot für überflüssig erachte. Gestern fand ich Kollegen Weinstock noch einigermaßen erträglich, aber da war meine Wahrnehmung auch durch bewusstseinsverändernde Drogen getrübt. Heute halte ich ihn für einen überheblichen Wichtigtuer, der gern den Pfau raushängen lässt und für uns Landeier nur milde Verachtung übrig hat.

»Ich nehme an, Kollege … äh, Kuhn hat sie bereits über die Identität des Opfers aufgeklärt, Frau Emmerling. Kannten Sie Emil Schnappauf?«, wendet es sich nun an mich.

»Vom Sehen«, erwidere ich einsilbig.

»Ach so? Tatsächlich? Ich dachte immer, auf dem Dorf kennt jeder jeden.« Arrogant zieht er die rechte Augenbraue nach oben.

»Baiersdorf ist kein Dorf, sondern eine Stadt!«, fährt Kollege Kuhn dazwischen. Diese Beleidigung seiner Heimatstadt kann er nicht unkommentiert hinnehmen. »Wir haben vielleicht keine 113.000 Einwohner, aber dafür seit 670 Jahren Stadtrechte.«

Mit süffisantem Grinsen ignoriert Weinstock den Einwand und streicht sich stattdessen prüfend über seine makellose Frisur.

»Gestern waren Sie ja einigermaßen, wie soll ich sagen, aus der Bahn geworfen. Fühlen Sie sich denn heute in der Lage, ein paar simple Fragen zu beantworten, Frau … äh, Kollegin?«

So simpel gestrickt wie ich selbst es bin?, würde ich am liebsten antworten.

»Ja, Herr ... äh, Weinstock!«, schnappe ich.

Dann stellt er mir exakt dieselben Fragen wie am Vortag und erhält exakt dieselben Antworten. Bei dem Gespräch schaut er mir nicht in die Augen, sondern blättert dabei in seinem Notizbuch herum. Zum Schluss kritzelt er noch etwas hinein, bevor er es schließlich zuschlägt.

»Übrigens gehen wir von Mord aus«, lässt er uns arme Unwissende dann noch an seinem Herrschaftswissen teilhaben.

»Gibt es dafür Beweise?«, will mein ehemaliger Vorgesetzter wissen.

»Selbstverständlich, was dachten Sie denn!« Weinstock wischt einen unsichtbares Fussel von der Schulter.

»Und welche?«

Kuhns Neugier ist dem Hauptkommissar sichtlich lästig.

»Wir haben ein Einwegfeuerzeug neben der Leiche gefunden. Und ein zerknülltes Papiertaschentuch.« Genüsslich lässt sich Weinstock jedes Wort aus der Nase ziehen, freiwillig gibt er nichts mehr preis.

»Ein Feuerzeug und ein Taschentuch?«, höhnt PHM Kuhn. »Damit wollen Sie einen Mord nachweisen? Da wünsche ich Ihnen recht viel Glück. Mit den Beweisstücken überzeugen Sie sicher problemlos jeden Untersuchungsrichter.«

»Lassen Sie das meine Sorge sein und kümmern Sie sich weiterhin um Ihre Falschparker und Wildbiesler. Damit sind Sie meines Erachtens vollkommen ausgelastet. Die Streifenhörnchen würden einen Tatverdächtigen doch nicht einmal erkennen, wenn man ihn denen an den Hintern nageln würde.«

Nach diesen Worten tritt gereizte Stille ein.

Der Kollege hält uns für unfähige Dorfdeppen, das hat er uns gerade klar und deutlich zu verstehen gegeben. Eine Zusammenarbeit mit uns kommt für ihn unter keinen Umständen infrage.

»Na gut, damit wäre wohl alles gesagt!« Ich stehe auf und strecke dem Kriminalhauptkommissar zum Abschied die Hand entgegen. »Auf Wiedersehen, Herr Weinstock.«

»Auf Wiedersehen!« Er übersieht die freundliche Geste. »Falls es noch Fragen geben sollte, melden wir uns.«

Ich kann es kaum erwarten, würde ich gern antworten. Aber ich verkneife es mir, weil unsere zwischenmenschliche Beziehung eh schon leicht ramponiert ist. Man muss die Antipathie nicht auf die Spitze treiben.

Bevor er die Tür aufreißen kann, weht ein eisiger Windstoß den Ludger herein. Die beiden Männer stehen sich einen Augenblick Brust an Brust gegenüber, dann schiebt sich der Hauptkommissar grußlos an dem Kollegen vorbei.

»Was wollte denn der Erlanger Kommissar …?«, beginnt Ludger, doch von draußen unterbricht ihn ein heftiges Poltern, gefolgt von einem markerschütternder Schrei.

»Herrschaftszeiten, was ist denn jetzt schon wieder passiert?« Der Kuhn rappelt sich mühsam vom Bürostuhl auf.

Weil der Ludger der Tür am nächsten steht, rennt er als Erster hinaus, und ich gleich hinterher. Der Rumpler hat sich gar nicht gut angehört. Und der Schrei erst recht nicht. Ich ahne Schlimmes.

Am Fuß der fünfstufigen Außentreppe, die vom Büro hinunter zum Parkplatz führt, liegt unser Besucher mit schmerzverzerrtem Gesicht und hält den rechten Knöchel umklammert.

»Fuck, fuck, fuck! Was glotzen Sie denn so blöd?«, fährt er meinen Kollegen an, der auf dem Treppenabsatz stehen geblieben ist und sich die Bescherung von oben betrachtet. »Helfen Sie mir gefälligst!«

Als der Ludger dem Weinstock Hilfe leisten und ihn hochheben will, jammert der wie ein kleines Kind, sodass Ludger ihn erst einmal auf der untersten Stufe absetzt.

»Stehen Sie nicht herum wie die Kuh, wenn's donnert, sondern rufen Sie einen Krankenwagen!«, herrscht der Weinstock mich an, und ich beeile mich, ihm den Gefallen zu tun. »Die Treppe ist nicht ordnungsgemäß von Schnee und Eis befreit. Das wird ein Nachspiel haben, das sage ich Ihnen!«

Als er zum Steinerweichen stöhnt, denke ich: Tja, Herr Kriminalhauptkommissar, Hochmut kommt vor dem Fall!, was hier wortwörtlich aufgefasst werden darf. Bei dem Gedanken kann ich mir ein schadenfrohes Grinsen kaum verkneifen.

In weniger als zehn Minuten steht der Krankenwagen in unserer Einfahrt. Die nette Notärztin, die herausspringt, kenne ich bereits. Sie hat mich gestern Nachmittag so liebevoll verarztet.

»Guten Morgen!«, grüßt sie zu mir her, bevor sie sich um den auf den Stufen hockenden Kommissar kümmert und vorsichtig den verletzten Fuß abtastet. Nach kurzer Untersuchung winkt sie den Sanitätern, die das Unfallopfer ratzfatz auf eine fahrbare Trage und anschließend in den Krankenwagen verfrachten.

»Das sieht nach einem Bruch aus. Aber es muss natürlich erst geröntgt werden. Wen wundert's, dass Ihr Kollege gestürzt ist.« Mit einem ungläubigen Kopfschütteln dreht sie sich zu mir, während sie ihre Tasche zusammenpackt. »Wie kann man bei solchem Wetter Sommerschuhe mit Ledersohlen tragen, frage ich Sie. Mit festem Schuhwerk wäre das nicht passiert, aber Winterstiefel sind halt nicht so elegant. ›Wo die Eitelkeit anfängt, hört der Verstand auf.‹«

»Ist der Spruch von Ihnen?«, frage ich lachend.

»Nein, von Marie von Ebner-Eschenbach. Die Dame hat ein paar sehr kluge Sätze über die menschliche Eitelkeit geschrieben.«

»Der Herr Kollege legt viel Wert auf eine ansprechende Optik, und wer schön sein will, der muss halt leiden«, stelle ich nicht ohne eine gewisse Schadenfreude fest.

»Wie ich sehe, fühlen Sie sich heute besser.« Sie mustert mich prüfend. »Sind Sie denn schon wieder im Dienst?«

Ich nicke.

»Es geht leider nicht anders. Das ist bei der Polizei nicht anders als in den Krankenhäusern, Frau Doktor. Dünne Personaldecke, jede Hand wird gebraucht. Ich kann nicht in Ruhe auf dem Sofa herumliegen, während meine Kollegen Überstunden schieben.«

»Verstehe. Also eine ganz pflichteifrige Beamtin. Passen Sie auf sich auf und überanstrengen Sie sich nicht, Frau Emmerling. Alles Gute weiterhin!«

Wir schütteln uns die Hände, dann steigt sie in den Krankenwagen. PHK Weinstock ist unterwegs in die Klinik und uns aus dem Weg.

Erst jetzt merke ich, wie sehr ich in meinem dünnen Uniformhemd friere. Meine beiden Kollegen waren so schlau, sich in die warme Stube zu verdrücken, während ich auf der Treppe mit der Ärztin geratscht habe. Als ich ins Büro komme, packt der Ludger gerade die Tasche mit den Fressalien aus. Seine Olga hat für alle kulinarischen

Eventualitäten vorgesorgt und ihrem Schatz Extra-Portionen Quiche Lorraine, Frühlingsrollen, geschnittenes Obst und Dessert mitgegeben. Das reicht locker für mindestens drei Personen. Wir gruppieren uns um die Schreibtische herum und lassen uns nicht lange bitten. Die Quiche ist vorzüglich und die Schwarzbeertörtchen ein wahrer Gaumenschmeichler, so zart und trotzdem schmackhaft. Als ich mit vollem Mund genüsslich vor mich hin kaue, bemerke ich, dass Ludger heute das T-Shirt Modell »Grillen, Chillen, Seidla killen« zur Uniformhose trägt. Auch der Kuhn nimmt es mit gerunzelter Stirn zur Kenntnis.

»Ihr Hemd entspricht aber nicht der Kleiderordnung, Polizeioberwachtmeister Dauer. Was sollen denn die Leute denken, wenn sie so etwas an einem Polizeibeamten sehen? Wir haben Vorbildfunktion für die Bevölkerung, vergessen Sie das nie!«, rügt er den jungen Kollegen. »Und jetzt ziehen Sie sich ordentlich an, aber flott!«

Doch der Ludger lässt den Rüffel nicht auf sich sitzen und verteidigt sich: »Das sieht doch hier keiner.« Dann schiebt er eine halbe Frühlingsrolle mit Gemüsefüllung in den Mund, um sich nicht weiter rechtfertigen zu müssen.

»Der Erlanger Kollege hätte es gesehen, wenn er …«, mault der Kuhn, doch ich unterbreche ihn.

»Hat er aber nicht, Chef, und der Ludger zieht gleich das Diensthemd über, gell, Ludger?«, springe ich meinem Lieblingskollegen bei.

Der nickt. »Sobald ich aufgegessen habe.«

Als die Tische abgeräumt und alle Fressutensilien säuberlich verstaut sind, sprechen wir über Weinstocks Unfall und fragen uns, wie sich die Mordermittlungen wohl gestalten werden, jetzt, wo der Oberhäuptling der Kriminaler außer Gefecht im Krankenhaus liegt.

»Vielleicht dürfen wir ja selbst ermitteln, Evita«, hofft der Ludger, doch der Kuhn schüttelt sogleich den Kopf.

»Nie und nimmer, das könnt ihr vergessen. Die schicken einen anderen Kommissar, vielleicht sogar einen EPHK, der den Fall übernimmt.«

»Einen EPHK?«, fragt der Ludger mit großen Augen.

»Einen Ersten Polizeihauptkommissar halt. Ich sage euch, wenn die Presse erst einmal Wind von der Sache bekommt, dann machen die den Erlangern richtig Dampf unterm Hintern. Der Fall wird Schlagzeilen machen, verlasst euch drauf. Da muss ein alter Hase ran, so einer, der was vom Mordermitteln versteht.« Der Kuhn stemmt sich aus Ludgers Stuhl hoch und streckt sich mit knackenden Gelenken, bevor er nach seiner Jacke greift.

Ein alter weißer Mann mit 40 Dienstjahren auf dem Buckel, der dann bei den Ermittlungen das Sagen hat, na super!, denke ich für mich.

»Ich pack's dann mal wieder, Kinder. Schließlich hab ich in Forchheim auch noch eine Dienststelle zu leiten.«

Artig bedankt er sich bei Ludger für das feine Frühstück, winkt uns zum Abschied zu, dann fällt die Tür hinter ihm zu, und ich bin mit meinem Kollegen allein. Eine Zeit lang ist es ruhig, weil wir unseren eigenen Gedanken nachhängen. Schließlich unterbricht der Ludger die Stille:

»Was denkst du, Evita, sollen wir uns ein wenig umhören? Vielleicht die Leut' ansprechen, die den Mord aus nächster Nähe beobachtet haben? Uns nach einem Motiv umhorchen.«

»Meinst du mit ›Leut‹ eventuell den Poldner? Oder die Schwankel? Die zwei haben doch ganz vorn und direkt hinter der Absperrung gestanden, und wenn ich mich recht erinnere, hat die Schwankel sogar fotografiert.«

»Dann sollten wir die Katzenmutter mal fragen, ob ihr bei ihrer Fotosafari etwas aufgefallen ist.«

Der Ludger zieht sein Uniformhemd über das T-Shirt des Anstoßes, schlüpft in die Jacke und greift nach der Mütze. Für die 20 Meter zum Haus der Schwankel brauchen wir kein Einsatzfahrzeug. Wir schlittern über die festgefahrene Schneedecke hinüber zu ihrem Häuschen, das schräg gegenüber auf der anderen Straßenseite liegt. Auf unser Klingeln antwortet niemand.

»Keiner zu Hause!«, stellt der Ludger missmutig fest.

In dem Moment wird im ersten Stock ein Fenster aufgerissen, und ihre Majestät, Carmela die Schwankelnde, beugt sich heraus, den Kopf voll bunter Papilloten. Als ihr Blick auf den feschen Polizisten in Uniform fällt, huscht ein Lächeln über ihr Gesicht.

»Momentchen, ich koooomme!«, flötet sie, bevor sie das Fenster zuschlägt. Ein paar Sekunden später fliegt die Tür auf, und Frau Schwankel macht Platz, um Ludger eintreten zu lassen. Erst jetzt bemerkt sie meine Anwesenheit, und wie von Zauberhand ist das Lächeln weggewischt.

»Ach, Sie sind auch dabei!«

Einen Augenblick lang befürchte ich, dass sie mir die Tür vor der Nase zuknallt, aber Frau Schwankel besinnt sich und gewährt mir, wenn auch widerstrebend, Einlass in ihre heiligen Hallen.

Ich schließe mich dem Kollegen an, der wartend im Flur steht. Ein durchdringender Geruch nach Bratkartoffeln und Speck hängt in der Luft.

»Folgen Sie mir bitte!« Hoheitsvoll schreitet die Hausherrin voraus in ein winziges Wohnzimmer, das so mit Möbeln vollgestellt ist, dass man sich kaum rühren kann. Mit einer Handbewegung lädt sie uns zum Sitzen ein.

Gehorsam nehmen Ludger und ich auf dem dunkelgrünen Sofa Platz. Neben mir bewegt sich das Kissen, auf das ich mich soeben stützen wollte, und ich stoße einen spitzen Schrei aus.

»Nacho, du kleiner Racker, hast du die Frau von der Polizei erschreckt?«, quietscht die Katzenmutter entzückt und streckt die Hände nach ihrem Liebling aus. Der jedoch ist schon dabei, es sich auf meinem Schoß bequem zu machen, wobei er so laut schnurrt wie eine Nähmaschine. Nacho mag mich, das steht fest. Dann ist es still in dem überheizten Raum, nur Nachos zufriedenes Schnurren ist zu hören.

»Womit kann ich der Polizei denn behilflich sein?«, will die Schwankel schließlich wissen und schenkt meinem Kollegen ein charmantes Lächeln. Die Papilloten auf ihrem Kopf wippen im Takt ihrer Worte.

Ich stoße den Ludger mit dem Ellbogen in die Seite, damit er endlich in die Gänge kommt.

»Ja, also, wir hätten da ein paar Fragen. Sie waren doch gestern dabei, als der *Strohbär* ...«, beginnt der Ludger stockend, doch die Befragte schreit auf und wedelt abwehrend mit den Händen.

»Hören Sie bloß damit auf, Herr Wachtmeister! War das nicht furchtbar? Ich habe nach diesem Schockerlebnis eine schlaflose Nacht hinter mir und bin immer noch mit den Nerven am Ende! Schauen Sie nur, wie ich zittere!« Zum Beweis hält sie uns die offenen Handflächen hin. Ich kann kein Zittern erkennen, aber ich bin ja auch kein Mediziner.

»Mein Hausarzt kommt am Nachmittag vorbei, um mir etwas zur Beruhigung zu geben. Wissen Sie, ich bin nämlich übersensibel. Ich kann mir nicht einmal einen Krimi im Fernsehen anschauen. Sie können sich nicht vorstellen, wie sehr es mich mitnimmt, Augenzeugin eines brutalen Verbrechens gewesen zu sein.« Sie schluchzt auf und schlägt die Hände vors Gesicht.

»Aber fotografieren konnten Sie schon noch?«, erkundige ich mich, durch und durch unsensibel, wie ich nun einmal bin. Das weinerliche Theater kann sie sich bei mir sparen.

Sofort lässt sie die Hände sinken und starrt mich mit trockenen, kalten Augen an. »Glauben Sie mir etwa nicht? Wollen Sie mir etwas unterstellen?« Schrill keift sie mir die letzte Frage ins Gesicht. »Was wollen Sie damit andeuten?«

Ganz ruhig, Evita!, versuche ich, mich zu bremsen, bevor ich die Contenance verliere und ihr haarklein schildere, was ich von ihr und ihrem miesen Charakter halte.

»Dass wir die Fotos, die Sie gestern nach dem Anschlag auf den *Strohbären* gemacht haben, sehen möchten. Holen Sie Ihr Smartphone! Jetzt!« Das »bitte« verkneife ich mir, mein Ton ist ruhig, aber bestimmt. Nach kurzer Überlegung steht sie auf und verlässt türeschlagend das Zimmer. Ludger rutscht unruhig neben mir hin und her. Hat er Angst, dass sie eine Knarre holt und uns beide abknallt? Zuzutrauen wäre es dieser Hysterikerin.

Als die Schwankel zurückkehrt, hat sie keine Pistole dabei, sondern ein *iPhone*, das sie wortlos auf den Wohnzimmertisch wirft.

»Entsperren und den Fotospeicher öffnen!«, ordne ich an, denn jetzt ist Schluss mit lustig.

Sie hält sich das Gerät vor die Nase und tippt hektisch auf dem Display herum.

»Hier, bitteschön! Das ist der Ordner mit den Fotos vom *Fasalecken*-Umzug!«

Eines nach dem anderen betrachte ich die Bilder. Ludger schaut mir dabei über die Schulter. Dummerweise kann ich auf die Schnelle nichts Verdächtiges feststellen, darum teile ich ihr mit:

»Das Handy ist zur Beweisaufnahme sichergestellt. Sie können es sich in zwei, drei Tagen bei uns auf dem Polizeiposten abholen. Unsere Dienstzeiten sind Ihnen ja bekannt.«

Während sie mich völlig entgeistert anstarrt, stehe ich auf und lasse das *iPhone* aus Ermangelung einer ordentlichen Beweissicherungstüte in die Jackentasche gleiten.

»Moment mal, so geht das aber nicht! Sie können doch nicht einfach mein Handy mitnehmen! Ich werde mich über Ihr unverschämtes Benehmen beschweren«, jault sie empört. »Das ist Amtsmissbrauch. Sie machen das aus reiner Schikane, weil Sie mich nicht leiden können, Sie … Sie …!«

»Obacht, gell!«, warnt der Ludger. »Eine Beamtenbeleidigung kann teuer werden. Da kommt ganz schnell eine Geldstrafe in vierstelliger Höhe zusammen.«

»Es steht Ihnen selbstverständlich frei, bei meinem Vorgesetzten eine Beschwerde über mich einzureichen, Frau Schwankel«, teile ich ihr freundlich mit. »Oder am besten rufen Sie gleich Herrn Polizeihauptmeister Edgar Kuhn, Dienststellenleiter der Polizeistation Forchheim, an. Er freut sich immer über bürgernahe Kontakte. Grüßen Sie ihn bei der Gelegenheit recht herzlich von mir.«

Jetzt nichts wie raus an die frische Luft. Der Mief hier drin ist kaum zu ertragen.

Draußen schnüffele ich an meinem Klamotten. Sie stinken penetrant nach Katze, altem Bratfett und Speck. Ekelhaft.

KAPITEL 6

»Was machen wir jetzt mit der Alten ihrem Handy?«, fragt der Ludger auf dem Heimweg ratlos. »Das ist für uns doch völlig nutzlos, weil es sich nur mit der Gesichtserkennung öffnen lässt.«

»Und ich dachte immer, dass das Knacken von Handys eine deiner leichtesten Übungen wäre.« Ich lache über seine verlegene Miene. In der Vergangenheit hat er oft mit seinen technischen Fähigkeiten geprahlt. »Kopf hoch, Kollege, wozu gibt es in Erlangen eine Abteilung für kriminaltechnische Untersuchungen? Für einen Kriminaltechniker ist das Entsperren eines Smartphones doch sicher ein Kinderspiel, oder?«

»Dann willst du also nach Erlangen zur Mordkommission fahren?«

Ich nicke.

»Nimmst du mich mit? Bitte!«, fleht er wie ein Kind, das die Mutter um ein Eis anbettelt.

»Schau mer mal«, grinse ich. »Erst ruf ich dort an und vereinbare einen Termin. Nicht, dass ich den Weg umsonst mache, weil sie gerade im Außendienst sind.«

Vor der Tür unseres Polizeipostens geht eine junge Frau in rosafarbenem Wollmantel auf und ab, die Schultern bis an die Ohren hochgezogen zum Schutz gegen die beißende Kälte, das Kinn in einem rosenroten Angoraschal vergraben. Sobald sie uns sieht, läuft sie uns freudestrahlend entgegen. Es dauert einen Moment, bis mir einfällt, wo ich sie schon einmal gesehen habe.

»Grüß Gott, Frau Emmerling!«, schreit sie schon von Weitem.

»Wer ist das denn? Presse?«, raunt mir der Ludger zu.

Jetzt steht sie vor uns, schaut begeistert von einem zu anderen und schüttelt erst mir, dann dem Ludger ausgiebig die Hand. Sie war gestern mit PKH Weinstock am Tatort, das diensteifrige Mädchen mit dem Tablet.

»Schön, dass ich Sie doch noch antreffe«, freut sie sich. »Als ich den Streifenwagen gesehen habe, dachte ich mir schon, dass Sie wahrscheinlich ganz in der Nähe unterwegs sind. Ich hoffe, ich störe Sie nicht bei irgendwelchen dringenden Dienstangelegenheiten?«

»Nein, nein, überhaupt nicht, Frau …?«, antworte ich schnell.

»Drissi, Polizeikommissarin Nadia Drissi. Ich bin der Abteilung von Kriminalhauptkommissar Weinstock zugeteilt. Der hat mich gebeten …«

»Wollen Sie uns das nicht lieber drinnen erzählen?«, unterbreche ich ihren Redestrom, während ich die Haustür aufschließe. »In der Amtsstube ist es auf jeden Fall wärmer.«

Kollege Ludger zeigt sich als Kavalier und nimmt unserer Besucherin den Mantel ab, während ich den Kaffeeautomaten starte. Frau Drissis goldbraune Augen funkeln vor Aufregung, ihre Wangen und Hände sind hochrot vor Kälte, da kommt ein heißer Cappuccino sicher nicht ungelegen.

»Was führt Sie denn zu uns, Frau Drissi?« Ich stelle das Kaffeehaferl vor sie hin.

»Der Chef hat mich aus dem Krankenhaus angerufen und darum gebeten, mich mit Ihnen in Verbindung zu setzen. Da dachte ich, bevor wir lange hin und her telefonieren, komme ich am besten selbst vorbei, um die Zusammenarbeit mit Ihnen zu besprechen.«

Zusammenarbeit? Welche Zusammenarbeit denn?, würde ich am liebsten fragen, doch ich beiße mir auf die Zunge und warte geduldig auf weitere Erklärungen.

»Wissen Sie, das hier ist mein erster großer Einsatz. Es wäre mir mehr als recht, wenn mir dabei zwei ältere, erfahrene Kollegen zur Seite stehen.« Wen, bitteschön, meint sie mit älteren Kollegen? Doch nicht etwa den Ludger? Der ist mit Sicherheit jünger als sie. »Herr Weinstock war auch sofort mit meinem Vorschlag einverstanden, eng mit Ihnen zusammenzuarbeiten.«

»Wollen Sie damit etwa sagen …?« Ich komme aus dem Staunen nicht heraus.

»Dass außer mir keiner der Kollegen zur Verfügung steht, ganz richtig. Der eine ist in Elternzeit, der andere verbringt ein Sabbatjahr in den USA, ein weiterer pflegt seine kranke Frau, und der nächste ist mit einem Doppelmord im Saunaklub beschäftigt. Der Unfall von Herrn Weinstock kommt zum denkbar schlechtesten Zeitpunkt, darum wurde der Fall auch mir übertragen. Die Leitende Polizeidirektorin hatte keine andere Wahl. Außerdem fördert sie gern den weiblichen Nachwuchs bei der Polizei.«

»Wie geht es Kollegen Weinstock denn?«, frage ich anstandshalber.

»Oh, er war schon sediert, als wir telefoniert haben.«

»Ach ja?« Das erklärt einiges.

»Ja, er wurde anschließend sofort in den OP gebracht.«

Sie lächelt. Allzu großen Kummer scheint ihr der Unfall ihres Vorgesetzten nicht zu bereiten.

»In den OP?«, wundert sich der Ludger. »Warum das denn? Er ist ja nur hingefallen. Wegen einer solchen Lappalie wird man doch nicht gleich operiert.«

»Wenn man sich das Sprunggelenk gebrochen hat, dann schon. Schade, er wird wohl für längere Zeit ausfallen.« Vergnügt schaut sie in die Runde.

Wahrscheinlich hat sich der aufgeblasene Herr Kriminalhauptkommissar auch bei seiner Untergebenen gleich richtig beliebt gemacht, wenn ich ihre Reaktion richtig interpretiere.

»Und Sie wollen jetzt gemeinsam mit uns den Mordfall Schnappauf lösen, habe ich das richtig verstanden?« Der Ludger muss noch einmal genau nachfragen, weil er sein Glück nicht fassen kann. »Wir, die Dorfsheriffs, ermitteln in einem brisanten Mordfall wie die Kommissare im Fernsehen? Das ist ja echt der Hammer!«

»Ich stelle mir das so vor«, erklärt Frau Drissi, die offensichtlich schon einen fertigen Plan in der Tasche hat. »Morgens schaue ich regelmäßig in meinem Büro bei der Mordkommission nach dem Rechten, frage bei der KTU nach, ob es Neuigkeiten gibt und sichte den Posteingang. Danach komme ich hierher, und wir befragen gemeinsam die Zeugen. Was halten Sie davon?«

Ein wenig hilflos schaue ich zum Ludger hinüber, der ratlos mit den Schultern zuckt.

»Äääh, ja, das hört sich doch gut an«, murmelt er letztendlich, weil, was soll er sonst sagen? Er und ich haben vom Mordermitteln so viel Ahnung wie die Kuh vom Eierlegen. »So machen wir das.«

Es klopft.

Alle blicken zur Tür, und ich rufe: »Herein!«

Ein junger Kerl mit blondem Undercut und Brille, eine Aktentasche am Schulterriemen, schiebt sich ins Büro. Sofort beschlagen die Brillengläser, sodass er blind wie ein Maulwurf in Richtung Schreibtische starrt, bevor er das Harry-Potter-Modell abnimmt. Er hat ein jungenhaftes Gesicht und ist sicher erst Anfang 20.

»Grüß Gott, wie kann ich Ihnen helfen?«, begrüße ich den Besucher höflich. Sicher ein Student, dem das Fahrrad geklaut wurde und der jetzt Anzeige erstatten will.

»Hey!« Unsicher schaut er von einem zu anderen und weiß nicht so recht, wen von uns Dreien er ansprechen soll. Da ich mit Abstand die älteste im Raum bin, entscheidet er sich für mich.

»Dennis Schmiedl vom *Fränkischen Tag*. Ich hätte da ein paar Fragen zum *Fasalecken*-Mord. Handelt es sich dabei vielleicht um einen Ritualmord? Ich mein ja nur, weil doch das Winteraustreiben ein uralter heidnischer Brauch ist, da liegt es doch auf der Hand ...«

Mit einem Satz ist die Drissi auf den Füßen.

»Wenn Sie von der Presse sind, wenden Sie sich bitte mit allen Fragen an das Pressebüro der Polizeiinspektion Erlangen. Wir sind nicht befugt, irgendwelche Auskünfte zu erteilen. Wenn ich richtig informiert bin, gibt es morgen eine Pressekonferenz, an der Sie gern teilnehmen können, falls Sie einen Pressausweis besitzen. Dort können Sie dann Ihre Fragen loswerden. Ihre Vermutung, es könnte sich um einen Ritualmord handeln, behalten Sie bitte für sich, denn dafür gibt es keinen Hinweis. Und jetzt entschuldigen Sie uns bitte, ich muss Sie auffordern zu gehen. Meine Kollegen und ich sind sehr beschäftigt.«

Energisch packt sie den Schreiberling am Arm und

schiebt ihn ohne Zögern zur Tür hinaus. Oha, ganz schön resolut, die junge Dame! Die versteht es, sich durchzusetzen. Obwohl sie aussieht wie eine süße Püppi mit kaum einen Meter 65 Körpergröße, kindlich runden Wangen und akkurat geschnittener Bobfrisur mit Pony, hat sie reichlich Selbstbewusstsein und scheint genau zu wissen, was sie will. Solche Frauen mag ich. Sie bleibt neben der Tür stehen, nimmt ihren Mantel vom Haken und schlüpft hinein.

»Also, Kollegen, ich fahre jetzt nach Erlangen ins Büro und erkundige mich bei der KTU nach den Ergebnissen in Sachen Feuerzeug und Papiertaschentuch. Vielleicht gibt es DNA oder Faserspuren. Am besten wären natürlich eindeutige Fingerabdrücke. Aber das wird bei der daktyloskopischen Untersuchung festgestellt.«

Der Ludger starrt die Drissi an.

»Was für ein Duck?«, fragt er verwirrt, so als vermute er, Donald Duck wäre einer der Erlanger Ermittler.

»Daktyloskopie ist der wissenschaftliche Begriff für Identifizierung anhand der Papillarleistenabbilder«, kläre ich den Kollegen auf.

»Hey, da hat aber jemand auf der Polizeischule gut im Unterricht aufgepasst. Respekt, Frau Kollegin, mit solchen Fachausdrücken können nicht viele etwas anfangen«, lobt mich die Püppi. »Bei der Gelegenheit beantrage ich auch gleich den richterlichen Beschluss für die Funkzellenabfrage. Wir müssen wissen, welche Mobiltelefone zum Zeitpunkt des Mordes im Bereich des Tatorts eingeloggt waren. Bestimmt ist der eine oder andere dabei, den wir bereits in der DNA-Straftäter-Kartei führen.«

Beim Wort »Funkzellenabfrage« zuckt der Ludger, Böses ahnend, zusammen.

»Aber das sind doch bestimmt Hunderte, wenn nicht sogar Tausende Datensätze«, jammert er. Supercop Ludgers Traum vom Miami-Vice-Einsatz an der Seite eines rattenscharfen Girlies zerplatzt auf der Stelle wie eine Seifenblase in der Sonne. Auf ihn wartet eine Menge langweilige Schreibtischarbeit.

»Stimmt genau. Darum kümmern Sie sich, sobald die Daten vorliegen.« Sie grinst fröhlich, wirft sich den Schal um den Hals und ruft: »Also, weiterhin frohes Schaffen, Kollegen! Wir sehen uns morgen.«

»Halt, stopp!«, rufe ich ihr nach, springe auf und ziehe das Schwankelsche Handy aus meiner Jackentasche. Püppi dreht sich um und kommt zurück.

»Wenn Sie schon auf dem Weg in die KTU sind, können Sie das hier gleich mitnehmen und entsperren lassen.« Ich halte ihr das Mobiltelefon hin. »Uns interessieren vor allem die Fotos.«

»Frau Emmerling, warum liegt das Ding nicht ordnungsgemäß in einem Spurensicherungsbeutel?«, seufzt sie leicht genervt. »Das ist gegen jede Vorschrift.«

»Weil wir im Polizeiposten Baiersdorf keine ordnungsgemäßen Spurensicherungsbeutel besitzen. Wozu bitteschön brauchen wir Spurensicherungsbeutel, wenn ich fragen darf? Was sollen wir darin sichern? Ausgelutschte Kaugummis?«

Kopfschüttelnd wirft sie das *iPhone* in einen Plastikbeutel, den sie sorgfältig verschließt und in ihrer Handtasche verstaut.

»Ich sehe schon, dass wir die Baiersdorfer Polizeieffizienz ein wenig aufpolieren müssen. Aber darum kümmern wir uns später, in Ordnung? Tschüs dann!«

PK Nadia Drissi ist eine Beamtin wie aus dem Handbuch für Polizeiarbeit. Als vorbildliche Mordermittlerin hat die Polizeikommissarin natürlich alle notwendigen Utensilien dabei. Ihre Pistole trägt sie vorschriftsmäßig im Schulterhalfter, ihre Handschellen stecken griffbereit im hinteren Hosenbund. In ihrer Tasche, die am Riemen quer über ihrer Schulter hängt, liegen bestimmt Pfefferspray, Einweghandschuhe und vor allem die unverzichtbaren Spurensicherungsbeutel. In diesem Augenblick komme ich mir tatsächlich vor wie ein unbedarfter Dorftrampel, der nur aus dem Grund Uniform trägt, weil er in Zivil noch beschissener aussieht. Aber irgendwie hat die neue Kollegin ja recht. Auf unserem Polizeiposten geht es eher gemütlich zu. Ich denke da vor allem an unser allmorgendliches Frühstücksbüfett, an stundenlanges Zeitunglesen und Shoppingtouren im Internet, an nachmittägliche Gartenarbeit im Sommer und laschen Umgang mit den Dienstvorschriften. Das muss aufhören, und zwar auf der Stelle.

Sobald Ludger und ich alleine sind, öffne ich den Wandtresor, der in einem der Aktenschränke eingebaut ist. Dort liegt meine *Heckler & Koch*, die ich seit der letzten Schießübung im letzten Jahr nicht mehr in der Hand hatte. Vielleicht sollte ich sie wieder einmal reinigen. Nur so prophylaktisch, man weiß ja nie. Ich drehe mich um.

»Ludger, wo ist eigentlich deine Dienstwaffe?«, will ich wissen.

»Keine Ahnung, wahrscheinlich daheim in der Nachttischschublade«, murmelt er gleichgültig, ganz in die Lektüre eines Artikels über die *Brauerei Schnappauf* vertieft.

»Wusstest du, dass die *Schnappauf* jährlich 20.000 Hektoliter Bier produzieren und sogar die Schinkenstraße in Mallorca beliefern? Ganz schön krass für so ein regionales Unternehmen.« Er ist sichtlich beeindruckt.

»Sag mal, spinnst du? Du kannst doch deine Waffe nicht offen daheim rumliegen lassen!« Ich fasse mir an die Stirn. »Morgen früh bringst du die Pistole mit, hast du verstanden? Sie wird gereinigt und hier eingeschlossen, ganz nach Vorschrift. Ab morgen trägst du auch deinen Pistolengürtel. Und keine lustigen Franken-Shirts mehr während der Dienstzeit. Dieser Schlendrian muss aufhören, wenigstens solange die Drissi hier rein und raus spaziert. Ich habe keine Lust, mir eine Verwarnung einzufangen, die dann für immer und ewig in meiner Personalakte steht.«

»Jetzt mach dir doch nicht ins Hemd wegen der Drissi! Die ist doch ganz okay.« Der Ludger nimmt meine Vorsichtsmaßnahmen nicht ernst. »Glaubst du im Ernst, dass sich irgendeiner in Erlangen für unseren Zwei-Mann-Posten im mittelfränkischen Outback interessiert? Hast du nicht mitgekriegt, dass sie drüben in Erlangen unter Personalmangel leiden?«

»Trotzdem! Du hast mich gehört! Waffe mitbringen, keine Franken-Shirts mehr im Büro!« Ende der Diskussion.

Als Nächstes sichten Ludger und ich die Nachrichten im Netz. Sämtliche Zeitungen und Magazine berichten in aller Ausführlichkeit über den Tod des *Winterbären*. Selbst im mittelfränkischen *Franken Fernsehen* und bei *Franken Aktuell*, einer Regionalsendung des *Bayerischen Rundfunks*, laufen Reportagen über den heimtückischen Anschlag rauf und runter. Schon jetzt macht das Schlagwort vom *Fasalecken-Mord* die Runde, vor allem in den sozialen Netzwerken. Auch der Schmiedl vom *Fränkischen Tag* hat diesen Begriff benutzt, der ja gar nicht so abwegig ist. Kuriose Vermutungen machen bei *Instagram*, *YouTube*, *Facebook* und *Twitter* die Runde, einige Spinner faseln von einer extraterrestrischen Laserstrahl-Attacke, spontaner Selbstentzündung und öffentlichkeitswirksamem Suizid. Der eine oder andere verdächtigt sogar die Verlobte oder auch Freunde des Opfers, ohne Begründung außer: »... dass mehr als 90 Prozent aller Morde im familiären Umfeld begangen werden«.

»Unglaublich, was die Leute für einen Schmarrn zusammenfantasieren! Haben die nichts Besseres zu tun, als über das Familienleben fremder Menschen zu spekulieren?« Verärgert schließe ich die Facebookseite, auf der die wildesten Verschwörungstheorien über Emil Schnappauf und seinen Tod verbreitet werden. »Ich bin gespannt, ob die Kriminaltechnik schon etwas herausgefunden hat.«

»Sag mal, Evita, was ist Drissi eigentlich für ein Name? Woher kommt der?«

»Da musst du schon die Kollegin selbst fragen. Ich vermute, ihre Eltern oder Großeltern stammen aus dem Maghreb.«

»Maghreb?«

»Marokko, Algerien, Tunesien, Libyen. Am besten fragst du sie selbst.« Ich stehe auf und schau auf die Uhr. 15.30 Uhr. Mein Parka hängt griffbereit an der Garderobe.

»Komm, Ludger, wir fahren nach Effeltrich. Ich will mich dort einmal bei den *Fasalecken* und ihren *Trachtenmädchen* umhören. Keine Befragung, nur ein ganz unverbindlicher Besuch, um Beileid zu wünschen.«

Sofort ist der Ludger auf den Beinen. Jede Gelegenheit, dem Büro zu entkommen, ist ihm recht, sogar ein Todesfall im Bekanntenkreis. Wir machen uns auf den Weg.

Es dämmert, als wir vor der Scheune der Baumschule Schmiedinger aus dem Streifenwagen steigen. Wegen des Trauerfalls scheint sie geschlossen zu sein, weil weder im

Laden noch in den Gewächshäusern Licht brennt. Nur aus der Scheune fällt ein schmaler Lichtstrahl nach draußen, denn das Tor steht offen wie schon beim letzten Mal. Gedämpftes Stimmengewirr dringt zu uns ins Freie. Wir folgen den Geräuschen ins Gebäude.

»Servus!«, grüßen wir freundlich, aber sobald uns die Gruppe sieht, bricht das Gemurmel schlagartig ab. Zehn Augenpaare starren uns feindselig entgegen. Auf den verbliebenen Strohballen in der hintersten Ecke haben sich sieben Jungs vom Effeltricher *Burschenverein* und drei Mädchen versammelt. In der Mitte sitzt einer ganz in Schwarz mit gesenktem Kopf, der nicht einmal aufschaut, als wir näherkommen. Ich nehme meine Mütze ab und drehe sie verlegen in den Händen.

»Wir sind hier, um Beileid zu wünschen zum Tod von eurem Freund Emil«, murmle ich, und neben mir wispert der Ludger kaum hörbar ebenfalls »Beileid«.

Ein Rotschopf im karierten Holzfällerhemd erhebt sich, baut sich mit breiter Brust vor uns auf und mustert uns abfällig von Kopf bis Fuß.

»Ihr Bullen traut euch ja was!«, knurrt er bösartig wie ein Kettenhund. »Kreuzt hier auf und meint, mit eurem ›Beileid‹ wär's getan. Wo wart ihr denn, als der feige Hund den Emil angezündet hat? Sollte die Polizei nicht den Festzug absichern? Warum habt ihr das nicht gemacht, ihr Luschen? Aus welchem Grund habt ihr die *Winterbären* nicht ausreichend geschützt?«

Darauf kann ich keine Antwort geben.

Der schwarz gekleidete Bursche in der Mitte hebt den Kopf. Sein Gesicht ist tränenverschmiert.

»Haut ab!«, schnauzt er. »Wir wollen euch hier nicht haben.«

»Lass gut sein, Finn«, wirft ein anderer ein. »Wir möchten keinen Ärger mit denen.«

»Oder seid ihr etwa hier, um uns zu verhören?« Eine Blondine im pinkfarbenen Jogginganzug drängelt sich nach vorn. »Verdächtigt ihr vielleicht uns Effeltricher, den Emil ermordet zu haben? Uns braucht ihr nicht in die Mangel zu nehmen, wir waren seine Freunde. Fragt lieber diese *Miss Meerrettich*, ob nicht einer ihrer Lakaien den Emil angezündet hat, weil er eifersüchtig auf ihn war.«

»Halt die Fresse, Gina! Was redest du denn da für einen Mist?«, brüllt der Rotschopf dazwischen. »Die Fiona hat nichts mit dem Mord zu tun, die hat den Emil geliebt und der Emil sie. Und keiner von ihren oder Emils Freunden hat ihm was zuleide getan. Aber vielleicht hat ein neidischer Konkurrent dem Emil seinen geschäftlichen Erfolg nicht gegönnt und ihn beiseite geschafft.«

»Oder der besoffene Poldner hat sich wieder einmal einen seiner ›Scherze‹ erlaubt. Der schaut doch immer, wo er einem anderen Schaden zufügen kann«, spekuliert ein Bursche im grauen Hoodie. »Der hat die Katze meiner Eltern vergiftet, der Drecksack!«

»Ja, weil eure Mimi jeden Tag in seinen Garten gekackt hat«, wirft einer seiner Kumpels genervt ein, und mit einem Mal schreien und gestikulieren alle wild durcheinander.

»Es ist wirklich besser, wenn ihr zwei euch jetzt schleicht. Ihr stört hier nur, merkt ihr das nicht?« Unbemerkt hat der alte Schmiedinger die Scheune betreten. »Heute ist kein guter Tag für die Effeltricher. Wir wollen in Ruhe um unseren Freund Emil trauern, dabei brauchen wir keine Zuschauer und erst recht keine Polizei. Wenn ihr was von uns wollt, müsst ihr an einem anderen Tag wiederkommen oder uns eine Vorladung schicken. Aber jetzt raus mit euch.« Er weist zum Ausgang hin.

Weil wir der Aufforderung nicht sofort Folge leisten, packt der Rotschopf den Ludger am Kragen und gibt ihm einen ordentlichen Stoß. Der Ludger taumelt zurück, doch sein Kontrahent folgt ihm und verabreicht ihm eine Ohrfeige, die sich gewaschen hat. Dann nimmt er zwei Schritte Anlauf, um den Ludger noch einmal mit aller Kraft zu schubsen. Zum Glück ist der Kollege aber topfit und boxt seinen Gegner in den Bauch. Der Rothaarig gerät ins Stolpern und wird von einem Kumpel aufgefangen, bevor er zu Boden geht. Sofort rücken die anderen Burschen mit erhobenen Fäusten näher. Zehn gegen zwei, das ist alles andere als fair. Bevor die Situation richtig eskaliert, halte ich den Ludger am Arm zurück, weil sonst eine ausgewachsene Rauferei ausbricht, bei der wir zwei garantiert schlechte Karten haben. Darum beeilen wir uns, zurück zum Streifenwagen zu gelangen. Erst als die Türen hinter uns verschlossen sind, atmen wir auf. Als wir vom Hof rollen, kracht mit dumpfem Knall ein bepflanzter Blumentopf gegen die Heckscheibe und hinterlässt einen Sprung im Glas.

»Fahr zu, Ludger, bevor der Mob uns lyncht!«, schreie ich in Panik, weil ich mich tatsächlich vor dem Effeltricher Zorn fürchte. Noch nie in meiner ganzen Laufbahn bin ich von unseren Mitbürgern beschimpft oder angegriffen worden, ganz im Gegenteil. Wir waren bisher bei den Meisten gern gesehen, und man hat unsere meist unauffällige Anwesenheit gelobt und geschätzt. Aber es gab ja auch noch nie einem Mord in unserem Umfeld, soweit ich mich erinnere. Das ist eine Ausnahmesituation, in der die Leute völlig durchdrehen, wie mir scheint.

Den Ludger schicke ich nach diesem Vorfall nach Hause, weil er ziemlich lädiert wirkt. Er kennt die Jungs vom *Burschenverein Zufriedenheit,* für die er jetzt einer derjenigen ist, die den Emil schutzlos seinem Angreifer ausgeliefert haben. Das ist für eine sensible Seele wie den Ludger nur schwer zu verkraften.

Außerdem kann ich dabei zuschauen, wie seine Wange von dem harten Hieb seines Gegners anschwillt und von Minute zu Minute dicker wird, bis sie einem straffen Boxhandschuh ähnelt.

KAPITEL 7

20.–21. Februar, Rosenmontag bis Faschingsdienstag

Sobald ich alleine bin, durchforste ich sämtliche Büro-schränke nach Einweghandschuhen und Kabelbindern, die sich besonders gut zum Fixieren von Randalierern eignen. Die Drissi soll nicht denken, dass die Baiersdorfer Polizei hinter dem Mond haust. Auch ich schaue jeden Sonntag den *Tatort* im Fernsehen und bin deshalb in Sachen Poli-zeiausrüstung auf dem neuesten Stand.

Natürlich werde ich nicht fündig, weil wir solche Hilfs-mittel noch nie gebraucht haben. Wozu auch? Da fällt mir ein, dass ich oben im Küchenschrank Einweghandschuhe aufbewahre, die ich im Frühling und Sommer bei der Gar-tenarbeit verwende. Wahrscheinlich sind die genauso gut einsetzbar wie die der KTU.

Weil ich gerade so schön in Fahrt bin, durchstöbere ich gleich weiter meine Wohnung und finde tatsächlich eine Schachtel, auf der »Einweg-Haushaltshandschuhe« steht. Ein einziges leicht angeschmuddeltes Paar ist noch übrig. Das ziehe ich heraus und lege es griffbereit auf die Kommode im Flur. Im Werkzeugkasten liegen zwei ölver-schmierte Kabelbinder, die ich mit Nagellackentferner solange bearbeite, bis sie wie neu aussehen. Na also, geht doch! Aus der hintersten Ecke der Unterwäscheschublade kommt mein Pistolengürtel zum Vorschein. Ich lege ihn mir um die Taille und seufze. Wenn ich tief einatme und die Luft anhalte, kann ich ihn gerade noch mit aller Kraft im vordersten Gürtelloch festzurren, aber ich darf kein weiteres Gramm zunehmen, sonst trage ich, im wahrsten Sinn des Wortes, einen »Sprengstoffgürtel« um den Leib, der mir bei einer falschen Bewegung um die Ohren fliegt. Ein bisschen Training würde mir guttun, aber das muss bis zum Frühling warten. Dann grabe ich den Garten um, schneide die Hecke, pflanze, jäte und werkle in jeder freien Minute an der frischen Luft. Das ist Bewegung genug. Sobald es wärmer wird, fange ich damit an. Jetzt aber bin ich mit Ermitteln beschäftigt.

Als sich in der Früh die Bürotür öffnet, schnappe ich hörbar nach Luft. Ludgers linke Gesichtshälfte ist tiefrot und geschwollen, ein fast schwarzes Veilchen breitet sich rund ums halb geschlossene Auge bis zum Wangenknochen hin aus. Der Rotschopf hat ordentlich zugehauen.

»Mein Gott, Ludger, das sieht gar nicht gut aus!«, rufe ich. »Warst du schon beim Arzt?«

»Nein, was soll ich denn da? Der kann mir nur eine Salbe gegen das Hämatom verschreiben, aber davon hab ich drei verschiedene daheim liegen, weil ich mich öfter einmal beim Sport verletze. Aber ich fühle mich wie Muhammad Ali nach einem verlorenen Kampf.«

»Genauso siehst du auch aus«, bestätige ich und mache mich auf den Weg in meine Wohnung, um einen Waschhandschuh mit Eiswürfeln zu füllen. Den drücke ich meinem Kollegen sanft aufs blaue Auge, auch wenn er noch so sehr winselt, weil die Kälte ihm zusätzliche Schmerzen bereitet.

»Nix da, eine Viertelstunde bleibt der Icepack drauf, das hilft am besten.« Ich bleibe fest, beuge mich noch etwas näher zu ihm und presse den Eisbeutel vorsichtig gegen die blauen Flecken. Nase an Nase verharren wir in dieser Stellung.

»Ähm, hallo! Ich hoffe, ich störe Sie nicht bei … was auch immer Sie da treiben!.«

Wir fahren auseinander, der Waschhandschuh mit den Eiswürfeln fällt klirrend zu Boden. Einigermaßen fassungslos starrt PK Drissi auf das kuriose Bild, das Ludger und ich in ihren Augen gerade abgegeben haben. Aus ihrem Blickwinkel ist sie wahrscheinlich soeben Zeugin meines sexuellen Übergriffs auf den armen Kollegen geworden, der wehrlos unter mir im Bürostuhl hängt.

»Was ist denn mit Ihnen passiert?«, verlangt sie zu wissen, sobald ihr Ludgers ramponierte Gesichtshälfte auffällt. Hoffentlich denkt sie nicht, ich hätte den Kollegen geschlagen, um ihn gefügig zu machen.

Während sie Tasche und Mantel ablegt, berichte ich von unserem Effeltricher Abenteuer. Zum Glück hatte der Ludger noch keine Zeit, sein Frühstücksbüfett aufzubauen. Da hätte sie aber Bauklötze gestaunt, die neue Kollegin, wenn sie uns beim XXL-Schlemmen erwischt hätte.

»Sie haben diesen feigen Überfall hoffentlich bereits zur Anzeige gebracht?«, fragt sie und streicht ihre Frisur in Form.

Verneinend schüttle ich den Kopf. »Dazu hatten wir noch keine Zeit, weil …«, versuche ich zu erklären.

»Frau Emmerling, ich bitte Sie! Jemand schlägt und verletzt einen Polizeibeamten, und Sie ziehen es vor, es zu ignorieren? So geht das aber nicht!« Sie wendet sich an Ludger. »Wie heißt der Angreifer und wo wohnt er? Wo finden wir ihn jetzt? Ich fahre mit Kollegin Emmerling sofort zu ihm, um ihn festzunehmen. Das war ein tätlicher Angriff, eine schwere Körperverletzung!«

Der Ludger lässt den Kopf hängen und schweigt.

Ich vermute, dass er den Rothaarigen recht gut kennt. Wahrscheinlich trainieren sie zusammen im Fitnesscenter oder gehen miteinander joggen. Klar, dass er seinen Kumpel nicht verpfeifen will. Aus seiner Sicht war das auch keine Körperverletzung, sondern eher ein Handgemenge dritter Klasse unter Kumpels. So etwas kommt bei der Landjugend gelegentlich vor.

»Ich dachte, dass wir uns heute den Leo Poldner vorknöpfen sollten, Frau Drissi«, versuche ich, ihre Aufmerksamkeit auf andere Aktivitäten zu lenken.

»Diesen Stadtstreicher, meinen Sie? Das machen wir im Anschluss. Aber erst ziehen wir diesen gemeingefährlichen Schläger aus dem Verkehr und liefern ihn nach der Befragung in Erlangen ab.«

»Wir haben auch hier eine Arrestzelle«, teile ich ihr mit.

»Tatsächlich? Na, Sie sind ja gut ausgerüstet«, entgegnet sie spöttisch, öffnet ihre Handtasche und holt Einweghandschuhe, Spurensicherungsbeutel und Kabelbinder heraus, die sie demonstrativ vor mich auf den Schreibtisch legt. Ich deute auf meine Ausbeute von gestern Abend und grinse. Das sind wir wirklich, Frau Kollegin, quod est demonstrandum.

»Wo hält sich dieser Poldner denn auf? Hat er einen festen Wohnsitz?«, will die Drissi wissen und schielt hinüber zum Kaffeeautomaten.

»Darf ich Ihnen ein Heißgetränk anbieten?«, frage ich gastfreundlich. »Vielleicht einen Espresso oder einen Latte macchiato?«

»Sehr gern einen Latte macchiato, danke!«

Als das Glas mit der hellbraunen Flüssigkeit vor ihr dampft, wird sie friedlich, legt die Chef-Allüren ab und streckt mir die Hand hin:

»In Erlangen hat man mir gesagt, dass es bei der Polizei üblich ist, sich zu duzen. Obwohl ich die Jüngere bin, möchte ich Ihnen das Du anbieten. Ich bin die Nadia.« Dabei lächelt sie verschmitzt, zeigt ihre Grübchen und sieht wieder aus wie ein niedliches kleines Mädchen.

»Evita!« Ich schüttle ihre Hand, die schmal und zerbrechlich wie ein Vögelchen in meiner liegt.

»Oh, da waren deine Eltern bei der Namensfindung aber sehr kreativ!«, lacht sie. Eigentlich ist sie ja recht sympathisch, wenn sie nicht gerade die Madame la Commissaire heraushängen lässt. Aber sie muss sich erst einmal Respekt verschaffen, das leuchtet mir ein.

»Ludger«, murmelt der Kollege, damit er nicht vergessen wird bei der Verschwesterung der Weiblichkeit.

»Freut mich, Ludger!« Sie nickt ihm zu. »Ich glaube, wir drei sind ein ganz passables Team. Wir werden den Fall schon knacken.«

»Du, Nadia?« Verlegen schaut er sie von der Seite an. »Um den Vorfall in Effeltrich würd' ich mich gern selbst kümmern. Geht das in Ordnung?«

Der Ludger hat ein gutes Gespür für die richtigen Worte im rechten Moment. Weil wir alle gerade in so aufgeräumter Stimmung beieinander sitzen, nickt sie versöhnlich.

»Klar, Ludger, du kennst die jungen Leute hier besser als ich, du machst schon das Richtige. Sobald ich ausgetrunken habe, knöpfen wir uns diesen Poldner vor, was, Evita? Wo wohnt der?«

»Wenn ich richtig informiert bin, im Gartenhäuschen seiner verstorbenen Mutter«, erinnere ich mich. »Das liegt zwar nicht weit von hier entfernt, aber wir sollten trotzdem besser den Wagen nehmen, falls wir den Poldner zum Polizeiposten bringen müssen.«

Zehn Minuten später sitzen die Nadia und ich im Streifenwagen auf dem Weg zu unserem ersten gemeinsamen Einsatz. Kurz informiere ich sie noch darüber, dass der Poldner zwei Tage vor dem *Fasalecken*-Umzug während einer Rangelei im Wirtshaus dem Opfer mit dem Tod gedroht hat.

Das ist ein 1A-Motiv.

Das gesuchte Gebäude am Stadtrand ist ein auf gemauertem Fundament errichtetes Holzhäuschen mit je einem Fenster auf beiden Längsseiten und einer verwitterten Eingangstür mit angenageltem Hirschgeweih inmitten eines verwilderten Gartens. Eigentlich macht es einen ganz adretten Eindruck, der so gar nicht zu dem grindigen Schlägertyp passt, der darin haust. Aus dem Schornstein quillt grauer Rauch, also ist jemand daheim. Ich briefe die Kollegin über Poldners Eigenheiten und warne sie vor seinen aggressiven Ausfällen.

»Aber zu zweit werden wir schon mit ihm fertig«, spreche ich mehr mir als ihr Mut zu.

»Da mach dir mal keine Sorgen, Kollegin«, entgegnet sie leichthin, steigt aus und taxiert das Objekt mit aufmerksamem Blick. Während ich den Wagen abschließe, bedauere ich, meine Waffe nicht eingesteckt zu haben. Die liegt wohlverwahrt im Tresor. Es wäre gar keine schlechte Idee gewesen, sie mitzunehmen, denn beim Poldner weiß man nie. Ich habe ihn schon bei so manchen Bierzeltraufereien erlebt und weiß, dass er vor nichts zurückschreckt. Einmal hat er einen Kontrahenten mit einem Maßkrug niedergestreckt, was ihm ein Jahr Freiheitsentzug ohne Bewährung eingebracht hat. Eigentlich gehört einer wie er in Sicherungsverwahrung, denn er ist eine Gefahr für seine Mitmenschen. Aber immerhin habe ich an Handschellen

und Reizgas gedacht und hoffe, dass Letzteres das Verfalls-
datum noch nicht überschritten hat. Nadia steht bereits
vor dem Gartenhäuschen und klopft energisch an die Tür.

Keine Reaktion.

Sie wartet ein paar Sekunden, dann hämmert sie noch-
mals mit der Faust dagegen und ruft:

»Herr Poldner, hier ist die Polizei, bitte öffnen Sie! Wir
wissen, dass Sie da sind!«

Noch ist es still, doch plötzlich wird mit einem Ruck
die Tür aufgerissen.

»Was wollt ihr Bullenweiber von mir? Verpisst euch,
runter von meinem Grundstück!«, brüllt der Hausherr
mit hochrotem Kopf und erhobenen Fäusten, aber die
junge Kommissarin zeigt sich unbeeindruckt von seinen
Drohgebärden.

»Wir möchten nur mit Ihnen reden, Herr Poldner, es
handelt sich lediglich um eine Zeugenaussage«, versucht
sie, den aufgebrachten Mann zu beruhigen. Doch der will
sich nicht beruhigen lassen, sondern läuft stattdessen zu
Höchstform auf. So kenne ich ihn, diesen gewalttätigen
Schweinehund! Wüst fluchend versucht er, ihr die Tür vor
der Nase zuzuknallen, aber die Kommissarin hat damit
gerechnet. Blitzschnell stellt sie den Fuß dazwischen. Der
Poldner hebt die Hand, um zum Schlag auszuholen, aber
Nadia beugt sich ein wenig zur Seite, greift nach dem erhobenen Arm und zwingt den Randalierer mit geübtem Arm-
lock in die Knie.

»Aua, aua, lass mich los, du Bullenschlampe!«, grölt
der Angreifer. Daraufhin verstärkt die Nadia die Dre-
hung noch ein wenig, bis ich die Gelenke knacken höre
und der Poldner wie ein Hund um Gnade winselt. Mit
einer Hand hält das zierliche Mädchen den groben Klotz

fest, mit der anderen zaubert sie Handschellen hervor und fixiert anscheinend mühelos seine Hände auf dem Rücken. Ohne einen Finger zu rühren stehe ich mit offenem Mund daneben und komme mir reichlich überflüssig vor.

»Gut gemacht!«, stammle ich voller Bewunderung, als ich mich vom Staunen über ihre erfolgreiche Blitzaktion erholt habe. »Von dir kann selbst eine erfahrene alte Schachtel wie ich noch etwas lernen.«

Sie grinst von einem Ohr zum anderen und freut sich über die Anerkennung einer im Dienst ergrauten Polizistin. Ich könnte mir vorstellen, dass wir zwei uns noch anfreunden, die Nadia und ich.

»Kampfsport!«, erklärt sie, weil ihr meine Bewunderung für die gelungene Festnahme sichtlich guttut. »Ich habe den schwarzen Gürtel in Judo und bin aktive Thaiboxerin. Damit trainiere ich Kondition, Kraft und Reaktion. Wie du siehst, hilft körperliche Fitness. Zumindest kann ich mich meiner Haut wehren!«

Mit einem rabiaten Stoß verfrachtet sie den Poldner auf die Rückbank, dann lässt sie sich aufatmend auf den Beifahrersitz plumpsen.

Auf dem Rückweg spuckt der Gefangene hinter uns Gift und Galle. Er verfügt über ein ungeahntes Repertoire an Schimpfwörtern und Flüchen, von denen einige sogar mir neu sind, und ich kenne sie fast alle. Die Nadia scheint auf diesem Ohr taub zu sein, denn sie tippt, ohne auf die Beschimpfungen zu achten, auf ihrem Mobiltelefon herum. Für eine unerfahrene junge Polizistin verfügt sie über eine gehörige Portion Kaltblütigkeit. Das Mädchen wird mir von Minute zu Minute sympathischer, weil ich, im Gegensatz zu ihr, dem schmierigen Kerl am liebsten eine aufs Maul hauen würde, damit er selbiges endlich hält.

Zurück im Polizeiposten verfrachten wir den Bürger-schreck zur Abkühlung seiner kochenden Wut erst einmal in die Zelle. Im publikumsfreien Bereich hat er die Gele-genheit, sich abzureagieren, bis wir ihn am Nachmittag zu einem Gespräch einladen. Kaffee und Kuchen gibt es dabei allerdings nicht, und ich verspreche mir nichts von dieser Unterhaltung, denn der Poldner ist nicht gerade für seine Kooperationsbereitschaft mit der Polizei bekannt.

Doch selbst in der Abgeschiedenheit der Zelle tobt und kreischt er weiter, bis die Nadia die Geduld verliert und aufsteht, um ihn zur Ruhe zu ermahnen. Es dauert nicht lang, dann kehrt unerwartete Stille ein.

»Womit hast du ihm denn gedroht?«, fragt der Ludger entgeistert, als sie wieder auf ihrem Stuhl sitzt.

»Warum denn immer gleich drohen, lieber Kollege?« Da ist es wieder, dieses verschmitzte Lächeln. »Ich habe dem Zeugen nur gesagt, dass ich die Männer mit der ›Hab-mich-lieb-Jacke‹ und dem Auto mit den aufgemalten Tür-griffen anfordern werde, um ihn in die Bezirksklinik Ans-bach zu begleiten, wenn er sich nicht endlich beruhigt. Offenbar hat er damit schon Erfahrung gemacht, denn die Aussicht auf einen Urlaub in Ansbach hat rascher gewirkt als eine *Valium*.«

Die junge Kollegin hat Tricks auf Lager, da können wir alten Hasen bloß verwundert die Augen aufreißen. Cha-peau, sag ich da nur! Dass es so einfach ist, den Poldner ruhigzustellen, hätte ich nicht gedacht. Solche genialen Schachzüge muss ich mir unbedingt merken.

Als die Haustürglocke blechern scheppert, schauen wir uns alle irritiert an, denn die Eingangstür steht auf dem Polizeiposten immer offen. Dann springt der Lud-ger auf, um nachzuschauen, wer erst einmal höflich läutet, bevor er uns mit einem Besuch beehrt. Er kommt in Begleitung eines jungen Mädchens im roten Mantel zurück, das schüchtern an der Tür stehen bleibt.

»Du darfst gern reinkommen.« Ich mache eine einladende Handbewegung, und Ludger bietet ihr sogar seinen Stuhl an. Sie geht zwei Schritte ins Zimmer, wo sie sich unsicher umschaut.

»Womit können wir dir behilflich sein?«, fragt die Nadia, und einen Moment befürchte ich, dass die Kleine eine Vergewaltigung oder einen Missbrauch zur Anzeige bringen will. Mir liegt schon der Mord wie ein Stein im Magen, da könnte ich ein weiteres grausames Verbrechen an einem jungen Menschen nur schwer verkraften.

Das Mädchen, das ein paar Jahre jünger ist als die Kollegin selbst, starrt diese mit hochgezogenen Schultern und ineinander verschlungenen Händen hilflos an.

»Ich weiß nicht so recht … Vielleicht sollte ich nicht … Ich glaub, ich geh' besser wieder.« Sie dreht sich um und will zur Tür hinausrennen.

»Bist du wegen dem Tod vom Emil hier?«, fragt die Nadia.

Das Mädchen bleibt abrupt stehen. Langsam wendet es der Nadia den Kopf zu und nickt.

»Warum setzt du dich nicht zu uns und wir reden in Ruhe darüber?«

Auf ihre Einladung hin macht die Kleine kehrt und lässt sich auf die äußerste Kante von Ludgers Drehstuhl nieder. Nach meiner Schätzung ist sie nicht älter als 16.

»Wie heißt du?«, will die Nadia wissen.

»Charlotte Kress.«

»Verwandt mit Mechthild Kress, der Schulsekretärin?«, grätsche ich dazwischen.

Sie nickt.

»Meine Großtante. Ich bin die Tochter ihrer Nichte.«

Aha! Auf dem Land ist wirklich jeder mit jedem verwandt. Na ja, fast jeder. Ich will da nichts Unziemliches andeuten.

»Wie können wir dir helfen, Charlotte? Ich darf doch Charlotte sagen? Oder muss ich dich Frau Kress nennen?«, frage ich freundlich.

Sie schüttelt den Kopf.

»Bloß nicht! Sonst denke ich, Tante Mechthild steht hinter mir, und das wäre nicht besonders angenehm.«

Als alle bei der Vorstellung lachen, scheint sie ein wenig lockerer zu werden.

»Du möchtest uns etwas über den Emil Schnappauf berichten, hab' ich recht?«

Charlotte greift in die Manteltasche und zieht einen USB-Stick heraus, den sie mir in die Hand drückt.

»Was ist das? Was ist da drauf?« Neugierig betrachte ich den Stick in meiner Hand.

»Fotos und ein Video vom *Fasalecken*-Umzug. Ich hab' die *Winterbären*, die *Fasalecken* und die *Trachtenmädchen* fotografiert. Natürlich sind auch eine Menge Zuschauer auf den Bildern. Da hab' ich gedacht, dass Sie die Aufnahmen vielleicht brauchen könnten, weil doch der Emil …« Sie stockt, denn mit einem Mal werden ihre Augen feucht. Rasch wischt sie sich übers Gesicht, so als wäre ihr die Trauer um den jungen Mann peinlich.

»Du hast den Emil gern gehabt, stimmt's?« Nadias Stimme klingt ganz sanft und verständnisvoll.

Bei der Frage bricht das Mädchen in Tränen aus, sie laufen ihr übers Gesicht wie der sprichwörtliche Wasserfall. Ludger, Kavalier der alten Schule, reicht ihr wortlos ein Papiertaschentuch. Wir warten geduldig, bis der Tränenstrom versiegt, was allerdings eine Zeit lang dauert. Anscheinend war die Charlotte in den Emil verknallt, was kein Wunder ist, denn er war ja ein hübscher Bursche.

Als sie sich beruhigt hat, murmelt sie:

»Die Fiona hat einen wie den Emil gar nicht verdient. Die hat ihn nämlich nicht zu schätzen gewusst. Bei jeder Gelegenheit hat sie mit anderen geflirtet, und die Kerle sind um sie herumscharwenzelt wie Straßenköter um eine läufige Hündin. Ekelhaft war das! Die hat den Emil doch nur verarscht, und dabei hat der sie wirklich geliebt. Alles hat er für die Fiona getan, und mich hat er überhaupt nicht beachtet!«

Bei dem Gedanken schluchzt sie noch einmal, dann schnäuzt sie geräuschvoll in das Taschentuch. Wir anderen schweigen verlegen zu diesem Gefühlsausbruch, bis ich mich an den USB-Stick in meiner Hand erinnere. Rasch stecke ich ihn in den seitlichen Anschluss meines Monitors. Als er auf dem Bildschirm angezeigt wird, sehe ich darauf zwei Dateien. Eine davon ist mit »*Fasalecken*-Fotos 2023« bezeichnet, die andere mit »Video«. Die Kollegen stellen sich hinter meinem Stuhl auf und blicken mir gespannt über die Schulter. Ich klicke auf »Fotos«.

Eine ganze Reihe von Bildern öffnet sich. Genau sind es 44, wie am oberen Bildrand angezeigt wird. Eines nach dem anderen klicke ich sie an. Bei Bild Nummer 38 stutze ich. Es zeigt die Seitenansicht einer Gestalt im *Batman*-Kostüm.

»Das ist er!«, platze ich heraus. »Das ist der Kerl, der mich festgehalten hat, während der Emil angezündet wurde!«

»Vergrößere es mal!«, fordert mich der Ludger auf. Gebannt starren wir auf die Gestalt im schwarzen Umhang.

»Charlotte, schau bitte, kennst du den Typen da?« Er winkt das Mädchen zu uns her und zeigt auf die betreffende Person. Die Kollegen sind jetzt ebenso aufgeregt wie ich. Vielleicht ist dieser Mensch ein Komplize des Mörders, und wir kommen über ihn an den Täter heran – und wären damit der Lösung des Falls schon ganz nah. Charlotte lehnt sich weit über meine Schulter und betrachtet den Kerl auf dem Foto aufmerksam. Dann schüttelt sie den Kopf.

»Nein, keine Ahnung, wer das ist. Aber von seinem Gesicht ist auch kaum etwas zu sehen.«

Sie richtet sich auf und überlegt.

»Schauen Sie in das Video rein!«, schlägt sie vor. »Vielleicht ist er darauf zu sehen, und wir erkennen ihn am Gang oder an seinen Gesten.«

Ich folge ihrem Rat und öffne das Video, das nach Angabe fünf Minuten und 49 Sekunden dauert. Als Erstes kommt eine Gruppe grölender Kinder ins Bild, dann marschieren die Musikanten mit ihren Instrumenten vorbei, hinter ihnen die *Winterbären*, die herumtanzen, durcheinanderwirbeln und ihre Faxen mit den Zuschauern machen. Ihnen folgen die weißgekleideten *Fasalecken* mit Buchsbaumhüten auf dem Kopf und Peitschen in den Händen, die die *Winterbären* mit lautem Geschrei vor sich her treiben. Zum Schluss sind die *Trachtenmädchen* zu sehen, die den Leuten zuwinken, die von Sekunde zu Sekunde näher an die Teilnehmer des Festzugs heranrücken, bis es keinen Sicherheitsabstand mehr gibt und der Zug sich aufzulösen scheint. Plötzlich schwenkt die Kamera nach rechts, und eine dunkel gekleidete Figur huscht durchs Bild. Es ist *Batman*, der in geduckter Haltung blitzschnell um eine Hausecke verschwindet.

»Und? Hat ihn jemand erkannt?«, frage ich in die Runde, als das Video endet.

»Du hast gut reden! Wie denn? Es ist ja nichts von ihm oder ihr zu sehen außer dem Umhang und ein Stück der Maske.« Der Ludger lässt sich neben mir auf der Schreibtischkante nieder.

»Bist du deppert? Das war keine Frau, das war eindeutig ein Kerl!«, herrsche ich ihn an. »Ich bin zwar schon längere Zeit unbemannt, aber den Unterschied zwischen Männlein und Weiblein vermag ich gerade noch zu erkennen!«

»Ist ja gut! Nun sei doch nicht gleich so krötig, ich wollte dich nicht beleidigen.«

Weder die Fotos noch das Video haben uns neue Erkenntnisse gebracht. Wir sind genauso weit wie am Anfang.

»Charlotte, dürfen wir den Stick behalten? Ich möchte mir die Aufnahmen gerne noch ein weiteres Mal in Ruhe anschauen«, fragt Nadia, und das Mädchen nickt.

Nachdem wir uns bei ihr für ihre Hilfe bedankt haben, verabschiedet sie sich, und Nadia begleitet sie vor die Tür. Aber nur einen Moment später stehen die beiden wieder im Büro.

»Schaut aus dem Fenster!«, fordert uns die Nadia mit grimmiger Miene auf.

Der Ludger und ich eilen hin, um einen Blick auf die Straße zu werfen. Ich traue meinen Augen nicht, denn dort stehen zwei Ü-Wagen, einer groß mit *RTL* beschriftet, der andere mit *SAT1*. Daneben lungert eine Schar Reporter herum, die unentwegt in ihre Mikrofone plappern, während die Fotografen aus allen Blickwinkeln unseren Polizeiposten filmen.

»What the …! Die haben uns gerade noch gefehlt«, murmelt POW Dauer neben mir. »Was wollen diese Idioten von uns?«

»Was wohl? Sensationsgeschichten natürlich!« Ich drehe mich um, reiße den Hausschlüssel aus meinem Schreibtischfach und spurte in den Flur, um die Haustür abzuschließen, bevor einer von denen da draußen in unsere heiligen Hallen eindringen kann. Hektisch schiebe ich den Schlüssel ins Schloss und drehe zweimal herum. So, jetzt können sie in der Kälte stehen und das Haus anglotzen; in die Innenräume kommt keiner. Am liebsten würde ich den Gartenschlauch holen und die Belagerer damit nass spritzen. Eine kleine Abkühlung würde der Bande sicher guttun, weil jetzt lautstark gegen die Tür gehämmert wird. Wir ignorieren den Lärm, und der Ludger knallt die Jalousien runter, damit keiner auf die Idee kommt, in eines der Fenster zu fotografieren.

»Was mache ich jetzt? Wie komme ich denn hier heraus?«, jammert im Hintergrund die Charlotte. »Ich muss doch um 14 Uhr daheim sein, weil ich meine kleine Schwester babysitten soll. Meine Mutter tickt aus, wenn ich nicht pünktlich erscheine.«

Ich nehme ihren Arm und schiebe sie durch den Flur zum Hinterausgang, der in den Garten führt. Dort bringe ich sie bis zum Zaun und öffne die Gartentür mit dem Schlüssel, der noch vom letzten Herbst im Schloss steckt.

»Auf Wiedersehen, Charlotte, du hast uns sehr geholfen. Vielen Dank dafür!«, sage ich, und »Gib uns Bescheid, falls du etwas über den Mordfall erfährst. Vielleicht reden sie ja in der Schule darüber.« Sie nickt, schlüpft durch das Türchen, und ich schaue ihr nach, bis sie zwischen den kahlen Büschen verschwunden ist. Dann schließe ich ab, nehme den Schlüssel an mich und gehe zurück ins Haus, wobei ich nicht vergesse, auch den Hintereingang abzusperren. So, jetzt kann keiner mehr rein. Der Nachteil ist, wir können nicht raus. Egal, irgendwann werden die Fernsehleute schon begreifen, dass es sinnlos ist, vor dem Haus herumzuhängen, und wieder abziehen.

Im Büro herrscht wegen des Ausnahmezustands dicke Luft. Der Ludger flucht leise vor sich hin, wobei er zwischendurch überlegt, wie er abends nach Hause kommt, ohne von Reportern überfallen zu werden. Auf dem Bildschirm von Nadias Notebook ziehen in Endlosschleife die *Fasalecken*-Fotos vorbei. Sie selbst drückt mit kleinlauter Miene den Hörer unseres Amtsapparats ans Ohr.

»Nein, Herr Weinstock, bisher haben unsere Ermittlungen noch nichts …«

Sie bricht ab und hält den Hörer auf Armlänge von sich, als die wüste Schimpftirade ihres Vorgesetzten die Lautstärke eines startenden Düsenjets erreicht. Nettigkeiten wie »unfähige Trachtengruppe« und »inkompetente Deppen« sind noch seine freundlichsten Bezeichnungen für den Ludger und mich. Am liebsten würde ich der Nadia den Hörer aus der Hand reißen und dem Schönling erzählen, was ich von einem Mann halte, der sich vor Untergebenen spreizt wie ein Pfau und dabei so unglücklich auf den Hintern fällt, dass er sich die Knochen bricht. Nach einer Weile hat er sich ausgetobt, und die Nadia presst wieder den Hörer ans Ohr.

»Ja, Herr Weinstock, so machen wir das, das steht ganz oben auf unserer Liste. Selbstverständlich halten wir Sie auf dem Laufenden, damit Sie uns mit Ihren Ratschlägen weiterhelfen können.« Nachdem sie ihm »gute Besserung« gewünscht hat, legt sie auf.

»Ihr habt es gehört.« Seufzend wischt sie sich eine Strähne aus der Stirn. »Der Herr Polizeihauptkommissar ist not amused über unsere nicht vorhandenen Ermittlungserfolge. Wir sollen uns mehr anstrengen und uns als Nächstes die Meerrettichkönigin vorknöpfen, obwohl ich nicht weiß, was das bringen soll. Aber wenn er es anordnet, dann machen wir das.«

»Und was ist dem Poldner?«, will der Ludger wissen.

»Der kann ruhig noch eine Weile im eigenen Saft schmoren, dann ist er bei der Befragung vielleicht ein wenig zahmer«, entscheidet die Kollegin. »Ist die Königin noch in der Klinik oder sitzt sie schon zu Hause auf ihrem Thron?«

Der Ludger schnappt sich das Telefon und fragt bei Freunden und Bekannten herum, wo die Dame derzeit Hof hält.

»In Effeltrich, in Emils neuem Haus«, teilt er uns am Ende seiner Recherche mit.

Mit sehnsüchtigen Blicken schaut er uns zu, während wir uns für die Befragung von Fiona Hohenstein rüsten. Nadia überprüft den Sitz ihrer Waffe im Schulterholster, lässt das digitale Diktiergerät in die Umhängetasche fallen und steckt die Handschellen in den Hosenbund. Wozu sie eine Waffe braucht, um dieses Püppchen zu befragen, ist mir schleierhaft. Ich habe außer Reizgas und Kabelbindern nichts dabei, fühle mich aber in Nadias Begleitung so sicher, als hätte ich einen Bodyguard an meiner Seite.

»Soll ich nicht besser mitkommen? So als Schutz?«, fragt der Kollege, sobald wir startklar sind. Nur zu gern würde er ausführlich mit *Miss Meerrettich* plaudern und mehr über das Luxusweibchen erfahren. Jetzt, da sie wieder solo ist, macht sich der liebe Ludger vielleicht Hoffnungen. Wenn er nur nicht auf dumme Gedanken kommt! Sonst müsste ich seiner Olga einen zarten Hinweis geben. Die würde ihm schon zeigen, wo der Frosch die Locken hat.

»Nein, Kollege, du hast Telefondienst und bewachst den Poldner. Das ist auch wichtig!«, ruft Nadia ihm beim Hinausgehen zu. Ich kichere in mich hinein. Frau Drissi ist offensichtlich auch Fan der beliebten Polizeiserie aus der schönen Eifel, genau wie ich.

Als wir auf der Treppe stehen, öffne ich die Autotüren mit dem Transponder, dann werden wir auch schon von der Reportermeute mit Fragen bestürmt.

»Gab es etwa schon eine Festnahme?«

»Wer ist der Mann, den Sie in Gewahrsam genommen haben? Ein Verdächtiger? Der Täter?«

»Wohin fahren Sie jetzt? Zu einer Zeugenbefragung?«

»Wer war das junge Mädchen, das vor Kurzem bei Ihnen war?«

Mit »kein Kommentar!« schlängelt sich die Nadia durch den Pulk der Journalisten, steigt in den Streifenwagen und verriegelt die Tür von innen. Ich starte das Auto und lasse es rückwärts aus der Einfahrt rollen, dann gebe ich Gas und fahre davon, bevor sich einer der Nachrichtenhaie an unsere Fersen heften kann.

KAPITEL 8

Als ich im Nachbarort das Auto vor dem weißen Prachtbau zum Stehen bringe, gerät selbst meine sonst so unerschütterliche Kollegin ins Staunen. In der blauen Stunde entfaltet die Villa ihre ganze marmorne Schönheit.

»Die Meerrettichkönigin residiert im Eispalast«, kommentiert Nadia diesen beeindruckenden Anblick.

Aus der dem Vorgarten zugewandten Fensterfront fällt gedämpftes Licht auf den schneebedeckten Rasen mit den modernen Skulpturen. In der Garage parken ein silberfarbener 911er Porsche und ein pinkfarbenes MINI-Cabrio Seite an Seite. Unschwer zu erkennen, welcher Wagen hier wem gehört. Die schmiedeeiserne Gartentür ist unverschlossen. Die Steinplatten des Wegs bis zum Haus sind fein säuberlich gefegt und von jeder noch so kleinen Schneeflocke befreit. Sobald ich klingle, ist im ganzen Haus der Glockenschlag von Big Ben zu hören.

Während wir warten, schauen wir uns aufmerksam um. Alles tipptopp gepflegt, alles wie aus dem Magazin *Schöner Wohnen*. Ein Vorzeigeanwesen der Extraklasse.

Langsam schwingt die schwere Metalltür zur Seite, und Fiona Hohenstein steht in Trauerkleidung vor uns, das Haar unordentlich mit einer Spange festgesteckt. Ich erschrecke, denn sie ist sehr blass und sieht kränklich aus, hat dunkle Schatten unter den Augen und seit unserer letzten Begegnung etwas abgenommen, sodass sie beinahe dürr wirkt. Fast hätte ich sie nicht wiedererkannt. Wenn der Ludger sie so sehen würde, wäre es bestimmt vorbei mit seiner Schwärmerei, weil sie aussieht wie das unscheinbare Mädchen von nebenan.

»Guten Abend, Frau Hohenstein, wir haben ein paar Fragen zum Tod von Emil Schnappauf. Dürfen wir hereinkommen?« Meine Kollegin hält ihren Polizeiausweis hoch. Mein eigener Ausweis liegt irgendwo in der Schreibtischschublade, aber in meiner Uniform bin ich auch ohne offizielles Papier als Polizistin zu erkennen. Einen Moment zögert die Hausherrin, als würde sie uns am liebsten die Tür vor der Nase zuzuschlagen. Doch dann tritt sie beiseite und gibt uns mit einer Handbewegung zu verstehen, dass wir eintreten dürfen.

»Kommen Sie mit in die Küche. Ich gieße mir gerade einen Tee auf.«

Über schwarz-weiße Marmorfliesen führt sie uns in eine Küche, in der meine gesamte Wohnung, inklusive einer geräumigen Terrasse, mühelos Platz fände. Dunkel glänzender Lack und spiegelnder Chrom, wohin man schaut. Wir werden in der Essecke am anderen Ende des Raums platziert. Die Möbel sehen aus, als kämen sie direkt aus dem Möbelhaus und wären noch völlig unbenutzt. Wen wundert's, das Haus ist ja auch nagelneu.

»Möchten Sie auch einen Kamillentee?«, fragt die Hausherrin, stellt eine Teekanne auf ein Stövchen und nimmt eine Tasse aus dem Regal.

Lieber ein Bier, würde ich gern antworten, aber ich schüttle wortlos den Kopf. Auch Nadia lehnt dankend ab. Kamillentee ist weder mein noch ihr Lieblingsgetränk, wie mir scheint.

Während die Beinahe-Witwe mit Teekanne und Tasse hantiert, beobachte ich sie unauffällig. Sie trägt einen übergroßen schwarzen Kaschmirpullover, der vielleicht einmal Emil gehört hat, dazu Leggins und Fellhausschuhe, alles in düsterem Schwarz. Wegen der betont schlichten Kleidung fallen mir die Schmuckstücke sofort ins Auge, die sie trotz der Trauerkleidung trägt. Sehr edler Schmuck, sehr teuer.

»Alles Geschenke von Emil«, erklärt sie ungefragt, als sie meine neugierigen Blicke bemerkt.

»Das sind wunderschöne Stücke«, bestätige ich neidlos.

»Ja, und mit jedem einzelnen ist eine liebe Erinnerung an meinen Verlobten verbunden.« Fionas Augen füllen sich mit Tränen.

»Unser Beileid zum Tod von Herrn Schnappauf«, sage ich noch rasch, bevor die Nadia mit der Befragung beginnt. Die kramt derweil in ihrer Tasche nach dem Aufnahmegerät. Als sie es gefunden hat, stellt sie es zwischen Fiona und uns auf den Tisch.

»Sie haben doch bestimmt nichts dagegen, wenn wir das Gespräch aufzeichnen? Nur zur Sicherheit, damit es hinterher nicht zu Missverständnissen kommt, wer was gesagt hat.« Anscheinend traut die Kollegin der Hohenstein nicht so recht über den Weg. Ich frage mich, ob es dafür einen Grund gibt.

Die Dame des Hauses schüttelt den Kopf.

»Sie müssen sprechen, Frau Hohenstein, Kopfschütteln kann das Gerät nicht aufzeichnen«, weist meine Kollegin die Fiona an.

»Nein, natürlich habe ich nichts dagegen, dass Sie unser Gespräch aufnehmen«, antwortet Fiona, artig wie ein Schulmädchen.

»Darf ich Sie um Ihre Personalien bitten?«, beginnt Nadia die Befragung.

Mit leiser Stimme leiert Frau Hohenstein die Daten herunter.

»Sie waren mit dem Mordopfer verlobt, ist das richtig?«, ist Nadias nächste Frage.

»Ja, das stimmt«, bestätigt Fiona bereitwillig.

Nadia fragt nach dem Kennenlernen des Paares und dem Zeitpunkt der Verlobung, auch für wann die Hochzeit geplant war.

Freimütig erzählt die Hohenstein, wie der Emil sie vor zwei Jahren beim Kellerfest am Jungferla-Brunnen angesprochen hat. Weil er ihr auf Anhieb sympathisch war, hat sie sich von ihm zum Essen einladen lassen. Nach dem romantischen Abend beim Edelitaliener ist er ihr nicht mehr von der Seite gewichen und hat ihr bereits nach wenigen Monaten einen Heiratsantrag gemacht. »Eine echte Wirbelwind-Romanze wie aus dem Märchenbuch«, sagt sie mit wehmütiger Stimme. Die Verlobung haben sie im Sommer letzten Jahres im Festsaal der *Brauerei Schnappauf* in Forchheim gefeiert. Die Familie und alle Freunde waren dazu eingeladen. Es sei ein Riesenfest und eine Mordsgaudi gewesen.

Sie berichtet weiter von ihren gemeinsamen Zukunftsplänen und wie sehr der Emil sich auf die Hochzeit gefreut hat. Kinder hätte er sich gewünscht, am liebsten eine ganze Fußballmannschaft. Ob das auch ihr Wunsch war, darüber schweigt sie. Ungefragt erwähnt sie dann noch die bereits gebuchte Fernreise nach dem thailändischen Koh Samui, wo im Luxus-Resort ein Bungalow am Meer auf die Honeymooner wartet. Dabei kullert ihr plötzlich eine Träne über die bleiche Wange, die sie aber mit einer ungeduldigen Geste abwischt. Ich frage mich, ob sie um ihren

Emil oder um die entgangenen Flitterwochen trauert, denn das ist nicht zu erkennen.

»Wie war er denn so in den letzten Tagen vor dem *Fasalecken*-Umzug?«, möchte ich wissen. »War er gut drauf, der Emil, oder eher bedrückt? Hatte er Probleme, vielleicht finanzielle oder gesundheitliche?«

Die Hohenstein starrt mich verwirrt an, so als hätte ich Suaheli gesprochen, und muss einen Augenblick über meine Frage nachdenken.

»Ich weiß nicht, was Sie meinen. Wie soll der Emil denn schon gewesen sein?«, fragt sie schließlich unsicher. »Wie immer halt. Er hatte keine Probleme, jedenfalls keine, von denen er mir erzählt hat. Aber finanziell war alles in Ordnung, glaube ich. Die Brauerei läuft super, das *Goldbräu*-Bier wird jetzt sogar ins Ausland verkauft. Und gesundheitlich ging es ihm auch gut. Jedenfalls habe ich nichts gemerkt von irgendeiner Krankheit.«

»Hatte er vielleicht Streit mit jemandem? Gab es Ärger in der Familie oder im Freundeskreis? Irgendwelche Probleme mit den Angestellten im Betrieb oder mit einem Konkurrenten?«, will die Nadia wissen.

»Nein, ganz sicher nicht. Das hätte mir der Emil erzählt. Wir haben immer über alles ganz offen gesprochen, wir hatten keine Geheimnisse voreinander«, versichert uns die Fiona treuherzig.

Irgendwo im Haus fällt eine Tür ins Schloss. Die Nadia und ich horchen auf. Anscheinend sind wir nicht allein. Jemand schleicht im Haus herum.

»Besuch?«, will die Kollegin wissen, und der süffisante Unterton ist nicht zu überhören.

»Nein, nur die Katze«, beeilt sich Frau Hohenstein zu erklären.

»Ein kluges Tier, wenn es sogar Türen schließen kann«, lächelt die Nadia.

Verlegene Stille.

»Wo waren Sie denn während des Umzugs am Sonntag? Haben Sie Ihren Verlobten nach Baiersdorf begleitet?«, unterbreche ich das Schweigen der Frauen, um die Spannung aufzulösen.

»Nein, ich habe mich nicht wohlgefühlt, ich hatte meine Tage und deswegen schreckliche Krämpfe. Darum bin ich daheim geblieben, habe eine Tablette genommen und mich ins Bett gelegt.«

»Verstehe!« Ich nicke verständnisvoll. Aber Nadia gibt sich mit so einer vagen Auskunft nicht zufrieden, sie will es genau wissen.

»Gibt es dafür Zeugen? Hatten Sie Besuch? Oder hat jemand auf dem Festnetztelefon angerufen? Vielleicht ist ja ein Nachbar vorbeigekommen?«

»Nein, ich sagte doch, dass ich mich total mies gefühlt habe. Da will ich niemanden um mich haben und auch nicht am Telefon quatschen. Ich habe flachgelegen und vor mich hin gedöst. Aber wenn ich gewusst hätte, dass ich dafür Zeugen brauche, hätte ich Freundinnen oder eine Arbeitskollegin eingeladen.« Ihr Ton ist schnippisch. »Verdächtigen Sie jetzt etwa mich, meinen zukünftigen Ehemann angezündet zu haben?«

»Nein, Frau Hohenstein, aber wir müssen nach Ihrem Alibi fragen, das verstehen Sie doch sicher.«

»Gar nichts verstehe ich!«, schreit sie plötzlich. Ihre Wangen färben sich rot, ihre Augen funkeln zornig. »Sie kommen hierher und verdächtigen mich, Emils zukünftige Ehefrau, etwas mit seinem Tod zu tun zu haben? Sind Sie eigentlich noch ganz dicht?«

Sie springt auf, dabei fällt die Tasse um, und der Tee läuft über die Tischplatte und tropft auf den Boden.

»Sie verlassen auf der Stelle das Haus! Von mir erfahren Sie nichts mehr. Wenn Sie etwas wissen wollen, wenden Sie sich an den Anwalt der *Brauerei Schnappauf*. Er vertritt auch meine Interessen. Und jetzt gehen Sie endlich!«

Weil wir nicht sofort aufspringen und hinausrennen, brüllt sie wie von Sinnen:

»Los jetzt! Raus hier!«

Hastig rafft die Nadia Aufnahmegerät und Tasche an sich, und wir hasten mit schnellen Schritten Richtung Tür, bevor die Dame des Hauses mit dem teuren *Sèvres*-Porzellan nach uns schmeißt. Mit dumpfem Knall fällt die Haustür hinter uns zu.

Im Auto schimpft die Nadia:

»Schau dir das an! So eine Schweinerei! Der Tee ist auf meine Hose gelaufen, es sieht aus, als hätte ich mich bepinkelt.«

Sicher nicht vor Lachen, denke ich und schalte die Innenbeleuchtung ein. Tatsächlich, der verschüttete Tee ist auf Nadias Schritt getropft und an den Hosenbeinen entlanggelaufen.

»Du brauchst gar nicht so blöd zu grinsen!«, fährt mich meine Kollegin erbost an.

»Ich grinse doch gar nicht«, antworte ich und halte mir dabei die Hand vor den Mund. »Aber du solltest dich besser umziehen, bevor jemand noch auf dumme Gedanken kommt.«

Doch meine Kollegin hat bereits das Thema gewechselt.

»Findest du es nicht seltsam, wie die Hohenstein ganz plötzlich ausgerastet ist? Erst war sie völlig normal, hat auf alle Fragen ruhig und sachlich geantwortet, und plötzlich, aus dem Nichts heraus, kriegt sie einen hysterischen Anfall.« Die Nadia schüttelt ungläubig den Kopf. »Außerdem war noch jemand außer uns im Haus. Du kannst mir doch nicht erzählen, dass ein Kätzchen in der Lage ist, Türen zu schließen. Was soll das denn für ein Tier sein, bitteschön? Ein sibirischer Tiger?«

»Ich glaube auch, dass jemand bei ihr war. Schon komisch, dass sie es nicht erwähnt hat. Ihr geht es nicht gut, sie war noch bis vor Kurzem in der Klinik. Was ist schon dabei, wenn Freunde ihr zu Hause Gesellschaft leisten und sich um sie kümmern? Warum verheimlicht sie das?«, überlege ich laut. »Aber wir sollten auch nicht vergessen, dass sie gerade erst ihren Verlobten verloren hat und deshalb einen Zusammenbruch hatte. Kein Wunder, wenn sie dünnhäutig ist und unsere Fragen sehr persönlich nimmt. Vielleicht würde ich genauso reagieren.«

»Schön, dass du für alles und jeden Verständnis hast«, murmelt die Kommissarin verschnupft, zieht ein Papiertaschentuch hervor und reibt an den Teeflecken herum.

Als wir am Polizeiposten ankommen, ist das Büro trotz der späten Stunde noch hell erleuchtet. Den Fernsehfritzen war es wahrscheinlich zu kalt, denn sie haben das Feld geräumt. Manchmal hat schlechtes Wetter auch Vorteile.

Als wir das Büro betreten, blättert der Ludger in einem Männermagazin. Er lässt es sofort in der Schublade verschwinden, als er den leicht genervten Blick der Kommissarin bemerkt.

»Gibt's was Neues?«, fragt sie als Erstes und wirft ihre Tasche auf den Tisch.

»Ja, die Schwankel war da und hat einen Riesenaufstand wegen ihres Handys gemacht. Sie will es sofort wiederhaben, weil sie sonst eine Dienstaufsichtsbeschwerde wegen Amtsmissbrauch gegen Evita einreicht, hat sie gedroht«, teilt uns Kollege Dauer mit. »Und die KTU hat uns die Fotos von ihrem Handy gemailt. Ich hab mir jedes einzelne genau angeschaut, aber nichts Aufregendes darauf entdeckt. Es sind ähnliche Bilder wie die von Charlotte.«

»Dann hole ich das Handy dieser Frau Schwankel morgen bei der Kriminaltechnik ab und bringe es mit. Sonst noch etwas?«, will die Nadia wissen und zieht das Aufnahmegerät aus der Tasche.

»Ja, die Auswertung des Einwegfeuerzeugs und des Papiertaschentuchs vom Tatort ist da.«

»Und das sagst du erst jetzt?«, herrscht ihn die Nadia an. »Also, was ist damit? Lass dir doch nicht jedes Wort aus der Nase ziehen!«

»Auf dem Taschentuch waren außer Straßenschmutz keine erkennbaren Spuren, keine DNA, weder Abdrücke noch Fasern noch Hautreste, nichts. Auf dem Feuerzeug konnten die Kollegen nur einen verwischten Teilabdruck sichern, der aber weder verwertbar noch zuzuordnen ist. Sie haben aber trotzdem bei AFIS geprüft, ob sie etwas finden, aber natürlich Fehlanzeige.«

AFIS ist die Abkürzung für das Automatisierte Fingerabdruck-Identifizierungssystem, bei dem Fingerspuren gespeichert und verglichen werden. Wer immer das Feuerzeug in der Hand hatte, hat dafür gesorgt, dass es nicht anhand seiner Abdrücke zuzuordnen ist.

»Hier, Ludger, das ist die Befragung von Fiona Hohenstein.« Die Nadia schiebt dem Ludger das Aufnahmegerät hin. »Schreib bitte morgen den Bericht und schicke ihn an Evita und mich. Danke!« Einen Augenblick überlegt sie. »Was ist mit dem Poldner? Ist der noch da?«

»Der schläft, nachdem er mir meine Brotzeit weggefressen hat«, mault der Kollege missmutig.

Er ist schlecht drauf, weil er im Büro festhängt und als Nadias Sekretärin eingesetzt wird. Ich kenne meinen Kollegen, er wäre viel lieber mit mir auf Streife. Er ist der Action Man, der jetzt am Schreibtisch versauert.

»Mit dem sprechen wir als Erstes morgen früh«, entscheidet die Kommissarin, während sie in ihren Mantel schlüpft. »Ich fahre jetzt nach Erlangen, vielleicht ist noch einer der Kriminaltechniker im Labor. Ich möchte mir gern persönlich anhören, was es zu sagen gibt. Außerdem will ich nachfragen, wie es um die Funkzellenabfrage steht.«

Kaum ist sie weg, als auch der Ludger aufspringt.

»Mir langt's für heute!«, knurrt er. »Oberkante Unterlippe! Hast du das gehört? Ich soll den Bericht abtippen, ich, das Fräulein Sekretärin. Was kommt als Nächstes? Toilette putzen, Kaffee kochen, Akten abstauben? Was bin ich eigentlich für die Frau Polizeikommissarin? Das Mädchen für alles? Soll ich morgen im Röckchen und mit Schleife im Haar hier antanzen? Ganz ehrlich, ich hab' genug von diesem Weiberhaufen!«

Grußlos verlässt er den Raum und schmeißt die Tür hinter sich zu. Das hat es während unserer ganzen Zusammenarbeit noch nie gegeben.

Weil auch mir mittlerweile die gute Laune abhandengekommen ist, beschließe ich, mir ein Abendessen im *Storchennest* zu gönnen. Rasch gehe ich nach oben, streife die Uniform ab und Jeans und Pullover über. Nachdem ich den Tag im Sitzen verbracht habe, kann ein kleiner Fußmarsch nicht schaden. Obwohl es erst kurz nach 20 Uhr ist, sind die Straßen wie leergefegt. Mir knurrt der Magen, deshalb beeile ich mich.

Im *Storchennest* ist wenig los, nur drei Tische sind besetzt. Weil ich keine Lust auf Gespräche oder Gesellschaft habe, verziehe ich mich in die hinterste Ecke und warte auf die Katrin, bei der ich Schnitzel mit Kartoffelsalat und ein Weißbier bestelle. Das habe ich mir nach dem stressigen Tag mehr als verdient.

»Zum Wohlsein!«, wünscht mir die Bedienung und grinst mich freundlich an. »Schnitzel kommt gleich.«

»Danke, Katrin.« Ich proste ihr zu, und sie lacht und zischt ab, um nach dem Essen zu schauen. Das Schnitzel schmeckt köstlich, das Fleisch ist butterzart, der Kartoffelsalat mit Speckwürfeln und Zwiebeln ein Genuss. Ich lasse es mir schmecken und speise mit großem Appetit. Als der leer gegessene Teller abgeräumt ist, stellt die Katrin ein Schnapsglas vor mich hin.

»Ein *Willi*, auf Kosten des Hauses.« Sie setzt sich mir gegenüber an den Tisch. »Gibt's schon was Neues wegen dem Mordfall?«

»Du weißt doch, dass ich über laufende Ermittlungen nichts erzählen darf.«

Sie nickt, aber ich sehe, dass sie etwas auf dem Herzen hat.

»Jetzt sag' schon, Katrin, was ist los? Ich sehe doch, dass dich was drückt. Spuck's einfach aus!«

Sie druckst herum und überlegt. Schließlich rückt sie doch mit der Sprache heraus.

»Am Sonntag, du weißt schon, nach dem *Fasalecken*-Umzug, da war der Bub vom Thümmler bei uns da herinnen zusammen mit dem Sohn vom Wollfabrikanten. Die haben ein Bier nach dem anderen getrunken und sich über irgendwas schiefgelacht. Aber weil sie geflüstert haben, konnt ich nicht genau verstehen, worum es gegangen ist, doch es hat etwas mit dem Umzug zu tun gehabt, da bin ich mir ganz sicher. Die zwei Früchtchen müsst ihr euch unbedingt einmal vorknöpfen, du und der Ludger. Die haben nichts als wie Blödsinn in ihren Schädeln. Vielleicht waren die es, die den armen Emil ...?« Sie schnieft und zieht ein Taschentuch aus der Schürze, mit dem sie sich über die Augen wischt. »Aber ned, dass du jetzt denkst, dass ich die Buben hinhängen will. Ich will nur, dass der Mörder seine gerechte Strafe kriegt, sonst nix.«

»Katrin, wo bleibst denn alleweil?« Das ist die Stimme vom Wirt. »Wir haben noch andere Gäste, die auf ihr Essen warten.«

Schnell springt die Bedienung auf.

»Aber von mir hast du des fei ned, gell, Evita!«, wispert sie mir noch rasch zu, bevor sie zurück zum Tresen eilt. »Ned, dass ich einen Ärger kriegt, weil ich getratscht hab'.«

Ich lege den passenden Geldbetrag auf den Tisch, bevor ich mich vom Wirt und der Katrin verabschiede. Auf dem Heimweg grüble ich über die Geschichte nach, die ich soeben gehört habe. Die *Brauerei Schnappauf* hat auch das *Storchennest* mit *Goldbräu*-Bier beliefert, der Emil war dort ein gern gesehener Gast. Und was sollen ausgerechnet der Thümmler Lenny und sein Kumpan Straßer mit dem Mord am Emil zu tun haben? Aus welchem Grund sollten sie dem Bierbrauer etwas antun wollen? Mir ist nichts über einen Streit zwischen dem Bierbrauer und den Schülern bekannt. Nein, die Jungs waren das bestimmt nicht, die sind dazu nicht fähig. Blödsinn anstellen, ja, das schon, aber einen kaltblütigen Mord begehen? Das traue ich den Halbwüchsigen nicht zu. Wir sollten uns an den Poldner halten, der steht ganz oben auf meiner Liste der

Tatverdächtigen. Dem ist ein Mord aus Heimtücke weitaus eher zuzutrauen als zwei Schulbuben.

Auf dem Polizeiposten angekommen, entschließe ich mich, noch kurz nach unserem Übernachtungsgast zu schauen, bevor ich hinauf in die Wohnung gehe. Im hinteren Trakt des Hauses, dort, wo die Arrestzelle liegt, ist es dunkel und still. Ich schalte das Deckenlicht ein, gehe an die Stahltür und spähe durch das Sichtfenster in die Kammer. Sie ist leer. Mir fährt der Schreck bis in den Magen, doch dann stürze ich ins Büro und suche hektisch nach dem passenden Schlüssel. Als ich ihn endlich gefunden habe, renne ich zurück zur Zellentür. Noch einmal luge ich durch das Fensterchen, aber der winzige, gut überschaubare Raum ist und bleibt leer.

»Hey, Poldner, sind Sie da drin?«, rufe ich, in der Hoffnung auf Antwort.

Aber nicht geschieht. Es ist so still wie auf dem Friedhof.

Hastig schiebe ich den Schlüssel ins Schloss, öffne die Tür und trete ein. Der Poldner ist tatsächlich weg. Als ich mich umdrehe, um die Zelle zu verlassen, sehe ich eine Faust auf mein Gesicht zuschießen. Dann wird alles um mich herum schwarz, und ich falle kopfüber in die Dunkelheit.

KAPITEL 9

22.–23. Februar, Aschermittwoch bis Donnerstag

»Evita! Hörst du mich? Jetzt sag halt was!«

Jemand tatscht mit schweißnassen Händen in meinem Gesicht herum. Unwillig will ich den Kopf wegdrehen, damit das Gepatsche endlich aufhört, aber es geht nicht, ich kann mich nicht bewegen.

»Bleib ruhig liegen, Evita, ich hab' schon den Krankenwagen angefordert.«

Mühsam klappe ich ein Auge auf. Neben mir kauert der Ludger auf dem kalten Fliesenboden.

»Luschga, wasch isch'n paschiert«, nuschle ich und versuche, mich aufsetzen, aber das funktioniert erst recht nicht. Vor meinen Augen flimmern rotgoldene Sterne, der ganze Raum schwankt und dreht sich um mich.

Also klappe ich das Auge wieder zu und verhalte mich still, bis nach einer Weile im Flur Schritte zu hören sind.

»Oh je, die Frau Emmerling, wieder einmal.« Es ist die Stimme der freundlichen Notärztin. Sie beugt sich über mich und tastet vorsichtig meinen Kopf ab.

»Sie hat eine Platzwunde am Hinterkopf, die genäht werden muss. Wir nehmen sie mit, weil wir auch ein MRT brauchen. Es könnte sein, dass sie bei dem Sturz ein Schädelhirntrauma erlitten hat. Aber zuerst verarzte ich ihr Gesicht!«, informiert sie die im Flur wartenden Sanitäter.

Vorsichtig befingert sie meine Nase, und dabei schießen mir Schmerztränen in die Augen.

»Nasenbeinbruch«, lautet ihre Diagnose. Sie verabreicht mir ein Schmerzmittel, fixiert den Bruch, und winkt dann die Männer heran: »Die Trage, bitte!«

Ich werde darauf gebettet und mit einer Decke zugedeckt. Das Nächste, was ich bewusst wahrnehme, ist der Innenraum des Rettungswagens. Rechts neben mir hält der Ludger meine Hand, links neben mir sitzt die Notärztin. Sie lächelt, als ich sie einäugig anblinzle.

»Hallo, Frau Emmerling, Sie sind bei Bewusstsein, das ist gut. Jemand hat Sie mit einem harten Gegenstand ins Gesicht geschlagen. Dabei sind Sie so schwer gestürzt, dass Sie eine Wunde am Hinterkopf haben, die stark blutet. Wir bringen Sie ins Klinikum Forchheim, um festzustellen, wie schwer Ihre Verletzungen sind. Bleiben Sie ganz ruhig, bei uns Sie sind bestens aufgehoben.«

Doch ruhig zu bleiben fällt mir schwer.

»Poldner …?«, nuschle ich aus dem Mundwinkel in Ludgers Richtung.

»… ist abgehauen, Evita«, teilt mein Kollege mir so kleinlaut mit, als hätte er ihm höchstpersönlich zur Flucht verholfen. »Keine Ahnung, wie das passiert ist. Es ist auch der reine Zufall, dass ich dich gefunden habe. Die Olga hat Krautsbraten gemacht, da wollte ich dir ein Stück zum Abendessen vorbeibringen, weil ich weiß, wie gern du den magst. Als ich auf dem Polizeiposten ankam, hat überall Licht gebrannt, darum wusste ich, dass du da bist, und habe im ganzen Haus nach dir gesucht. Weil ich dich weder im Büro noch in der Wohnung gefunden habe, bin ich zur Zelle gelaufen und hab' bemerkt, dass die Tür sperrangelweit offen stand. Ich bin ganz schön erschrocken, als ich dich gefunden habe, weil du dich nicht gerührt hast und ich keinen Puls fühlen konnte. Außerdem hast du in einer Blutlache gelegen. Ich dachte wirklich, du bist tot.«

»Ich zeige Ihnen bei Gelegenheit, wie man den Herzschlag korrekt ertastet, Herr Dauer, und zwar so, dass er auch zu spüren ist, damit Sie beim nächsten Notfall alles richtig machen«, kommentiert die Ärztin trocken.

Weil ich vom Schock und der lokalen Anästhesie ziemlich benommen bin, kriege ich von den jeweiligen Untersuchungen nur mehr oder weniger gedämpfte Schmerzschübe mit, auch, als die Platzwunde genäht wird. Das Hämmern und Rauschen im MRT-Gerät macht mir Angst, und ich bin froh, als ich endlich ins halbdunkle Krankenzimmer geschoben werde. Eine Pflegekraft verabreicht mir ein Schlafmittel, danach wird es dunkel um mich.

Am nächsten Tag dröhnt mein Kopf wie eine Glocke, mein Gesicht fühlt sich taub an, mir ist schwindlig und obendrein auch noch speiübel.

»Das kommt von der Gehirnerschütterung«, weiß der Pflege-Praktikant, der das Frühstückstablett auf dem Nachttisch abstellt und fragt, ob ich noch Wünsche habe. Tatsächlich habe ich nur einen einzigen Wunsch – raus hier! Doch ich muss die Visite abwarten. Der Oberarzt, der eine Stunde später mit vier Assistenzärzten an mein Bett gerauscht kommt, will mich noch einen Tag zur Beobachtung unter seiner Fuchtel behalten.

»Nein, nein, auf keinen Fall, das geht nicht!«, rufe ich verzweifelt. »Sie haben doch sicher von dem *Fasalecken*-Mord gehört?« Jetzt benutze ich auch schon diese absolut falsche Bezeichnung! Der Arzt mustert mich stirnrunzelnd über den Rand seiner schicken *Burberry*-Brille. »Ich bin eine der Ermittlerinnen, darum kann ich nicht faul im Bett liegen, während meine Kollegen in der Arbeit ersaufen. Können Sie mich nicht entlassen? Auf eigene Verantwortung?«

Er schüttelt den Kopf. »Nein, das will und werde ich nicht. Mit meiner Einwilligung werden Sie diese Klinik nicht verlassen. Aber das hier ist ein Krankenhaus, kein Gefängnis. Ich kann Sie nicht gegen Ihren Willen festhalten, wenn Sie unbedingt gehen wollen.«

Vorsichtig schwinge ich die Beine aus dem Bett und taste dabei nach dem dicken Pflasterverband am Hinterkopf. Schon die leiseste Berührung tut weh.

»Ja, ich will, und zwar unbedingt!«

»Dann auf Wiedersehen, Frau Emmerling, und weiterhin gute Besserung«, wünscht mir der Oberarzt mit zynischem Lächeln. »Falls Komplikationen auftreten sollten … Sie wissen ja, wo Sie uns finden.«

Wispernd und tuschelnd traben die Jung-Ärzte ihrem Chef hinterher, werfen mir aber über die Schulter noch ungläubige Blicke zu. Wahrscheinlich fragen sie sich, was ein weiblicher Dorfsheriff wie ich bei einer spektakulären Morduntersuchung zu schaffen hat.

Nachdem ich den Wisch unterschrieben habe, dass ich auf eigenen Wunsch die Klinik verlasse, öffnet sich die Tür, PHM Kuhn wedelt mit einem leicht zerfledderten Blumenstrauß und schreit ins Zimmer:

»Mädchen, Mädchen, was machst du bloß für Sachen? Kann man dich nicht einen Tag lang alleinlassen?«

Mit zwei Schritten ist er bei mir und schließt mich väterlich in die Arme. »Der Ludger hat angerufen, und ich habe mich gleich auf den Weg gemacht, um nach dir zu schauen. Bist du schwer verletzt? Wie fühlst du dich? Warum liegst du nicht im Bett, sondern sitzt in voller Montur am Tisch? Erzähl, was ist denn eigentlich passiert?«

Viel zu viele Fragen auf einmal.

Ich berichte, wie ich die Zellentür aufgeschlossen habe, in der Annahme, der Poldner sei getürmt.

»Tja, und der hat, an die Wand gedrückt, hinter der Tür nur darauf gelauert, dass eine unterbelichtete Beamtin auf die älteste Knastbruder-Masche der Welt hereinfällt, die Tür aufreißt und in die Zelle rennt.« Der Kuhn tippt sich spöttisch an die Stirn. »Wie kann man nur so dämlich sein, Evi! Als wärst du eine blutige Anfängerin! Der Kerl war schon so oft eingesperrt, der kennt doch jeden Trick und Kniff aus dem Knast-Alltag.« Er hält mich auf Armlänge von sich und betrachtet mein zerschundenes Gesicht mit den Blessuren und der verpflasterten Nase. »Ich bin froh, dass nichts Schlimmeres passiert ist. Wie leicht hätte er dich totschlagen können.«

Darüber will ich im Augenblick lieber nicht nachdenken.

Auf meine Bitte hin chauffiert mich mein ehemaliger Chef im Dienstwagen zum Polizeiposten Baiersdorf. Die Nadia ist unterwegs, um nach dem Poldner zu suchen, der Ludger hackt lustlos auf der Tastatur herum und ist damit beschäftigt, eine Fahndung nach dem Ausbrecher zu formulieren. Neben ihm stapelt sich ein Haufen Papier, wahrscheinlich die Verbindungsdaten der Funkzellenabfrage, die die Nadia aus Erlangen mitgebracht hat. Vielleicht können wir uns die ganze Arbeit sparen, denn der Kuhn und ich sind mittlerweile sicher, dass der Poldner den *Winterbären* angezündet hat, aus welchem Grund auch immer. Ein Soziopath wie der braucht keinen Grund für ein Gewaltverbrechen. Jetzt müssen wir den Flüchtigen nur noch einfangen, dann dürfte der Mordfall Schnappauf gelöst sein.

»Evita!« Verwundert blickt der Ludger von seiner Arbeit auf. »Solltest du nicht im Krankenhaus liegen? Was machst du hier?«

»Ich leite diesen Polizeiposten, schon vergessen?«, murre ich, enttäuscht über seine etwas freudlose Begrüßung.

»Aber … aber … du bist doch in deinem Zustand gar nicht dienstfähig«, stottert er. »Hast du dein Gesicht schon einmal im Spiegel betrachtet? Unsere Bürger kriegen einen Schock, wenn sie dich so zugerichtet sehen!«

Den Schock erleide allerdings ich, als mir mein Spiegelbild mit zwei schwarzblauen Veilchen, der gebrochenen Nase und einem purpurfarbenen Hämatom entgegenstarrt, das vom Wangenknochen bis ans Kinn reicht. Von der Tonsur und dem riesigen Pflasterverband auf meinem Kopf gar nicht zu reden. So schlimm habe ich es mir nicht vorgestellt. Ich sehe zum Fürchten aus. Mit der Visage könnte ich problemlos bei der nächstbesten Geisterbahn als Hauptattraktion anheuern.

»Du hast recht, Kollege, es ist vielleicht besser, wenn ich vorerst Innendienst schiebe«, resigniere ich zerknirscht, nachdem ich mich von dem gruseligen Anblick erholt habe.

»Ich hab' der Evi auch schon gesagt, dass es eine bescheuerte Idee ist, sich nicht erholen zu wollen. Wer weiß, was das für Konsequenzen hat.«

Der Kuhn und sein Blumenstrauß stehen im Büro und halten gemeinsam nach einer Vase Ausschau. Zum Glück eilt der Ludger den beiden zu Hilfe und schafft einen mit Wasser gefüllten Maßkrug herbei.

»Vielleicht willst du ja die Auswertung der Funkzellenabfrage übernehmen?« Hoffnungsvoll schiebt der Ludger den Papierkram von seinem Schreibtisch auf meinen.

»Dann kann ich zusammen mit der Nadia den Poldner suchen.«

»Vergiss es! Die Auswertung ist deine Aufgabe!« Ruckzuck schiebe ich den Stapel zurück auf seine Seite des Tisches.

»Ich geh' dann mal. Gebt mir Bescheid, wenn ich euch bei der Fahndung behilflich sein kann.« Der Kuhn legt mir zum Abschied die Hand auf die Schulter. »Aber an deiner Stelle würde ich mich schonen, Evi, du bist schließlich auch nicht mehr die Jüngste.«

Vielen Dank für das schöne Kompliment, Herr Polizeihauptmeister! Da fühle ich mich doch gleich besser. In Zukunft rolle ich mit meinen Rollator zum Einsatz. Dazu benötige ich nicht einmal ein Blaulicht. Bei meinen vielen blauen Flecken muss ich einfach nur laut »Tatütata« rufen.

So gern ich meine Kollegen auch habe – manchmal sind sie nur schwer zu ertragen.

Es ist später Nachmittag, als Kollegin Drissi von der Verbrecherjagd zurückkehrt. Sie bringt den Geruch kalter Winterluft und einen Hauch von *Miss Dior* mit in unser stickiges Büro. Den Poldner hat sie nicht im Schlepptau. Als sie mein entstelltes Gesicht sieht, fährt sie erschrocken zurück.

»Evita! Warum sitzt du hier am Schreibtisch? Solltest du nicht …?«

»Nein, das sollte ich nicht!«, antworte ich mürrisch, weil ich es satt habe, dass jeder, außer mir, zu wissen scheint, was das Richtige für mich ist.

»Ihr beide könnt mir glauben, dass ich weiß, wann ich erholungsbedürftig bin und wann nicht. Also lasst eure Ratschläge stecken, damit wir uns auf die Fahndung nach Poldner konzentrieren können.«

Wie sich herausstellt, ist auch die Nadia felsenfest von dessen Schuld überzeugt und sehr enttäuscht darüber, ihn nicht aufgespürt zu haben.

»Ich habe bei ihm zu Hause nachgesehen, aber da war er natürlich nicht«, berichtet sie.

Das war sonnenklar, der Poldner ist schließlich nicht blöd, der kann sich denken, dass wir dort zuerst nach ihm suchen.

»Dann bin ich in der Nachbarschaft von Tür zu Tür gewandert und habe mich nach ihm erkundigt. Keiner weiß, wo er steckt, keiner hat ihn gesehen, aber alle wären froh, wenn er endlich für immer hinter Gittern säße.«

Da sind Poldners Nachbarn nicht die Einzigen. Auch ich wäre überglücklich, wenn dieser Verbrecher bald wieder in der JVA Nürnberg einsitzen würde. Wenn ich ehrlich bin, habe ich nach dem Angriff auf mich richtig Angst vor ihm. Wenn er tatsächlich Emils Mörder ist, hat er wahrscheinlich kein Problem damit, auch andere Menschen umzubringen. Auf ein weiteres Zusammentreffen mit ihm bin ich nicht besonders scharf.

»Wir sollten die Wirtshäuser in Baiersdorf und Umgebung abklappern«, schlägt der Kollege vor. »Wo soll er sich sonst aufhalten? Es ist zu kalt, um sich im Wald zu verkriechen.«

»Vielleicht hat er bei einem ehemaligen Zellengenossen aus der JVA Unterschlupf gesucht«, wirft die Nadia ein. »Moment, das haben wir gleich.«

Sie tippt in Windeseile die Anfrage ein, und schon wenige Minuten später studiert sie aufmerksam die Informationen, die in der Straftäter-Kartei über den Poldner zu finden sind.

»Fehlanzeige! Er hat keine Knastfreundschaften

geschlossen«, erklärt sie nach einer Weile unzufrieden. »Niemand wollte mit dem Poldner zusammengelegt werden. Er hat nicht nur in der Zelle, sondern auch im Duschraum und beim Hofgang immer wieder randaliert. Darum wurde er in einer Einzelzelle untergebracht.« Fragend wandert Nadias Blick von mir zu Ludger. »Ihr kennt ihn doch seit Jahren. Habt ihr denn gar keine Idee, wo er sich aufhalten könnte?«

Nein, die haben wir nicht, weil wir uns noch nie so intensiv wie jetzt mit dem Poldner beschäftigt haben. Bisher war er für uns nicht mehr als ein öffentliches Ärgernis, das ab und zu randaliert oder Leute beleidigt hat. Die schwereren Straftaten hat er in seinen jungen Jahren während Kuhns Dienstzeit begangen.

»Wir fragen Polizeihauptmeister Kuhn, der kennt ihn besser als jeder andere«, rufe ich erleichtert.

Mein früherer Chef staunt nicht schlecht, als ich ihn an der Strippe habe. So bald hat er wahrscheinlich nicht mit meinem Hilferuf gerechnet. Ich frage ihn nach dem Poldner und dessen Gepflogenheiten, vor allem nach möglichen Verstecken. Eine Weile ist es still, während der Kuhn nachdenkt.

»Habt ihr schon einmal die Wally befragt?«, höre ich ihn nach einer Weile in den Hörer schnaufen.

»Welche Wally?«, frage ich, weil ich keine Wally kenne.

»Na, die Waltraud Bach. Das ist eine alte Jugendfreundin vom Poldner. Die kennen sich noch aus der Schulzeit. Die Wally hat ihm gelegentlich Päckchen in die JVA geschickt. Vielleicht ist er bei ihr untergeschlüpft.«

»Aha!« Mehr fällt mir dazu nicht ein. Warum hat uns der Kuhn das nicht schon längst erzählt, frage ich mich. »Und wo finden wir diese Wally?«

»Als ich das letzte Mal mit ihr zu tun hatte, war sie Bar-frau im *O-O-Seven*.« Endlich ist der Kuhn bereit, sein Wissen auszuspucken.

»Ist das der Table-Dance-Schuppen an der B470?«

»Ja genau, den meine ich«, antwortet der Kuhn. »Geht die Wally nicht allzu hart an. Sie ist zwar nicht die hellste Kerze auf der Torte, aber ansonsten eine Nette, die nur immer wieder an die falschen Männer geraten ist. Ich glaube, der Poldner hat sie vor ihren rabiaten Kerlen beschützt.«

Der Poldner als Beschützer holder Weiblichkeit. Das ist ja etwas ganz Neues.

»Hat die Wally auch eine Meldeanschrift?«, verlange ich zu wissen.

»Keine Ahnung, da musst du sie schon selbst fragen, Mädchen. Ab und zu wechselt sie den Wohnort, weil sie die Miete nicht zahlen kann. Fahrt doch einfach ins *O-O-Seven* und redet mit ihr. So, und jetzt muss ich mich um meine eigene Arbeit kümmern. Servus, Evi!«

Klack, der Kuhn hat den Hörer aufgelegt.

Auf der Stelle informiere ich meine Kollegen vom Ergebnis des Telefonats.

»Auf geht's, Ludger!« Obwohl wir seit 15 Minuten Dienstschluss haben, platzt die Nadia beinahe vor Taten-drang, als sie nach Tasche und Mantel greift.

Begeistert springt der Ludger auf und schlüpft in die Lederjacke mit der Rückenaufschrift »Polizei«. Er kann es kaum erwarten, sich endlich aktiv an den Ermittlungen zu beteiligen. Endlich kann er einmal »richtige« Polizei-arbeit leisten.

»Halt, Ludger!«, rufe ich, bevor die beiden aus dem Büro stürmen. »Hast du deine Pistole dabei? Man weiß ja nicht, wie der Poldner reagiert, wenn ihr ihn festnehmen wollt.«

Grinsend schlägt der Kollege die Jacke zurück – und tatsächlich, er hat daran gedacht. Im Pistolengurt steckt seine Waffe. Der Ludger und ich werden noch zu echten Vorzeige-Polizisten, wenn es so weitergeht.

»Viel Glück!«, rufe ich den beiden auf dem Weg zum Streifenwagen hinterher. »Ich mache in der Zwischenzeit Telefondienst. Ist ja auch wichtig.«

Jetzt weiß ich wenigstens, wie mies der Ludger sich fühlt, wenn ich mit der Nadia losziehe, um auf Verbrecherjagd zu gehen.

Ich jedenfalls komme mir vor wie ein kranker alter Hund, der im Tierheim zurückgelassen wird.

Nachdem ich eine Weile untätig herumgesessen und Löcher in die Luft gestarrt habe, beschließe ich, den Polizeiposten abzuschließen, das Licht zu löschen und mich in meiner Wohnung zu verkriechen. So richtig gut geht es mir nicht. Darum bin ich heilfroh, als ich im Schlafanzug und Bademantel auf der Couch liege, meine Blessuren mit Eis kühle und heißen Yogi-Tee mit Honig schlürfe, weil ich mich nicht nur in körperlicher Hinsicht völlig zerschlagen fühle. Im Hintergrund läuft leise Musik, die *Neville Brothers* beklagen mit souligen Stimmen den traurigen Knastalltag im Angola State Prison in Louisiana. Die Musik passt nicht nur perfekt zum Tagesgeschehen, sondern auch zu meiner Stimmung.

Irgendwann muss ich eingedöst sein, denn ich werde wach, als es irgendwo im Haus rumort und eine Tür zuschlägt. Verschlafen blinzle ich hinüber zur Standuhr. Kurz nach 22 Uhr. Ich rapple mich auf, schlurfe zur Tür und rufe ins Treppenhaus:

»Hey, Leute, wollt ihr einen Moment zu mir nach oben kommen?«

Hintereinander erscheinen erst der Ludger, danach die Nadia. Beide schauen ziemlich verdrossen aus der Wäsche.

»Lasst mich raten! Der Poldner ist euch entwischt!«, vermute ich, nachdem ich die beiden aus verquollenen Augen flüchtig gemustert habe.

»Falsch! Wir haben ihn gar nicht angetroffen!«, brummt der Ludger mürrisch, und die Nadia ergänzt: »Oder er hat die Tür nicht geöffnet, als wir geklingelt haben.«

Dann erzählen sie von Wally, einer älteren Dame mit struppiger Tina-Turner-Perücke, die in der Table-Dance-Bar den Zapfhahn bedient. Anfangs war sie recht freundlich, doch sobald die Sprache auf ihren Freund Poldner kam, litt sie plötzlich unter akutem Gedächtnisverlust. Erst durch die Drohung, die Nacht auf der Polizeistation Forchheim zu verbringen, wurde ihr Erinnerungsvermögen reaktiviert. Schließlich hat sie ihre Adresse dann doch herausgerückt. Das Team Drissi hat sich anschließend zwar sofort auf den Weg dorthin gemacht, aber als sie am Wohnhaus ankamen, war in den Fenstern im ersten Stock alles dunkel.

»Wahrscheinlich hatte die Bach ihren Spezi schon längst gewarnt«, jammert die Kommissarin. »Ich habe dir gleich gesagt, Ludger, dass wir die Alte mitnehmen sollen, bevor sie ihren Kumpanen anrufen kann. Aber nein, du hast es ja nicht für nötig gehalten. Schöne Scheiße!« Sie wendet sich an mich: »Er hat diese Wally für eine goldige alte Dame gehalten, weil sie uns ein Bier ausgeben wollte. So ein Schwachsinn!«

Der Ludger ignoriert den Vorwurf und erzählt weiter:

»Wir haben auch bei den Nachbarn geläutet, aber bis auf einen Rentner hat von denen angeblich keiner etwas bemerkt. Nur der Herr Müller aus dem Erdgeschoss meint, dass er Schritte in der Wohnung über ihm hört, wenn die Bach nicht daheim ist. Er wollte sie deswegen schon ansprechen, hat es dann aber vergessen.«

»Was wollen wir jetzt unternehmen?«, frage ich etwas ratlos.

»Heute Abend nichts mehr.« Die Nadia gähnt hinter vorgehaltener Hand. »Mir graut davor, jetzt noch nach Erlangen zu fahren. Es schneit nämlich schon wieder, und die Straßen sind spiegelglatt.«

»Willst du hier auf der Couch schlafen?«, frage ich, weil ich sehe, dass sie vor Erschöpfung kaum noch die Augen offenhalten kann. Das Mädchen tut mir leid, sie ist wirklich rund um die Uhr im Einsatz, aus Angst, ihre erste selbstständige Ermittlung zu vermasseln.

Dankbar nickt sie, und ich stehe auf, um aus dem Schlafzimmer Kissen und Decke zu holen. Der Ludger ruft mir von der Tür aus zu, dass wir uns morgen überlegen, wie es im Fall Schnappauf weitergeht, dann höre ich ihn die Treppe hinuntertrampeln. Im Wohnzimmer liegt die Nadia bereits auf dem Rücken und schnarcht leise. Ich streife ihr die Schuhe von den Füßen, stopfe ihr das Kissen unter den Kopf und wickle sie in die Wolldecke. Sie schläft wie ein Stein, ohne es zu bemerken.

Am nächsten Morgen sitzen die Nadia und ich bereits am Schreibtisch, als der Ludger, mit Bäckertüten bepackt, hereinschneit. Die Nadia im Hosenanzug, ich mit purpurfarbenen Veilchen und geschwollener Wange. Während wir uns mit Croissants, Quarktaschen, Apfelrollen und Franzbrötchen vollstopfen, denken wir laut über den nächsten Ermittlungsschritt nach. Die Kommissarin ist dafür, das SEK einzuschalten, um den Poldner aus der Wohnung zu holen, was der Ludger und ich für völlig überzogen halten. Was sollen denn unsere Mitbürger denken, wenn drei junge Polizeibeamte nicht in der Lage sind, einen alten Säufer einzufangen, sondern dafür die *Star-Wars*-Sturmtruppen zu Hilfe holen müssen? Nein, das geht gar nicht!

Während wir noch diskutieren, klopft es, ich rufe »Herein« und wappne mich gegen die erste unangenehme Überraschung des Tages. Ich werde nicht enttäuscht, denn es ist der Poldner in Begleitung einer älteren Dame mit adretter Kurzhaarfrisur in Mantel und Schal, die mit Zangengriff seinen Arm umklammert, damit er nicht davonlaufen kann. Wir drei springen auf wie von der Tarantel gestochen, und der Ludger greift an den Pistolengurt, in dem seine Waffe steckt. Weil ich direkt vor ihr stehe, spricht die Frau als Erste mich an:

»Guten Morgen! Ich bin die Waltraud Bach. Der Leo hat sich bei mir daheim versteckt gehalten, aber ich habe ihm erklärt, dass Sie nur mit ihm reden wollen. Da hat er eingesehen, dass es keinen Sinn hat, sich weiterhin vor der Polizei zu verkriechen. Also, hier ist er, jetzt reden Sie mit ihm.« Sie schiebt den Poldner in meine Richtung.

Die Wally Bach sieht so ganz anders aus als in meiner Fantasie. Sie wirkt gediegen, beinahe bieder, und nicht wie eine Frau, die in einer Table-Dance-Bar arbeitet. Vielleicht liegt es daran, dass sie nicht im Tangaslip an glatten Stangen rauf und runter rutscht, sondern nur Getränke serviert. Als hätte sie meine Gedanken erraten, sagt sie zu mir:

»Nicht jede Frau in unserem Gewerbe ist eine Schlampe, Frau Kommissarin, es gibt auch eine Menge anständige.«

Verlegen räuspere ich mich. »Niemand hat behauptet, dass Sie oder Ihre Kolleginnen Schlampen sind, Frau Bach.«

»Aber gedacht haben Sie es, geben Sie es ruhig zu«, antwortet sie freundlich.

Vor der Bach muss man sich in Acht nehmen, die hat ein gutes Gespür für Menschen.

Während die Nadia den Poldner befragt, stellt sich die Wally hinter ihn, ganz so, als wäre sie seine Anwältin, die Hand auf seiner Schulter in der speckigen Wildlederjacke. Diese Geste soll ihm wohl Sicherheit vermitteln. Hinter jedem Loser steht eine starke Frau, die ihn auffängt, fällt mir zu dieser Pose ein, weil es perfekt zu der Situation passt.

Nachdem der Ludger die Personalien aufgenommen hat, will die Nadia wissen, aus welchem Grund der Poldner beim *Fasalecken*-Umzug war.

»Weil ich mir den jedes Jahr anschauen tu«, antwortet er unwirsch. »Is ja ned verboten, oder?«

»Nein, aber es ist verboten, Menschen anzuzünden«, entgegnet die Kommissarin frostig.

»Ich hab keinen angezündet, ned den Bierpanscher und auch sonst keinen ned«, knurrt der Befragte.

»Aber vielleicht haben Sie etwas gesehen? Jemanden, der dem *Strohbären* so nahe gekommen ist, dass er ihn hätte anzünden können. Versuchen Sie bitte, sich zu erinnern.«

»Wie oft soll ich's denn noch sagen, ich hab nix gesehen, rein gar nix! Wie denn auch, bei dem Gewärch? So ein Haufen Leut wie an dem Faschingssonntag waren noch nie bei den *Fasalecken*. Des wird jedes Jahr schlimmer. Ein Mordstrubel war das.«

Mordstrubel, dieser Ausdruck trifft es auf den Punkt.

Der Poldner stutzt und reibt sich nachdenklich das Kinn mit den grauen Bartstoppeln, dann fällt ihm plötzlich ein: »Die Saububen haben sich ganz nach vorn gedrängelt, die haben die anderen Leut einfach weggeschubst mit ihren Ellenbogen.«

»Welche Saububen?«, will ich wissen und beuge mich über den Schreibtisch zu ihm hinüber. Er stinkt durchdringend nach Fusel, Zigarettenrauch, altem Schweiß und anderen unappetitlichen Körperausdünstungen, darum lehne ich mich schnell wieder in meinem Stuhl zurück. Wie die Bach das wohl aushält mit diesem ungewaschenen Schweinigel, frage ich mich. Das muss echte Freundschaft sein, die über solche Gerüche hinwegriecht.

»Der Thümmler und sein Kumpan Straßer«, stößt der Poldner zornig hervor. »Um die solltet ihr euch amol kümmern, das sind zwei ganz schlimme Finger.«

»Schlimme Finger?«, grätscht der Ludger dazwischen. »Wie kommen Sie denn darauf? Kennen Sie die beiden? Woher denn?«

Der Poldner senkt den Kopf und gibt keine Antwort. Wir warten, aber er reagiert nicht auf Nachfragen, bis sich die Bach zu ihm beugt und ihm etwas ins Ohr flüstert. Dann richtet sie sich auf und antwortet für ihren Freund:

»Die beiden haben den Leo von oben bis unten vollgebieselt, wie er auf einer Bank im Pacé Park kurz eingenickt ist, und haben ihm obendrein noch seinen Schnaps abgezogen.«

Im Klartext heißt das, dass der Poldner auf einer Parkbank seinen Rausch ausgeschlafen hat, wahrscheinlich auf dem Spielplatz des Parks, weil das der bevorzugte Ort der Baiersdorfer Jugend sowohl zur Kontaktaufnahme der

Geschlechter als auch zum chilligen Abhängen in Gesellschaft eines Sixpacks ist.

»Warum haben Sie das nicht zur Anzeige gebracht, Herr Poldner?«, verlangt die Nadia in strengem Ton zu wissen.

Das liegt ja wohl auf der Hand, Frau Kollegin, würde ich am liebsten einwenden. Landstreicherei, Alkoholkonsum im Pacé Park, wo öffentlicher Alkoholgenuss von der Gemeinde verboten wurde, nachdem dort einige private Partys aus dem Ruder gelaufen sind. Für den Poldner hätte das wahrscheinlich eine saftige Geldbuße bedeutet, die er nicht hätte zahlen können und dafür einige Wochen in den Knast eingefahren wäre. Den beiden Minderjährigen dagegen wäre nichts passiert. Vielleicht hätten sie ein paar Sozialstunden aufgebrummt bekommen, aber auch nur vielleicht. Wohl eher wären sie mit ein paar sanften Streicheleinheiten und einer liebevollen Ermahnung davongekommen.

Aber vor dem Verdächtigen und seiner »Anwältin« halte ich mich mit solchen Prognosen lieber zurück.

»Jetzt erzählen Sie, wo Sie die beiden Jungs während des Umzugs beobachtet haben!«, fordert die Nadia den Poldner auf.

»Erst waren die zwei auf der anderen Straßenseite, direkt hinter der da!« Er zeigt mit dem Finger auf mich. »Die war ja leicht zu erkennen in ihrer Uniform. Auf einmal hat's bei den *Winterbären* geraucht wie verrückt, und als Nächstes haben der Thümmler und sein Kumpel neben mir gestanden. Aber wie es dann immer mehr gebrannt hat, sind die zwei blitzschnell verschwunden.«

»Aber Sie sind ganz sicher, den Lennart Thümmler und den Nico Straßer erkannt zu haben?«, fragt die Nadia aufgeregt. »Woran denn?«

»Ich kenn die Burschen doch, das müssen Sie mir glauben!«, röhrt der Poldner empört. »Der eine hat zum anderen gesagt: ›Lass uns abhauen, bevor sie uns die Scheiße hier anhängen‹.«

Ich erinnere mich an Jugendliche, die versucht haben, den *Winterbären* das Stroh abzureißen, und bei dem Gedanken wird mir siedend heiß. Sollten das der Lenny und der Nico gewesen sein? Ich kann mich beim besten Willen nicht erinnern. Gleichzeitig fällt mir aber der Katrin ihre Geschichte ein, wonach die beiden im *Storchennest* über den Anschlag auf den Emil getuschelt haben. Aber waren sie die Einzigen? Seit Tagen ist der *Fasalecken*-Mord Gesprächsthema Nummer Eins in der Stadt.

»Und das wollen Sie trotz der lauten Musik und des Geschreis während des Umzugs gehört haben, Herr Poldner?«, erkundigt sich die Nadia ungläubig. »Sie müssen ja ein unglaublich feines Gehör haben.«

Jäh hebt der Poldner den Kopf, und sein wässriger Säuferblick wandert von einem zu anderen.

»Ich schwör auf mein Augenlicht, dass ich nix mit dem Mord an dem Bierpanscher zu tun hab, auch, wenn er's verdient hat und ich ned traurig bin seinetwegen. Der Schnappauf hat bloß aufs Geld geschaut, ned auf die Qualität von seinem Bier. Das *Goldbräu* is nix anders als wie eine elende Katzenpisse, die man ned saufen kann, und das hab ich ihm auch oft genug gesagt. Aber wegen so was bring ich doch keinen ned um!«, schreit er verzweifelt.

»Vielleicht sollten Sie besser auf Ihr exzellentes Hörvermögen schwören als auf Ihr Augenlicht, Herr Poldner«, entgegnet die Nadia trocken.

Sie wirft mir einen fragenden Blick zu, und ich schüttle kaum merklich den Kopf. Nein, wir können den Poldner nicht festhalten, weil wir keinen einzigen Beweis gegen ihn in der Hand haben.

Nachdem der Ludger die Aussage ausgedruckt und der Poldner sie unterschrieben hat, erkläre ich trotz aller Zweifel:

»Gut, Herr Poldner, Sie können gehen.« Ich stehe auf. »Danke, dass Sie hergekommen sind und eine Aussage gemacht haben.« Es widerstrebt mir, die Hand mit den schwarzen Trauerrändern unter den Nägeln zu schütteln, deswegen wende ich mich der Wally zu. »Ich bedanke mich auch bei Ihnen, Frau Bach.«

»Leo, wolltest du der Frau Kommissar nicht noch etwas sagen?« Die Wally gibt dem Leo einen zarten Schubs, und er geht einen Schritt auf mich zu, sodass ich schon befürchte, dass er mich umarmen will.

»'tschuldigung«, murmelt er kaum verständlich.

»Wofür?«

»Für die kleine Watschen, die ich Ihnen gegeben hab.«

»Herr Poldner, schauen Sie mich an! Das war nicht bloß eine ›kleine Watschen‹. Sie haben mir Ihre geballte Faust ins Gesicht geschmettert und die Nase gebrochen. Für Sie wird das rechtliche Konsequenzen haben, weil Sie eine Polizeibeamtin tätlich angegriffen und verletzt haben. Das ist ein Offizialdelikt, das auch ohne Anzeige verfolgt wird. Sie werden in Kürze Post von der Staatsanwaltschaft bekommen.«

Ganz plötzlich ändert sich seine Mimik. Der Frauenschläger verzieht die Lippen zu einer Art spitzem Kussmündchen, senkt den Kopf und kichert lautlos in sich hinein, so verschlagen und bösartig, als wollte er wie Rumpelstilzchen anfangen zu singen: »Heute back ich, morgen brau ich, übermorgen verbrenn ich der Königin ihren

Mann.« Ich meine, ihn um das Feuer tanzen zu sehen, in dem der Emil stirbt.

Er war es, er hat den Bierbrauer angezündet, durchzuckt die Erkenntnis mein Gehirn. Er hat uns verarscht, alles, was er uns erzählt hat, war von A bis Z gelogen. Er beschuldigt die beiden Schüler, um den Verdacht von sich abzulenken. Am liebsten möchte ich ihn an seinem grindigen Truthahnhals packen und sofort zurück in die Zelle schleifen, bevor er noch weitere Menschen umbringt, aber uns fehlt die rechtliche Grundlage für eine Festnahme. Als könne er meine Gedanken lesen, entblößt er mit hämischem Grinsen lückenhafte Zahnreihen. Mir läuft die Gänsehaut an den Armen entlang bis in den Nacken.

»War ned so gemeint, gell, Frau Wachtmeister!«, nuschelt er, bevor er sich umdreht und ohne ein weiteres Wort aus dem Büro schlurft. Von meinen Kollegen hat sein Schlangenlächeln keiner bemerkt.

»Entschuldigen Sie, Frau Kommissarin, ich weiß, dass es dem Leo leidtut, aber er ist ein einfacher Mann und kann sich halt nicht so gut ausdrücken.« Die Poldner-Freundin schaut verlegen zu Boden, bevor sie mich einlädt. »Ich sage Ihnen jetzt lieber nicht ›Auf Wiedersehen‹. Aber wenn Sie doch einmal Lust auf ein Feierabendbierchen haben, kommen Sie mich im *O-O-Seven* besuchen. Bei uns gibt es kein *Goldbräu*, sondern richtig gutes Bier.«

»Das kann ich Ihnen nicht versprechen, Frau Bach, aber man sieht sich bekanntlich meistens zweimal im Leben«, erwidere ich. »Und nennen Sie mich nicht immer ›Frau Kommissarin‹, ich bin nur eine einfache Polizeiobermeisterin.«

Sie nickt und schenkt mir ein schiefes Lächeln, das einen Mundwinkel nach oben, den anderen nach unten zieht.

Sobald sie draußen sind, reißt die Nadia mit angehaltenem Atem alle Fenster weit auf.

»Puh, der Poldner hatte aber einen besonders geruchsintensiven Herrenduft an sich.«

»Also, ich tippe mal auf Eau de Wildsau aus dem Hause *Jägermeister*«, feixt der Ludger hinter seinem Aktenstapel. Einen Moment lang schauen wir uns stumm an, dann muss selbst ich lauthals lachen.

KAPITEL 10

23. Februar, Donnerstag

Sobald sich das Gelächter gelegt hat, weihe ich die Kollegen in meine Zweifel am Wahrheitsgehalt von Poldners Aussage ein, aber beide zucken nur desinteressiert mit den Schultern. Der Kerl hat seine Aussage gemacht, mehr ist im Augenblick nicht zu tun. Uns sind die Hände gebunden. Als Nächstes informiere ich sie über mein Gespräch mit der Kellnerin Katrin. Die Nadia tippt sich während meines Berichts mit dem Kugelschreiber an die Nase, hört sich meine Geschichte ohne irgendwelche Einwände bis zum Ende an und denkt nach.

»Schauen wir uns doch noch einmal Charlottes Fotos an«, meint sie dann.

Und tatsächlich, auf einigen leicht verschwommenen Bildern sind zwei Gestalten im dunklen Hoodie zu sehen, die zwar nicht nebeneinander her laufen, aber die Kapuzen tief in die Stirn gezogen haben, ein wenig ungewöhnlich bei dem sonnigen Wetter am Faschingssonntag. Dummerweise sind die Gesichter auf keiner der Aufnahmen deutlich erkennbar. Es könnte sonst jemand in schwarzer Sweatjacke sein, Männlein wie Weiblein inmitten der Menschenmenge.

»Gut, fahren wir zu den Schülern nach Hause und hören uns an, was sie zu den Fotos zu sagen haben.« Die Nadia beugt sich vor und fingert das Bildmaterial aus dem

Drucker. »Am Nachmittag werden wir sie sicher daheim antreffen. Du, Ludger, kümmerst dich inzwischen um die Daten der Funkzellenabfrage. Vielleicht stößt du dabei auf eine heiße Spur, einen Straftäter, der wegen Körperverletzung, Totschlag und Ähnlichem vorbestraft ist.«

Der Ludger zieht den Papierstapel zu sich heran und macht sich lustlos an die Arbeit. Manchmal gibt es vor stumpfsinnigen Routinetätigkeiten kein Entrinnen, das kenne ich aus eigener Erfahrung.

Im Auto will die Nadia wissen, ob und wo in der Stadt Überwachungskameras angebracht sind. Es gibt nur wenige, eine am Rathaus, eine beim *Edeka*-Markt und eine am *Rewe*, weil es auf den Parkplätzen der Supermärkte häufig beim Ausparken kracht. Die vierte hängt irgendwo am Bahnhof, soweit ich weiß.

»Dann auf zum Ordnungsamt«, weist mich die Nadia an, doch das hat am Nachmittag geschlossen.

»Brauchen wir für die Herausgabe von Bildmaterial nicht einen richterlichen Beschluss?«, frage ich skeptisch, weil ich den Beamten persönlich kenne. Ein bürokratischer Korinthenkacker, der ohne richterlichen Beschluss noch nicht einmal mit der Uhrzeit herausrückt.

»Dass es auf dem Land solche Schwierigkeiten gibt, hätte ich nicht erwartet«, mault sie mich missmutig von der Seite an.

»Das liegt vielleicht daran, dass wir hier in der Stadt sind, und nicht auf dem Land.« Kleinkariert kann ich!

So beschließen wir, auf direktem Weg zur *Edelbrennerei Thümmler* zu fahren. Vor der Schnaps-Boutique mit den einfallslos dekorierten Schaufenstern und der dahinterliegenden Destillerie mit den glänzenden Kesseln ist es ruhig. Weihnachten und Fasching sind vorbei, und im Winter ist nach den Feiertagen meist nicht viel Betrieb, weil die Touristen erst wieder zu Beginn der Osterzeit wie Hornissenschwärme in der Destille einfallen, um kostenlos verschiedene Brände zu testen und die eine oder andere Flasche als Andenken mitzunehmen. Bevor die Frau Thümmler vor ihrem jähzornigen Ehemann nach Hamburg geflohen ist, woher ihre Mutter stammt, gab es im Hinterzimmer des Ladens sogar eine kleine Brotzeitstube, in der sie die Gäste mit Hausmacher Wurst, Ziebeleskäs, Zwetschgenbaames und selbstgebackenem Brot bewirtet hat, um einem vorzeitigen Rausch der Kunden entgegenzuwirken. Doch seitdem sie Mann und Sohn verlassen hat, bleibt die Gastronomie geschlossen.

Vor der Boutique steigen wir aus und schauen uns um. Obwohl die Fenster dunkel sind, rüttelt die Nadia energisch am Griff der Eingangstür. Wie zu erwarten, ist sie verschlossen.

»Niemand zu Hause!«, ruft sie mir zu, doch ich deute mit dem Finger auf das Wohnhaus, das ein wenig abseits der Schnapsbrennerei steht. Zwei Fenster im Erdgeschoss und eins im ersten Stock sind hell erleuchtet, weil der Himmel bedeckt ist und es trotz des frühen Nachmittags bereits dämmert. Wir gehen hinüber, klingeln und warten. Als sich im Haus nichts rührt, drücke ich vorsichtig gegen die Tür, und siehe da, sie ist nur angelehnt.

»Hallo, Herr Thümmler! Sind Sie daheim?«, rufe ich von draußen in den Flur. Von irgendwo drinnen sind das Knarren eines Stuhl, das Scharren von Füßen und Schritte auf Laminat zu hören. Im Halbdunkel der Diele taucht der Herr des Hauses auf. Er ist groß und breit wie ein Schrank, nachlässig gekleidet, im Mundwinkel hängt eine Kippe, und augenscheinlich ist er nicht erfreut über unseren Besuch. Bevor er etwas sagen kann, halten wir ihm unsere Polizeiausweise entgegen.

»Wir würden gern …«, beginnt die Nadia. Doch er lässt sie nicht zu Wort kommen.

»Was hat er denn wieder angestellt, der kleine Mistkerl?«, schreit er uns in einer Lautstärke an, dass uns die Haare nach hinten flattern.

»Äh, nichts, soweit wir wissen«, entgegnet die Nadia geistesgegenwärtig. »Wir hätten allerdings ein paar Fragen …«

»Wenn er was mit der *Fasalecken*-Geschichte zu tun hat, bring ich ihn eigenhändig um, dann brauchen Sie ihn nicht mehr einzusperren!«, brüllt der Schnapsbrenner mit wutrotem Gesicht.

»Dürfen wir vielleicht erst einmal reinkommen?«, frage ich, weil genau jetzt eisiger Nieselregen einsetzt.

Widerwillig geht er einen Schritt beiseite, und wir schieben uns an ihm vorbei in den engen, muffigen Gang.

»Da hinten rechts geht es rein«, weist er uns an. »Ich sitze im Büro. Sie stören mich bei der Buchhaltung.«

Das Zimmer ist derart verqualmt, dass ich mich unwillkürlich nach dem vermeintlichen Brandherd umschaue. Dann bemerke ich den überquellenden Aschenbecher, auf dessen Rand eine zweite Zigarette vor sich hin qualmt. Soll ich dem Thümmler sagen, dass es gut wäre, ein Fenster zu öffnen, weil Sauerstoff das Denkvermögen erhöht? Lieber nicht, er ist auch so bereits auf Betriebstemperatur 180. Nach Arbeit sieht es im Büro allerdings nicht aus. Über den Monitor flackern Fotos von teuren Autos der Luxusklasse, daneben steht eine halb leere Flasche Marillenbrand. Respekt, es ist gerade einmal früher Nachmittag, aber der Thümmler liegt promillemäßig schon ziemlich weit vorn, falls die Literflasche zu Beginn seines Tagesgeschäfts noch voll war.

»Also, worum geht's?«, will er wissen und starrt auf mein zerschundenes Gesicht. Schadenfroh grinst er mich an, greift nach dem Schnaps und schenkt sich ein Stamperl voll ein. Sein listiger Wieselblick huscht von meiner verpflasterten Nase zu Nadias Gesicht. »Wollen Sie auch einen?« Er hält uns die Flasche hin.

»Nein danke, wir sind im Dienst.« Die Stimme von der Nadia klingt jetzt ein wenig schärfer als noch vor zwei Minuten.

»Na und? Das bin ich auch«, knurrt der Hausherr und kippt sich die scharfe Flüssigkeit mit einem Zug in den Rachen.

»Herr Thümmler, bitte schauen Sie sich diese Fotos an.« Die Nadia breitet das Material vor dem Thümmler aus. »Richten Sie Ihr Augenmerk vor allem auf die beiden Gestalten in den schwarzen Kapuzenjacken.«

Widerwillig beugt er sich nach vorn und beäugt misstrauisch ein Bild nach dem anderen. Beim letzten stutzt er, und es sieht so aus, als wolle er etwas dazu sagen. Doch dann schiebt er den Stapel zusammen und übergibt ihn der Nadia.

»Keine Ahnung, wer das sein soll. Ist ja auch eine ganz miese Qualität, wie soll man da sagen können, wer das ist.«

»Sie haben soeben den Eindruck gemacht, als hätten Sie jemanden erkannt.« Ich bin sicher, dass er weiß, wer die Gestalten in den schwarzen Hoodies sind.

»Ich hab niemanden erkannt, haben Sie das nicht verstanden?«, fährt er mich an.

»Ist Ihr Sohn Lennart zu Hause?«, frage ich, weil ich langsam die Geduld verliere. »Wir müssen mit ihm reden.«

»Lennaaart!«, kreischt er unvermittelt mit sich überschlagender Stimme. Meine Kollegin und ich fahren erschrocken zusammen. »Los, schieb deinen faulen Hintern runter ins Büro, aber ein bisschen zackig!«

Im Hause Thümmler herrscht offenbar eine Tonlage vor: unüberhörbar laut. Kein Wunder, dass der Lenny so ist, wie er ist, nämlich ein renitenter Tunichtgut. Hätte ich als junges Mädchen einen solchen Vater gehabt, wäre ich wahrscheinlich auch so drauf wie der Bub. Es dauert nur ein paar Sekunden, dann ist auf der Treppe Gepolter zu hören. Als der Sohn des Hauses uns sieht, bleibt er an der Tür stehen.

»Äh, hallo! Ich hab nix gemacht!«, sind seine ersten Worte. Unruhig tritt er von einem Fuß auf den anderen. »Sie wollen doch zu mir, oder?«

»Ja, zu mir sicher nicht, du Depp! Freilich wollen die zu dir!«, keift sein Vater. »Was hast denn wieder angestellt, du Nichtsnutz?«

Der Lenny wird blass. »Nix! Wirklich, ich schwör's, dass ich diesmal nix gemacht hab!«, versichert er rasch, doch sein Vater ist schon aufgesprungen, zerrt ihn am Kragen seines Sweatshirts ins Zimmer und haut ihm zwei ordentliche Watschen rein. »So, rechts und links eine, damit das Hirn in der Mitte z'sammläuft! Nix, hä? Und warum sind dann die Bullen bei uns? Die Polizei, meine ich«, korrigiert er sich nach einem Blick auf Nadias wütendes Gesicht.

»Lassen Sie Ihren Sohn los«, befiehlt diese daraufhin verärgert. »Wenn Sie ihn noch einmal schlagen, kriegen Sie eine Anzeige, haben Sie mich verstanden, Herr Thümmler? Lennart, wo können wir ungestört miteinander sprechen?«

»Vergessen Sie's! Der Bub ist minderjährig, den dürfen Sie ohne meine Anwesenheit gar nicht befragen.«

Vater Thümmler kennt sich aus. Wen wundert's, so oft wie sein Sohn Ärger mit der Polizei hat.

Die Nadia durchforstet ihre Handtasche, zieht die Fotos vom *Fasalecken*-Umzug heraus, auf der die beiden Gestalten im Hoodie abgebildet sind, und legt sie auf den Schreibtisch.

»Bist du das, Lennart?« Sie tippt mit dem Finger auf eine der Figuren. »Du zusammen mit deinem Freund Nico?«

»Nein, nein, nein!«, stottert der Halbwüchsige verängstigt und schüttelt vehement den Kopf.

Vater Thümmler greift erneut nach den Aufnahmen und hält sie sich dicht vor die Augen. Wortlos studiert er ein weiteres Mal eine nach der anderen, und plötzlich schlägt seine Stimmung zugunsten seiner missratenen Brut um.

»Das hatten wir doch schon! Da drauf ist rein gar nichts zu erkennen!«, grunzt er und wirft uns die Fotos hin, als wären es dreckige Lappen. »Sie wollen meinem Sohn einen Mord anhängen, stimmt's, weil sie den wahren Schuldigen nicht finden. Aber da haben Sie sich geschnitten, das lassen wir uns nicht gefallen, sag ich Ihnen. Er hat nichts gemacht, außer sich den Umzug anzuschauen. Ist das vielleicht strafbar?« Mit einem Mal ergreift er äußerst nachdrücklich für seinen Sprössling Partei.

»Außerdem hab ich am Faschingssonntag meine braune Lederjacke angehabt und nicht einen schwarzen Hoodie!«, verteidigt sich der Lenny. Ein bisschen zu schnell, wie ich finde. »Fragen Sie doch den Nico, der kann es Ihnen bestätigen.«

Da gibt also ein Verdächtiger dem anderen ein Alibi, das ist wirklich super. Der Nico würde seinem Kumpel auch ein lila-grün gestreiftes Negligé bestätigen, vermute ich.

»Gut, dann sind wir hier ja fertig.« Der Schnapsbrenner steht leicht schwankend auf und hält sich an der Tischplatte fest. »Bub, bring die beiden hinaus!«

An der Tür drehe ich mich um und schau dem Lenny fest in die Augen.

»Hast du den Emil Schnappauf gekannt?«, will ich von ihm wissen. »Persönlich, meine ich, nicht nur vom Sehen.«

»Ja … nein … also eher nicht«, stammelt der.

»Die Fotos vom Umzug auf deinem Handy würden wir uns gern anschauen. Dürfen wir einen Blick darauf werfen? Es dauert auch nicht lange.«

Hinter seinem Filius taucht jetzt der alte Thümmler auf und grölt: »Nix da, Handyfotos anschauen. Haben Sie so ein Durchsuchungsdings dabei? So was brauchen Sie dafür nämlich.«

»Sie meinen einen Durchsuchungsbeschluss. Nein, den haben wir nicht, aber es sollte kein Problem sein, sich einen beim Richter zu holen«, zischt meine Kollegin.

»Dann besorg dir gefälligst einen, Mädchen! Vorerst gibt's für dich hier nichts zu sehen.«

Unmerklich hat sich Lenny an uns vorbei Richtung Tür geschoben. Bevor wir reagieren können, dreht er sich um und rennt davon. Die Nadia, sportlich wie immer, hechtet ihm hinterher, aber der Junge ist flink wie ein Wiesel. Weil ich hektischen Bewegungen noch nie etwas abgewinnen konnte, gehe ich hinüber zum Auto und nehme die Verfolgung per Dienstwagen auf. Aber der Lenny hat – außer einem beachtlichen Vorsprung – noch einen weiteren Vorteil: Er kennt sich in der Gegend besser aus als wir. Nach etwa 400 Metern sehe ich die Nadia am Straßenrand stehen und winken.

»Lass mich raten«, grinse ich ein wenig schadenfroh, als sie neben mir sitzt und keucht, »der Bengel hat dich abgehängt.«

»Lach du nur«, faucht sie, »das nächste Mal rennst du ihm hinterher, und ich mache es mir im Dienstwagen bequem. Bieg auf dem Feldweg dort drüben ein!«

Wir holpern auf steinigen, ausgefahrenen Traktorspuren entlang, die zu einer Anhöhe führen, und halten aufmerksam nach allen Seiten Ausschau. Oben angekommen steige ich aus, um noch einmal einen Rundumblick über die Landschaft zu werfen, und stehe knöcheltief in angefrorenem Matsch. Super, die teuren Schuhe hatte ich mir erst vor einigen Wochen gegönnt. Jetzt sind sie ruiniert. Vom Lenny ist weit und breit nichts zu sehen.

Nachdem ich unter lästerlichen Flüchen den Morast, so gut es geht, abgekratzt habe, wende ich den Wagen und lenke ihn zurück zur Edelbrennerei. Kaum habe ich Sturm geklingelt, reißt der alte Thümmler die Tür auf und brüllt:

»Herrschaftszeiten, ihr schon wieder. Ihr seid lästiger als Filzläuse. Verpisst euch und lasst mich und meinen Buben in Ruhe!«

Bevor wir etwas zu dem Gespräch beitragen können, schlägt er uns die Tür vor der Nase zu.

»Richten Sie Ihrem Sohn aus, dass er morgen früh um 9 Uhr zu uns ins Büro kommen soll, verstanden?«, herrsche ich die Stahltür an, weiß aber nicht, ob mich drinnen jemand gehört hat.

Das war's mit der nachmittäglichen Befragung, die nichts, aber auch gar nichts gebracht hat, außer, dass der alte Thümmler mit großer Wahrscheinlichkeit seinen Sohn auf einem der Fotos erkannt hat, es aber nicht zugeben will. Den ganzen Stress hätten wir uns sparen können.

Auf eisglatter Fahrbahn schlittern wir frustriert zum Polizeiposten zurück. Sich den Nico vorzuknöpfen, macht wahrscheinlich wenig Sinn, weil der Lenny längst angerufen und ihm seine Instruktionen erteilt hat.

»Ich kann verstehen, warum die Thümmlerin damals abgehauen ist«, verkünde ich kopfschüttelnd. »Vor den zwei Mannsbildern in ihrer Miefbude wäre ich auch geflüchtet.«

Lennys Mutter ist eine ausgesprochen attraktive 35-Jährige, die mittlerweile wieder in Baiersdorf lebt und als Buchhalterin in einer großen Sportartikelfirma arbeitet. Hätte es in ihrer Jugend bereits das MMM gegeben, wäre sie bestimmt zur Meerrettichkönigin gekürt worden. Aus welchem Grund sie auf die Idee gekommen ist, mit 18 Jahren von allen Männern dieser Welt ausgerechnet den abstoßenden Schnapsbrenner zu heiraten und wie eine Sklavin in seinem Betrieb zu schuften, hat keiner der Baiersdorfer je verstanden.

»Sollen wir noch im *Storchennest* vorbeifahren und die Kellnerin befragen? Vielleicht kann sie sich ja an die Garderobe der jungen Wilden von Faschingssonntag erinnern«, schlägt die Nadia vor.

Weil wir nichts Besseres vorhaben und ihr wie mir der Magen vor lauter Hunger schon am Knie hängt, lenke ich den Wagen in die Innenstadt.

Als wir die Gaststube betreten, ist sie leer bis auf drei Dauergäste, die am Stammtisch hinter ihren Weißbiergläsern hocken. Sie nicken uns beim Reinkommen zu, und einer ruft:

»He, Evita, habt ihr das Schwein schon geschnappt?«

Ich verneine und lass mich mit der Nadia an einem der hinteren Tische nieder, weil ich keine Lust habe, den Freibiergesichtern Informationen über unsere Ermittlungsergebnisse zu präsentieren. Ermittlungsergebnisse? Welche denn, frage ich mich. Bisher gibt es ja keine. Wir tappen völlig im Dunkeln.

Als die Katrin an den Tisch kommt, stelle ich ihr meine Kollegin vor und frage, ob es noch Essen gibt.

»Nein, die Küche ist zu, weil der Koch nach Nürnberg in die *Metro* gefahren ist. Aber einen *Strammen Max* könnt ich für euch zubereiten.«

Na gut, besser als nichts.

Als das Schinkenbrot mit Spiegelei vor uns steht, fallen wir ausgehungert drüber her. Die Katrin hat sich zu uns gesetzt, weil ich darum gebeten habe. Sobald der erste Hunger gestillt ist, frage ich zwischen zwei Bissen:

»Du hast mir doch erzählt, dass der Thümmler Lenny und der Straßer Nico am Faschingssonntag da herinnen waren.« Sie nickt bestätigend.

»Können Sie sich vielleicht daran erinnern, welche Kleidung die beiden getragen haben?«, will die Nadia wissen.

Die Katrin starrt meine Kollegin an, als hätte sie den Verstand verloren.

»Fräulein, haben Sie vielleicht eine Ahnung, was an dem Sonntag bei uns los war?« Ungläubig schüttelt sie ihre strohige Dauerwelle. »Wie soll ich mich denn da erinnern, wer von den Mannsbildern was anhatte? Mir wäre nicht einmal aufgefallen, wenn einer von denen im Ballett-Röckchen am Tresen gesessen hätte.«

»Katrin, bitte denk in Ruhe darüber nach. Es wäre wirklich wichtig. Hier.« Ich ziehe eine Visitenkarte aus der Jacke und kritzle meine Mobilfunknummer auf die Rückseite. Sie nimmt sie und lässt sie in ihrer Schürzentasche verschwinden. »Du kannst mich jederzeit anrufen, wenn dir noch etwas einfallen sollte.«

»Da drauf brauchst du nicht zu warten. Manchmal ist es besser, wenn man sich nicht in alles hineinhängt.« Sie schnappt sich die leeren Teller und verzieht sich.

Die Nadia schaut ihr hinterher. »Was meint sie denn damit?«

»Dass die Baiersdorfer mehr wissen, als sie uns erzählen, weil sie fürchten, in irgendeinen Schlamassel hineingezogen zu werden. So ist das in kleinen Gemeinden, man will es sich nicht mit den Nachbarn verscherzen.«

Beim Streifenwagen angekommen, diskutieren wir kurz, ob wir der Wollfabrik noch einen Besuch abzustatten sollen. Die Nadia befürwortet es, obwohl ich bezweifle, dass der Nico einen hilfreichen Beitrag zu unseren Ermittlungen leisten kann. Trotzdem sollten wir nichts unversucht lassen.

Draußen ist es bereits stockdunkel, als wir vor der Fabrik ankommen, aber in den Büroräumen brennt noch Licht. Die Tür zur Fabrik ist nicht abgeschlossen, also treten wir ein. Es ist still, kein Mensch weit und breit.

Mein »Hallo, ist da wer?« geistert den hallenden Gang entlang, während die Lampen über uns unruhig flackern. Links neben uns wird eine Tür geöffnet, und der Fabrikant Straßer persönlich blinzelt verdutzt ins grelle Neonlicht. Ein paar Sekunden lang überlegt er augenscheinlich, ob er uns hereinbitten oder hinauswerfen soll.

»Frau Emmerling, ich grüße Sie!« Er entscheidet sich für die freundliche Variante. »Was kann ich denn heute für Sie tun?«

»Wir hätten ein paar Fragen an Ihren Sohn.« Die Nadia kommt gleich zur Sache. »Können wir mit ihm sprechen? Es dauert auch nicht lang.«

Der Straßer lädt uns mit einer Handbewegung ins Büro ein. Das ist gut.

Sein Arbeitsplatz unterscheidet sich vom Thümmler-Büro dadurch, dass er schlicht, aber geschmackvoll eingerichtet ist und eine penible Ordnung herrscht. Wir werden gebeten, auf einer sandfarbenen Ledercouch Platz zu nehmen. Allerdings macht der Straßer keinerlei Anstalten, seinen Sohn zu rufen. Das ist schlecht.

»Wären Sie so freundlich, Ihren Sohn zu dem Gespräch dazu zu holen?«, bittet die Nadia, kaum, dass wir Platz genommen haben.

»Es tut mir leid, meine Damen, aber das ist nicht möglich. Sie können nicht mit meinem Sohn sprechen.«

Ich richte mich kerzengerade auf.

»Und warum nicht, Herr Straßer? Sie bleiben bei der Unterhaltung dabei und hören, was der Nico uns zu sagen hat.«

»Das geht aus dem einfachen Grund nicht, weil Nico nicht hier ist.«

»Dann rufen Sie ihn an und sagen Sie ihm, dass er nach Hause kommen soll. Wir warten solange«, schnappt die Nadia, die langsam ungeduldig wird.

»Hören Sie, Frau … äh, das wird nicht klappen, weil mein Sohn sich nicht in Baiersdorf aufhält.«

»Es wäre schön, wenn Sie ein wenig kooperativer wären, Herr Straßer. Wären Sie so nett, uns mitzuteilen, wo er sich derzeit aufhält?« Auch meine Laune verschlechtert sich von Minute zu Minute, weil man dem Mann jedes einzelne Wort aus der Nase ziehen muss.

»Im Internat Salem am Bodensee.« Der Fabrikant lächelt siegessicher. Am liebsten würde er wahrscheinlich das Victory-Zeichen machen.

»Seit wann?«, frage ich mit frostiger Stimme.

»Seit gestern. Ich habe ihn eigenhändig dort abgeliefert.

Er wird keine Gelegenheit mehr haben, meiner Frau und mir mit seiner ständigen Aufsässigkeit die Nerven zu ruinieren. Im Internat wird man ihm schon Zucht und Ordnung beibringen. Das hoffe ich jedenfalls.«

»Kein Problem. Geben Sie uns die Adresse des Internats, wir werden die Kollegen vor Ort bitten, die Befragung durchzuführen«, schnauzt die Nadia.

Widerwillig rückt der Straßer die Daten heraus, die die Nadia in ihr Smartphone tippt.

Nach fünf Minuten sitzen wir wieder im Auto.

»Der Weg hat sich ja gelohnt«, nörgelt die Kollegin. »Irgendwie habe ich das Gefühl, dass unsere Ermittlungen feststecken. Keiner hat was gesehen, oder besser, keiner will etwas sagen.«

»Und darum machen wir jetzt Feierabend.«

Ich lenke den Wagen zurück auf die Straße und dann Richtung Polizeiposten. »Morgen ist schließlich auch noch ein Tag.«

KAPITEL 11

24. Februar, Freitag

Mitten in der Nacht bohrt sich ein penetrantes Geräusch, das einfach nicht aufhören will, in meine Ohren. Auf dem Nachttisch neben dem Bett vibriert das Handy und dreht sich dazu rhythmisch im Kreis. Jäh aus dem Traum von einer Verfolgungsjagd auf dem Walberla, unserem fränkischen Zauberberg, gerissen, strample ich mich schweißgebadet in die Realität zurück. Nach einem Blick auf den Wecker weiß ich, dass es kurz nach 2.30 Uhr ist.

»Was iss'n?«, krächze ich schlaftrunken ins Telefon.

Eine weibliche Stimme flüstert kaum hörbar: »Sie müssen schnell herkommen, er bringt uns sonst alle um!«

Schlagartig bin ich hellwach.

»Wo sind Sie?«, frage ich.

»In der *Spielothek* in der Hauptstraße. Beeilen Sie sich, er hat ein Messer.« Dann ist die Leitung tot – und nur die Leitung, wie ich hoffe.

Das eben klang gar nicht gut. Wenn es sich nicht nur um einen üblen Scherz, sondern um einen echten Notfall handelt, sollte ich vielleicht besser nicht allein zur *Spielothek* fahren. Nachdem ich ungefähr zehn Mal das Freizeichen im Ohr hatte, meldet sich der Ludger: »Wenn das ein Witz ist, dann …«

»Ludger, ich bin's, die Evita. Wir haben einen Einsatz. Mach dich fertig, ich hole dich in fünf Minuten ab.«

Hastig springe ich in die Klamotten und vergesse dieses Mal nicht, Dienstpistole und Handschellen einzustecken. Ein Messerangriff – damit ist nicht zu spaßen. Der Ludger wartet schon an der Straße. Exakt neun Minuten nach dem Anruf treffen wir vor dem Lokal ein und steigen aus. Pinkfarbene, blaue und grüne Leuchtreklame wirft ihr flackerndes Licht auf den verschneiten Parkplatz, und aus dem Haus höre ich *AC/DC*

»Whole Lotta Rosie« röhren. Der Ludger hat die Dienstwaffe gezogen und hält sie schussbereit vor sich, weil wir nicht wissen, was uns drinnen erwartet.

»Ist die Waffe entsichert?«, wispere ich.

»Freilich, oder meinst, ich bin deppert?«, zischt der Ludger zurück.

Wir springen die Stufen hoch, ich öffne vorsichtig die Tür, und geduckt schleicht der Ludger an mir vorbei, die Pistole im Anschlag. Nur noch den kleinen Vorraum durchqueren, dann sind wir in der *Spielothek*, dort, wo die Automaten und der Billardtisch stehen. Dahinter haben sich zwei Mädchen schutzsuchend verkrochen und klammern sich in panischer Angst aneinander. Davor schwankt ein Kerl, der uns den Rücken zukehrt, auf unsicheren Beinen hin und her. In der Linken hält er eine Schnapsflasche, so viel ich von meiner Position aus erkennen kann. Seine Rechte, in der er vermutlich das Messer hält, ist durch den Körper verdeckt. Plötzlich knallt er die Flasche mit Wucht auf die Bande, sodass der Glasboden in hohem Bogen davonfliegt. Die rasiermesserscharfen Kanten richtet er gegen die Mädchen. Die kreischen und suchen vor der tödlichen Gefahr unter dem Tisch Deckung, denn jetzt hält der Bursche zwei Waffen in Händen. Als er uns hinter sich an der Tür hört, dreht er sich taumelnd um. Es ist der Lenny Thümmler, in der rechten Hand ein mindestens 20 Zentimeter langes Messer, die linke um den Flaschenhals gekrallt.

»Die Engerling, die fette Made«, nuschelt er besoffen, als er uns erkennt. »Und der Ludschger!« Er kichert irre. »Der Dauerludschger!« Er lacht so sehr, dass er ins Trudeln gerät und um ein Haar nach hinten auf den Billardtisch gefallen wäre. Im letzten Moment fängt er sich ab, die Bande im Rücken. »Komm her, wenn du dich traust, Dauerlutscher, ich stech' dich ab!« Der Lenny fuchtelt mit dem Messer in Richtung meines Kollegen, wobei er drohend auf ihn zu schwankt. Der Ludger weicht Schritt für Schritt zurück und hebt die Pistole, bereit abzudrücken.

»Bleib stehen, Thümmler, oder ich schieße!.«

»Um Himmels willen! Nicht schießen, Ludger!«, flüstere ich, weil die Situation zu eskalieren droht. Auch ich ziehe meine Pistole aus dem Halfter, weiß aber, dass ich nicht in der Lage bin, auf den Halbwüchsigen zu schießen. Der Kollege steht mittlerweile mit dem Rücken an der Wand, während der Angreifer ihm immer näherkommt. Der Fluchtweg ist abgeschnitten.

»Lenny, lass das Messer und die Flasche fallen!«, beschwöre ich den Jungen, aber er scheint mich nicht zu hören. Wie in Trance torkelt er noch einen Schritt auf den Ludger zu, das Messer ist nur noch etwa einen Meter von seiner Brust entfernt. Doch dann stoppt er abrupt. Seine Augen sind weit aufgerissen und leer, das Licht ist zwar an, aber es ist niemand zu Hause. Lennys Mund steht offen, Speichel tropft ihm auf die Jacke, und im Schritt seiner Jeans breitet sich ein dunkler Fleck aus, bevor er wie ein Stein zu Boden fällt, als hätte ihm einer die Beine weggetreten.

Sofort bin ich bei ihm, nehme ihm Messer und Fla-schenhals aus den Händen und kicke sie mit dem Fuß beiseite. Ich lege zwei Finger an seinen Hals. Sein Puls ist schwach und flattert, er röchelt, als bekäme er keine Luft. Rasch drehe ich ihn in eine stabile Seitenlage, damit er nicht erstickt.

»Ludger, ruf den Krankenwagen! Was immer er intus hat, der muss sofort in die Klinik.«

Als ich mich neben den reglosen Körper hinknie, um mich über ihn zu beugen, weht mir der Gestank von kal-tem Rauch und eine saure Schnapsfahne entgegen. Und ich bemerke die Verletzungen in dem jungen Gesicht, die sicher nicht vom Sturz herrühren, weil sich bereits Schorf gebildet hat und kein Blut zu sehen ist. Die Augenbraue ist von einer tiefen Wunde aufgerissen, und seine Unter-lippe ist blutig geschlagen. Wenn sein Vater den Jungen so zugerichtet hat, bekommt er eine Anzeige, und zwar von mir persönlich.

Während sich der Kollege um die beiden in Schockstarre gefallenen Mitarbeiterinnen der *Spielothek* bemüht, kauere ich an Lennys Seite, um darauf zu achten, dass er nicht ver-sehentlich an der eigenen Zunge erstickt. Er atmet flach, sein Puls ist kaum noch spürbar, und er ist ohnmächtig. Ich hoffe, dass die Rettungskräfte sich beeilen, weil ich nicht abschätzen kann, wie lange der Junge noch durch-hält. Endlose Minuten verstreichen, bis die Tür aufgesto-ßen wird und zwei Sanitäter und ein junger Arzt herein eilen. Ich stehe auf und trete beiseite, damit er seine Arbeit verrichten kann.

»Eine Alkoholvergiftung, schätze ich«, stellt der Doc nach kurzer Untersuchung fest. »Vielleicht sind auch Dro-gen oder Medikamente im Spiel, das kann ich so nicht beurteilen. Wir nehmen ihn mit«, weist er die Rettungskräfte an. Dann geht alles ganz schnell. Festgezurrt auf einer fahrbaren Trage schaffen sie den Bewusstlosen hinaus ins Fahrzeug, während der Arzt das notwendige Formular ausfüllt und mir in die Hand drückt.

»Ins Klinikum Forchheim, ich weiß Bescheid«, nicke ich. Damit hatten wir in den letzten Tagen beinahe täglich Kontakt, öfter als in den 20 Jahren zuvor. Rasch verarztet er noch die beiden Mädchen, die kreidebleich am Tresen hängen, und verabreicht ihnen etwas zur Beruhigung. Sobald die Tür hinter dem Notarzt zugefallen ist, sammle ich Messer und Flaschenhals ein und wickle beides in Papierservietten, weil ich in der Eile natürlich nicht an die obligatorischen Spurensicherungstüten gedacht habe. Anschließend bugsieren wir die beiden Spielothekenfachkräfte, die so betäubt von dem Beruhigungsmittel sind, dass sie sich kaum an ihre Anschrift erinnern, in den Streifenwagen. Nachdem wir sie angewiesen haben, sich zur Befragung bereitzuhalten, liefern wir sie zu Hause ab.

Mittlerweile ist es kurz nach 5 Uhr in der Früh. In zwei Stunden beginnt mein regulärer Dienst. Obwohl ich so müde bin, dass ich im Stehen einschlafen könnte, weiß ich, dass ich keinen Schlaf finde, wenn ich mich jetzt hinlege. Das soeben Erlebte rumort in meinem Kopf herum. Wie soll ich da schlafen können? Der Lenny ist zwar ein Stänkerer und Unruhestifter, der uns immer wieder Probleme bereitet. Aber ich kann mir vorstellen, dass sich das Zusammenleben mit Vater Thümmler alles andere als einfach gestaltet. Darum tut mir der Junge ein wenig leid, auch aus dem Grund, weil seine Mutter sich anscheinend weder für ihren Sohn noch für sein Wohlergehen interessiert.

Weil eine Menge Arbeit auf uns wartet, entschließen wir uns, sofort ins Büro zu fahren. Unter seiner Jacke trägt der Ludger wieder eines seiner zahlreichen Franken-Shirts, heute mit dem Motto: »Fränggisch glingd segsy«. Jetzt, wo er und die Nadia sich eingehend beschnüffelt und für sympathisch befunden haben, ist er wieder ganz der Alte.

Auf beiden Schreibtischen stapeln sich Akten und Berichte, und der Ludger jammert über das Ergebnis seiner Auswertung der Funkzellenabfrage, die erwartungsgemäß nicht besonders ergiebig war.

»Vielleicht liegt es an mir, Evita. Erstens kenne ich mich mit dem Datengerümpel nicht besonders gut aus, und zweitens fehlt mir die Lust, mich stundenlang durch irgendwelche Zahlenkolonnen zu quälen, die letztendlich doch keinen Sinn ergeben. Aber vielleicht möchtest du ja einen Blick auf die Listen werfen?« Hoffnungsvoll will er mir den Papierberg hinschieben, aber ich schüttle energisch den Kopf.

»Vergiss es, ich weiß damit noch weniger damit anzufangen als du«, wehre ich ab.

Während wir uns konzentriert auf die Berichte stürzen, geht die Tür auf, und die Olga spaziert herein, über dem Arm einen Korb, der mit einem rot-weiß karierten Tuch abgedeckt ist.

»Frühstück!«, ruft sie fröhlich und küsst ihren Ludger auf den Mund. »Es gibt frisches Fladenbrot, Schafskäse, Tomaten, Oliven, Peperoni und Sucuk und zum Nachtisch Kaffee und für jeden ein großes Stück Apfelstrudel.«

Ruckzuck schaffen wir Platz für Olgas mediterrane Köstlichkeiten, damit sie die Tischdecke auflegen und ihr eigens für uns vorbereitetes Frühstück auspacken kann. Als ihr Ludger den Stuhl heranzieht, winkt sie ab.

»Geht nicht, Schatz, ich muss los, weil ich heute Frühdienst habe. Aber nachdem du weg warst, konnte ich nicht mehr einschlafen und habe Fladenbrot gebacken. Weil drei Fladenbrote für uns zu viel sind, habe ich mir gedacht, dass ihr nach dem nächtlichen Einsatz eine Stärkung vertragen könnt. Lasst es euch schmecken!« Da packt mein Kollege seine Lebensgefährtin um die Taille und schwenkt sie im Kreis herum.

»Du bist die Allerbeste, meine Süße!.«

»Vergiss das nur nie!«, lacht sie, winkt mir zu und wirbelt hinaus. Immer in Eile, die fleißige Olga. Sie ist wirklich ein Goldstück!

Heißhungrig wollen wir uns auf das Essen stürzen. Mit Sicherheit ist Olgas traumhaftes Essen die einzig positive Überraschung des Tages. Etwas Besseres kommt nicht nach. Bevor ich in mein belegtes Brot beißen kann, scheppert das Telefon, sodass Hand mit Brot einen Zentimeter vor meinem Mund in der Luft hängen bleiben. Entnervt greife ich mit der freien Hand zum Hörer.

»Evi, Mädchen, wie gehen die Ermittlungen voran?«, schallt es mir aus dem Hörer entgegen. Kein »Guten Morgen«, kein »Wie geht es dir?«. Mein ehemaliger Chef ist verärgert über die nicht vorhandenen Ergebnisse in puncto Mordermittlung, und mich drückt auf der Stelle das schlechte Gewissen, obwohl wir uns mit den Befragungen allergrößte Mühe geben. Stockend berichte ich, was wir bisher herausgefunden haben. Mit missmutig zusammengepressten Lippen verfolgt Ludger das Telefonat.

»Habt ihr schon mit den Eltern vom Emil gesprochen oder mit Emils Nachbarn? Nein? Warum nicht? Und warum lasst ihr euch von den Effeltricher Burschen in die Flucht schlagen?«, poltert der Kuhn in den Hörer, als ich von unserem Besuch in der Baumschule berichte. »Ladet diese Kerle vor, einen nach dem anderen! Sie sollen bei euch auf dem Polizeiposten antanzen und brav ihre Aussage machen, wenn sie nicht in Handschellen vorgeführt werden wollen. Das gilt nicht nur für die *Strohbären*, sondern auch für die *Fasalecken*. Und die *Trachtenmädchen* sollen auch aussagen. Wo kommen wir denn hin, wenn diese Rüpel glauben, es wäre ihre Entscheidung, wer wann was zu Protokoll gibt? Aus welchem Grund verhaltet ihr euch wie blutige Anfänger? So geht das nicht, Evi, hast du mich verstanden! Wenn ihr nicht weiterkommt, werde ich euch bei den Ermittlungen unterstützen.«

Klick, die Leitung ist tot.

Das eben hörte sich eher wie eine Drohung an, nicht wie ein Hilfsangebot. Mir kommt der Gedanke, ob sich vielleicht der Weinstock hinter den Kuhn geklemmt hat, um uns ordentlich Druck zu machen, weil das sonst nicht seine Art ist. So zornig hat er in 23 Jahren Zusammenarbeit noch nie mit mir gesprochen.

»Der Kuhn hat uns gerade noch gefehlt«, murrt der Ludger, der das Gespräch mitgehört hat. »Schlaue Sprüche und heiße Luft. Der alte Sack soll sich lieber um seine Polizeistation kümmern, und uns in Ruhe unsere Arbeit machen lassen. Wird Zeit, dass der endlich in Pension geht. So, und jetzt frühstücken wir.«

Bevor wir uns dem mittlerweile kalten Kaffee und den überladenen Tellern widmen können, hupt jemand vor den Fenstern ungeduldig und lang anhaltend.

»WTF, was ist denn heute los!« Das Knurren meines Magens begleitet diesen Fluch.

Ich stürze ans Fenster, um nachzusehen, wer stört. Auf dem Parkplatz steht Nadias Fiat 500 mit geöffne-

ter Heckklappe. Sie versucht, etwas aus dem Kofferraum zu zerren.

»Jetzt hilf ihr halt mal«, fordere ich Ludger auf, der
tatenlos zusieht, wie sie sich mit einem riesigen Trumm
abmüht. Es ist eine weiße Tafel, die der Ludger ins Büro
schleppt, und es dauert nicht lang, dann hat die Nadia ein
Whiteboard an der hinteren Wand befestigt.

»So!«, meint sie zufrieden, tritt einen Schritt zurück
und bewundert ihr Werk. »Jetzt haben wir die Fotos und
wichtigsten Berichte vor Augen und können die Reaktio-
nen der Besucher darauf beobachten. Nicht schlecht, was?
Hab ich mir von der Abteilung Eigentumsdelikte gelie-
hen. Und der Pathologie-Bericht ist da. Der Gerichtsmediziner hat die Leiche vom Schnappauf obduziert. Hier,
ich habe ihn für euch ausgedruckt.«

Sie fischt eine Plastikhülle aus ihrer Handtasche und
wirft sie auf meinen Schreibtisch. Ich schnappe sie mir,
nehme die Seiten heraus und überfliege den Text. Zustand
der Leiche, Verletzungen, Mageninhalt. 1,2 Promille, wen
wundert's nach etlichen Schnäpsen zum Vorglühen. Die
toxikologische Untersuchung dauert noch an, die Proben
werden auf Drogen und Gifte untersucht. Der Bericht ent-
hält nichts Spektakuläres. Während ich lese, informiert der
Ludger die Kollegin über unseren nächtlichen Einsatz.

»Unfassbar, was in Baiersdorf so alles passiert!«, lautet
ihr knapper Kommentar.

»In den letzten sechs Tagen mehr als in den 23 Jahren
zuvor. Echt erstaunlich«, finde ich.

»Der Staatsanwalt hat mich abgefangen, als ich das
Whiteboard aus dem Büro geschleppt habe. Er ist ziemlich verärgert, weil wir immer noch keinen Tatverdächtigen festgenommen haben. Die Pressefritzen lassen nicht

locker, genau wie der Oberstaatsanwalt. Wenn wir bis Mitte nächster Woche keine handfesten Ergebnisse vorweisen können, wird mir der Fall entzogen. Er sagt, lieber überträgt er den Fall unserem Hausmeister, weil der sicher mehr Erfolg hat als wir.«

Kurze fünf Tage, um einen Mordfall aufzuklären.

Irgendwie habe ich mich an den Rummel gewöhnt, der mein geruhsames Leben seit letzten Sonntag aus dem Takt bringt. Mich hat der Ehrgeiz gepackt, den *Fasalecken*-Mordfall zu lösen. Vor allem deshalb, weil wir für alle nur die Baiersdorfer Gurkentruppe sind, die bekanntlich nichts auf die Reihe kriegt. Ich will beweisen, dass mein Kollege und ich durchaus in der Lage sind, gute Polizeiarbeit zu leisten, auch wenn wir unbedarfte Landeier von der Schutzpolizei sind.

Die Nadia knabbert an einem Stück Schafskäse, als ich vorschlage:

»Wir sollten die Eltern vom Emil befragen, Nadia. Und danach seine Effeltricher Nachbarn. Du, Ludger, rufst in der Zwischenzeit die Kollegen in Überlingen an, sie sollen den Nico Straßer im Internat Salem abholen, seine Aussage zu den Geschehnissen am Faschingssonntag protokollieren und an uns weiterleiten. Anschließend befestigst du die wichtigsten Fotos am Whiteboard und bereitest die Vorladungen für den Effeltricher *Burschenverein* vor. Wir stellen sie ihnen heute Nachmittag zu. Die sollen gefälligst morgen hier antanzen und ihre Aussagen machen. Mal sehen, ob die Jungs sich trauen, zu diesem Termin nicht zu erscheinen. Komm, Nadia, gehen wir.«

»Morgen? Am Samstag? Aber da ist Wochenende!«, jammert der Ludger.

»Richtig, darum sind alle zu Hause und haben jede Menge Zeit, um uns zu besuchen«, antworte ich grimmig.

Überrascht zieht die Kommissarin die Augenbrauen nach oben, verkneift sich aber spöttische Kommentare über meinen unerwarteten Tatendrang. Das restliche Fladenbrot stopfe ich mir auf dem Weg zum Streifenwagen in den Mund. Es wird erst wieder gemütlich gefrühstückt, wenn die Ermittlungen abgeschlossen sind, nehme ich mir vor.

Das Haus der Familie Schnappauf liegt in Forchheim auf dem Gelände der Brauerei. Sonst herrscht hier immer viel Betrieb, Bierlaster transportieren ihre Ladungen zu den Getränkemärkten, Hotels und Gaststätten der Umgebungen, Mitarbeiter laufen von einem Gebäude zum anderen, und über allem hängt der Geruch von Malz und Maische. Heute liegt eine merkwürdige Stille über dem Anwesen, obwohl im Brauhaus gearbeitet wird. Im Erdgeschoss des Wohnhauses sind mehrere Fenster erleuchtet, bei den Bierbrauern ist also jemand daheim. Nach zweimaligem Läuten öffnet uns eine junge Frau in Schwarz die Tür.

»Ja bitte, Sie wünschen?«, fragt sie, als würde man nicht schon an meiner Uniform erkennen, dass wir nicht zum nachbarschaftlichen Austausch von Höflichkeiten vorbeikommen. Wir reichen ihr unsere Ausweise, die sie so gewissenhaft von allen Seiten prüft, als hätte sie Zweifel an ihrer Echtheit.

»Wir möchten Herrn und Frau Schnappauf sprechen«, erklärt ihr meine Kollegin. »Dürfen wir reinkommen?«

Erst nach kurzem Zögern gibt sie den Weg frei.

»Folgen Sie mir!«, befiehlt sie schroff. »Und treten Sie sich die Schuhe ab! Es ist frisch gewischt.« Gehorsam säubern wir die Schuhsohlen auf der Fußmatte, bevor wir ins Haus kommen.

Die Einrichtung ist ländlich-rustikal, aber teuer, an den Wänden hängen Jagdtrophäen, antike Waffen sowie alte Stiche im Goldrahmen. Der kunstvoll bemalte Bauernschrank, der als Garderobe dient, hat sicher ein kleines Vermögen gekostet. Schon der Flur weist auf Geschmack und das nötige Kleingeld hin. Im Wohnzimmer sitzt ein grauhaariger Mann in einem Ohrensessel und liest Zeitung, auf dem Sofa liegt eine Frau, die sich mühsam aufrappelt, als wir mit »Die Polizei ist da!« angekündigt werden.

Nachdem wir noch einmal unsere Ausweise gezeigt und uns mit Dienstgrad und Namen vorgestellt haben, dürfen wir uns auf eine wuchtige Couch im englischen Stil setzen. Die junge Frau ist verschwunden, wir sind mit den Eltern Schnappauf allein.

»Möchten Sie etwas trinken? Vielleicht ein Bier?«, erkundigt sich Emils Vater. Wir lehnen dankend ab. Nein, nicht um 9 Uhr in der Früh und vor allem nicht während des Dienstes.

»Unser aufrichtiges Beileid!«, murmle ich, während ich die blassen Gesichter der beiden betrachte. »Es tut uns sehr leid, was mit Ihrem Sohn passiert ist, und wir möchten Sie auch nicht länger als nötig in Ihrer Trauer zu stören, aber wir hätten ein paar dringende Fragen.«

Herr Schnappauf nickt. »Wir haben mit Ihrem Besuch gerechnet, also fragen Sie.«

»Gab es in den letzten Tagen und Wochen Probleme in der Firma?« Wie immer verliert die Nadia keine Zeit mit Small Talk.

Kopfschütteln von Seiten der Eltern.

»Vielleicht im privaten Bereich?«

Wiederum vehementes Kopfschütteln.

»Hatte der Emil Streit mit jemandem? Mit einem Angestellten oder Geschäftspartner? Mit einem Freund vielleicht?«

»Nein, davon ist uns nichts bekannt.«

»Wissen Sie etwas über etwaige finanzielle Sorgen?«, hake ich vorsichtig nach. »Ihr Sohn hat gerade ein großes Haus gebaut, ein Auto gekauft, eine Luxusreise gebucht. Seine Hochzeit stand kurz bevor, die sicher auch nicht billig geworden wäre. Alles in allem waren da große Summen im Spiel. Wäre es denkbar, dass er sich finanziell übernommen hat?«

»Auf keinen Fall«, ist sich Vater Schnappauf ganz sicher. »Selbst wenn es so gewesen wäre, hätte ich ihm aus der Patsche geholfen. In unserer Familie gibt es keine finanziellen Probleme, die nicht zu beheben wären.«

Ich wende mich nun an Mutter Schnappauf, die bisher noch kein einziges Wort gesprochen hat.

»Wie war die Beziehung zwischen Ihrem Sohn und seiner Verlobten? Waren die beiden glücklich? Haben sie gut zusammen harmoniert?«, erkundige ich mich mit sanfter Stimme, um die arme Frau nicht unnötig aufzuregen.

Sie runzelt die Stirn und muss ein Weilchen nachdenken.

»Mein Sohn war sehr verliebt. So habe ich ihn noch nie erlebt. Die Fiona war ihm das Wichtigste auf der Welt«, meint sie schließlich, und dabei tropft ihr eine Träne auf das elegante schwarze Kaschmir-Twinset. »Er hat sich so sehr auf seine Hochzeit gefreut. Aufgekratzt wie ein kleiner Bub war er deswegen. Alles sollte perfekt sein an seinem großen Tag.« Jetzt laufen die Tränen in Strömen. Die Nadia kramt in ihrer Tasche, dann hält sie der Frau Schnappauf ein Päckchen Papiertaschentücher hin. Die nimmt eines heraus, schnäuzt sich ausgiebig und trocknet die verweinten Augen, bevor sie in der Lage ist weiterzusprechen.

»Für seine Fiona war dem Buben nichts zu teuer. Alles sollte genauso arrangiert werden, wie sie es sich gewünscht hat. Er war ganz verrückt nach dem Mädchen und hat ihr jeden noch so unsinnigen Wunsch erfüllt.«

»Und die Fiona? War sie auch so verliebt wie Ihr Sohn? Hat sie auch alles für ihn getan?« Diese Fragen brennen mir schon lang auf der Zunge.

Das laute Schweigen erzählt uns mehr als 1000 Worte.

»Wir wissen es nicht!«, gesteht Frau Schnappauf nach einer langen Weile. »Fiona ist ... war nicht das, was wir uns für unseren Emil gewünscht hätten.«

»Elvira!« Die warnende Stimme des Ehemanns.

»Aber es ist doch wahr, Hans!«, wehrt seine Frau ab.

»Unsere persönlichen Animositäten interessieren die Beamtinnen nicht, also behalte sie für dich!«, fährt er sie an.

»Im Gegenteil, Frau Schnappauf«, versichere ich rasch, »sie interessieren uns sogar sehr. Sie als Mutter haben bestimmt feine Antennen, wenn es um Ihren einzigen Sohn geht. Welche unsinnigen Wünsche hatte die Fiona denn?«

»Zu Weihnachten hat sie sich einen pink gefärbten Silberfuchsmantel gewünscht. Können Sie sich das vorstellen? Einen Pelzmantel! Welche Frau trägt heutzutage noch echten Pelz, außer vielleicht einige unbelehrbare Oligarchengattinnen oder die Haremsdamen in den Emiraten. Aber ein echter Fuchspelz war Fionas Herzenswunsch. Der Bub ist dafür extra zu einem Kürschnermeister nach München gefahren und hat diesen Mantel maßschneidern lassen. Wenn ich ihnen den Preis nenne ...«

»Danach haben die Damen nicht gefragt, Elvira. Hör endlich auf zu schnattern, das sind doch nichts weiter als Gerüchte, die dir deine neidischen Klatschweiber ins Ohr geflüstert haben.«

Nadia hebt die Hand.

»Oh nein, Herr Schnappauf, lassen Sie Ihre Frau bitte ausreden. Jede noch so kleine Information ist für uns hilfreich. Frau Schnappauf, bitte sprechen Sie weiter. Ihre Aussage interessiert uns sehr. Sie hilft uns, Stück für Stück des Puzzles zusammenzutragen, damit es am Ende ein Gesamtbild ergibt.«

Jetzt ist Mutter Schnappauf in Fahrt, nichts, auch nicht ihr wütender Mann, kann sie aufhalten.

»Die Fiona hat nicht zu unserem Emil gepasst, ganz und gar nicht. Wir haben uns für unseren Sohn eine Ehefrau gewünscht, die in der Brauerei mitarbeiten, ihn bei seinen Aufgaben als Geschäftsführer unterstützen kann. Dazu ist diese Meerrettichkönigin doch geistig gar nicht in der Lage. Sie ist nur an materiellen Dingen interessiert; Schmuck, Kleidung, Autos und Urlaub, damit kennt sich das Fräulein bestens aus. Der Gedanke, in der Firma mitzuarbeiten, hat ihr nicht gepasst. Sie möchte shoppen, reisen, ihre Zeit bei der Kosmetikerin und im Spa verbringen. Der Emil war für sie wie ein Sechser im Lotto. Alles hat er für sie bezahlt, sie hat ihm das Geld bündelweise aus der Tasche gezogen. Eine richtige Goldgräberin, das ist sie.«

Emils Mutter hat sich in Rage geredet.

»Entschuldigen Sie meine Frau, sie hat ihr Kind verloren und ist außer sich vor Kummer. Sie weiß nicht, was sie redet«, versucht der Brauereibesitzer, die Aussage seiner Frau abzuschwächen.

»Was willst du damit sagen? Dass ich den Verstand verloren habe? Ich bin klar im Kopf und weiß genau, was ich erzähle, meine Damen, und jedes Wort davon ist wahr! Ich habe es satt, mir von dir den Mund verbieten zu lassen, Hans.«

Hoch aufgerichtet starrt sie ihren Mann mit eisiger Miene an.

»Äh, ja, mehr gibt es zu diesem Thema wohl nicht zu sagen.« Hans Schnappauf steht auf und deutet mit unmissverständlicher Geste zur Tür.

»Eine Frage habe ich allerdings noch.« So leicht lässt sich die Nadia nicht abwimmeln. »Wer erbt eigentlich das Vermögen Ihres Sohnes? Sie oder Frau Hohenstein?«

»Die Testamentseröffnung ist nächsten Montag«, teilt uns der Hausherr frostig mit.

»Ich verstehe.« Meine Kollegin steht jetzt Auge in Auge mit Vater Schnappauf. »Würden Sie uns den Namen des Notars nennen, bei dem das Testament hinterlegt wurde?«

»Nein! Von unserer Seite aus ist alles gesagt. Wenden Sie sich bitte in Zukunft an unseren Anwalt, wenn Sie noch Fragen haben.«

Sein Gesicht ist rot vor Ärger über Nadias Hartnäckigkeit.

»So, das reicht jetzt. Sehen Sie nicht, dass Sie meine Frau aufregen?«, herrscht uns Hans Schnappauf an. Er breitet die Arme aus und drängt uns Richtung Tür, als wären wir Gänse, die er aus dem Stall treiben will. Im Flur dreht er sich zu uns um.

»Meine Frau ist sehr durcheinander, wie Sie vielleicht selbst gemerkt haben. In Zukunft lassen Sie sie in Ruhe, haben Sie mich verstanden? Wenn es Fragen gibt, wenden Sie sich damit ausschließlich an mich.«

Damit sind wir entlassen. Wie gerufen erscheint die Frau in Schwarz, um uns zur Tür zu begleiten. Sie scheint nicht zur Familie zu gehören, sondern eine Hausangestellte zu sein.

»Auch an Sie hätten wir ein oder zwei Fragen«, erläutert ihr meine Kollegin auf dem Weg zur Tür.

»Sie haben Herrn Schnappauf gehört, der Anwalt, Doktor Pfister, wird Ihre Fragen beantworten. Ich bin dazu nicht befugt.«

»Aber welche Funktion Sie hier im Haus haben, dürfen Sie mir sicher verraten, oder?«

»Ich leiste Frau Schnappauf Gesellschaft und kümmere mich um den Haushalt. Mehr gibt es nicht zu sagen. Auf Wiedersehen!«

Mit dieser Auskunft marschieren wir zurück zum Streifenwagen.

»Hältst du Königin Meerrettich etwa für verdächtig?«, frage ich, als ich hinter dem Steuer sitze.

»Warum sollte sie ihren Verlobten ermorden, noch dazu auf so spektakuläre Weise. Als Altenpflegerin kennt sie bestimmt andere Methoden, einen Menschen unauffällig ins Jenseits zu befördern«, ist sich die Kollegin sicher. »Trotzdem interessiert es mich, was in der Nachbarschaft über Sonnyboy Emil und seine Zukünftige so getratscht wird. Fahr zu, Evita!«

Unterwegs mache ich einen Zwischenstopp am Polizeiposten in Baiersdorf, und die Nadia nimmt die Vorladungen für die Effeltricher Burschen an sich, die der Ludger in der Zwischenzeit vorbereitet hat. Dann geht es weiter in den Nachbarort.

»Erst zu den Nachbarn oder erst die Vorladungen verteilen?«, will die Kollegin wissen.

»Erst zu den Nachbarn«, entscheide ich, weil ich neugierig bin auf deren Beurteilung von Emils häuslicher Situation.

Ich parke gegenüber der toskanischen Villa. In großem Abstand stehen zu beiden Seiten relativ neue Einfamilienhäuser mit Garten drumherum. In der rechten Garageneinfahrt liegen ein altmodischer Holzschlitten, Bobbycars, Roller und mehrere Poporutscher aus Plastik in verschiedenen Farben. Davor steht ein älterer Saab 9-5, eine richtige Familienkutsche.

»Okay, erst nach rechts«, bestimmt die Nadia.

Sobald wir geklingelt haben, ertönt im Haus wüstes Kindergeschrei.

»Ich mach die Tür auf!«

»Nein, du Affe, jetzt bin ich dran!«

»Nein, ich!«

Lautes Gepolter, anschließend ohrenbetäubendes Geheul.

Dann wird die Tür mit so viel Schwung aufgerissen, dass sie hinten gegen die Wand knallt. Vor uns steht ein etwa achtjähriger Junge mit einem blutigen Kratzer auf der Wange. Als er meine Uniform sieht, brüllt er aus Leibeskräften:

»Mamaaaa, schnell, die Polizei will uns holen!«, und stürmt die Wendeltreppe hinauf ins Obergeschoss. Eine Tür wird mit Schwung zugeschlagen.

Wir warten gespannt, aber vergebens.

»Hallo, dürfen wir reinkommen?«

Die Nadia steht bereits im Flur und schaut sich nach allen Seiten um. In der Diele stapeln sich Gummistiefel, Winterschuhe, Pantoffeln, Mützen, Schals, Mäntel, Jacken und Schulranzen wild durcheinander zu einem beachtli-

chen Haufen, sodass man über das Tohuwabohu hinweg-
steigen muss, um in die Wohnräume zu gelangen.

»Hallo, jemand zu Hause?« Diesmal ein Dezibel lauter.

Es dauert, bis eine Frau mit zerzauster Frisur und zwei
Lockenwicklern über der Stirn um die Ecke schielt. Als
sie uns sieht, zuckt sie erschrocken zusammen.

»Polizei?«, fragt sie mit großen Augen. »Mit dem
Jugendamt ist doch alles geklärt. Sie dürfen die Kinder
nicht mitnehmen. Was wollen Sie denn von mir?«

»Nur kurz mit Ihnen reden, Frau Hofer«, erklärt die
Nadia, die das Namensschild über der Klingel gelesen hat.
»Es geht lediglich um eine Auskunft.«

»Aber das habe ich mit der Dame vom Amt schon
besprochen. Ich weiß wirklich nicht, was Sie jetzt noch
von mir wollen.«

Ihr schlabbriges T-Shirt ist voller Flecken, und an der
Schulter trennt eine Naht auf. Ihre Haare hängen ihr wirr
ins Gesicht.

Im Stockwerk über uns scheint eine verlustreiche
Schlacht zu toben, dem Gebrüll nach zu urteilen.

»Frau Hofer, es geht nicht um Ihre Kinder oder um das
Jugendamt. Könnten wir bitte in Ruhe irgendwo miteinander sprechen? Nur kurz.«

Sobald klar ist, dass wir weder sie noch ihre Kinder mitnehmen wollen, lässt ihre nervöse Hektik nach, und sie fordert uns mit einer Handbewegung auf, mit in die Küche
zu kommen. Setzen können wir uns freilich nicht, weil
jeder Stuhl, jede freie Fläche mit Klamotten, Spielsachen,
Büchern und anderem Krimskrams belegt sind, darum bleiben wir stehen, den Rücken an die Arbeitsplatte gelehnt.
Als ich mich mit der rechten Hand abstütze, greife ich in
eine schmierige Substanz. Es ist verschimmeltes Apfelmus.

»Hätten Sie vielleicht ein Stück Küchenpapier für mich?«, frage ich angeekelt und strecke ihr die Hand entgegen. Sie nimmt einen verkrusteten Lappen vom Tisch und wirft ihn mir zu.

»Also, worum geht es?« Frau Hofer ist nicht an belanglosen Plaudereien interessiert.

»Kennen Sie Ihre Nachbarn drüben in der Villa?«, will die Nadia wissen.

»Meinen Sie etwa den Bierbrauer und seine Trulla?«, entgegnet Frau Hofer barsch. »Nur vom Sehen. Mir fehlt die Zeit, mich mit aufgebrezelten Weibern abzugeben, für die ein abgebrochener Fingernagel eine Katastrophe bedeutet. Sie sehen ja selbst, was hier los ist.« Sie weist auf das Chaos um uns herum. »Ich kann Ihnen nur so viel sagen, dass diese Meerrettichkönigin ein Miststück ist, unhöflich, kinderfeindlich und arrogant. Wenn Sie mehr wissen wollen, fragen Sie am besten Frau Klotz, die auf der anderen Seite der Villa wohnt. Die hat genügend Zeit, sich um die Angelegenheiten fremder Leute zu kümmern. So, ich hoffe, dass ich Ihnen mit meinen Angaben weiterhelfen konnte. Ich würde wirklich gern noch stundenlang mit Ihnen plaudern, aber ich muss mich jetzt um die Kinder kümmern. Auf Wiedersehen!«

Zehn Sekunden später stehen wir wieder auf der Straße. Wirklich ergiebig war diese Befragung nicht, aber vielleicht haben wir nebenan mehr Glück. Auf zur Dame Klotz, die uns hoffentlich mit Kaffee und Kuchen empfängt.

Die Nachbarin auf der linken Seite des Schnappauf-Anwesens scheint uns erwartet zu haben. Kaum stehen wir am Gartentürchen, wird die Gardine zur Seite geschoben, und der automatische Türöffner summt, noch bevor wir den Finger auf den Klingelknopf legen. Eine silberweiß gelockte Dame im blauen Blümchenkleid steht an der Tür und strahlt uns entgegen, so, als würde sie sich über den Besuch der Polizei aufrichtig freuen.

»Grüß Gott, die Damen!«, begrüßt sie uns so herzlich, als wären wir lang erwartete Gäste, und bittet uns in die gute Stube, wie sie das geräumige Wohnzimmer nennt. Wir bekommen Kaffee und Tee angeboten, und die Hausherrin stellt eine Schale mit Plätzchen auf den Tisch.

»Selbstgebacken!«, erklärt sie stolz. »Genieren Sie sich nicht, greifen Sie ruhig zu.«

Ich tue ihr den Gefallen, meine Kollegin dagegen hält sich zurück. Verstohlen lasse ich meine Blicke durch den Raum wandern. Auf dem Fensterbrett, halb verdeckt von der Gardine, liegt ein Opernglas mit goldfarbenem Griff. Jane Bond spioniert mit professionellen Methoden ihre Nachbarschaft aus.

»Sie kommen sicher wegen dem Mord an dem armen Herrn Schnappauf«, sagt sie, bevor wir die erste Frage stellen können.

»So ist es, Frau Klotz«, erwidert die Nadia an meiner Stelle, weil ich gerade geräuschvoll ein Nusskipferl zerkaue. »Ist Ihnen in letzter Zeit im Nachbarhaus etwas aufgefallen?«

»Also, ich will ja nichts gesagt haben, gell, aber die Verlobte vom Herrn Schnappauf, die ist schon recht hochnäsig. Die kriegt den Mund nicht auf, nicht einmal, um zu grüßen. Sie schaut weg und tut immer so, als hätte sie mich nicht gesehen. Er war da ja ganz anders. Immer freundlich, immer hilfsbereit. Einmal im Monat hat er mir einen Kasten Bier aus der Brauerei mitgebracht und ihn für mich in den Keller getragen. Seinen Gärtner hat er angewiesen, den Schnee bis an mein Gartentürchen hin zu räumen, damit ich mich nicht mit der schweren Arbeit plagen muss. So ein netter Mann war das. Und er hat ja auch gut ausgesehen! Wie dieser amerikanische Schauspieler, wie heißt er doch gleich? Der mit den vielen Adoptivkindern. Ach ja, der Herr Schnappauf wird mir sehr fehlen.« Mit einem Spitzentüchlein, das sie aus dem Ärmel zieht, wischt sie sich über die Augen. Der Emil war bei den Damen äußerst beliebt, anders kann man es nicht sagen.

»Und jetzt bewohnt Frau Hohenstein das Haus allein?«

»Na ja, allein, was heißt das schon. Ständig sind junge Leute da, manchmal ein oder zwei Mädchen, aber vor allem junge Männer. Die Buben vom *Burschenverein* kommen oft vorbei. Besonders der Seiler Finn und der Paul von der Baumschule Schmiedinger. Die zwei sind jeden Tag bei der verwitweten Braut, oft stundenlang. Der Paul geht dann immer einkaufen, den beobachte ich, wenn er Lebensmittel und Getränke ins Haus schleppt. Ich denke mir, das sind alles Freunde von der Frau Hohenstein, die ihr in ihrer Trauer beistehen.«

Wir brauchen nicht eine einzige Frage zu stellen, die Frau Klotz sprudelt die Ergebnisse ihrer Observationen heraus wie ein Wasserfall.

»Aber wie der Herr Schnappauf noch gelebt hat, war ja auch immer viel Besuch da. Jedes Wochenende eine Party! Allerdings nur, wenn die zwei Turteltäubchen am Wochenende nicht verreist sind. Er hat mir erzählt, dass es seiner Fiona in Kitzbühel gut gefällt, darum sind sie im Winter ab und zu zum Skilaufen hingefahren. Und letzten Herbst waren sie in Mailand. Zum Shoppen, weil sie die italienische Mode liebt. Wie sie heimgekommen sind, war der Kofferraum vom Porsche bis oben hin voller Einkaufstüten, die er ihr ins Haus hinterher getragen hat, als wäre er der Butler. Der Herr Schnappauf war ja immer ausgesprochen fürsorglich. Jeden Handgriff hat er ihr abgenommen.«

Es ist klar wie Kloßbrühe, dass die Dame des Hauses ihre Zeit am liebsten mit der Rundumüberwachung der Nachbarschaft verbringt. Ihr entgeht keine Aktivität auf dem Grundstück nebenan, kein Besucher kommt ungesehen an 007-Klotz vorbei. Mit solchen Nachbarn spart man sich die Überwachungskameras.

Bevor sie noch mehr darüber erzählen kann, wie der Emil jeden Abend Essen vom Italiener oder Asiaten aus Forchheim mitgebracht hat, weil seine Zukünftige offensichtlich nicht kochen kann oder will, verabschieden wir uns. Auch diese Befragung hat nichts Neues gebracht, außer, wer wann und wie oft in der Villa Schnappauf ein und aus geht.

KAPITEL 12

24. Februar, immer noch Freitag

»Viel haben wir ja nicht erfahren, vor allem nichts, was unsere Ermittlungen voranbringt«, murmle ich enttäuscht, sobald wir im Streifenwagen sitzen. »Irgendwie werde ich das Gefühl nicht los, dass wir mit unseren Befragungen auf der Stelle treten. Es kommt nichts dabei heraus. Oder wie siehst du das, Nadia?«

»Unser Ausbilder hat immer gesagt, dass auch kleinste Mosaiksteinchen, die man Stück für Stück zusammenträgt, wichtig für die Ermittlungen sind. Manchmal hat man das Gefühl, dass die meisten Informationen, die man sammelt, völlig irrelevant sind. Aber wenn man sie zusammensetzt, ergeben sie am Ende ein komplettes Bild. Genau das tun wir im Moment, wir tragen Steinchen zusammen.«

Wenn die Frau Kommissarin meint …

Aber ich bin total frustriert, und mir kommt es eher so vor, als würden wir unsere Zeit mit unwichtigem Geplänkel vergeuden. Davon lasse ich mich nicht abbringen.

»Weder die Befragung der Eltern noch die der Nachbarinnen hat etwas ergeben, außer der umwerfenden Neuigkeit, dass der Emil ein Heiliger war und seine Verlobte ein raffgieriges Miststück, ein echtes *material girl*. Aber das wussten wir doch alles schon vorher. Dabei ist es ja nicht so, als hätten wir im Büro keine Arbeit. Wenn wir nicht bald einen entscheidenden Hinweis bekommen, stecken unsere Ermittlungen fest.«

Hartnäckig beharre ich auf meiner Meinung und zupfe während des Gesprächs nervös an der Nagelhaut der linken Hand. Wahrscheinlich hat meine Kollegin recht, und Ermittlungsarbeit ist ein Geduldsspiel. Aber uns läuft die Zeit davon.

»Hör auf damit! Es fängt schon an zu bluten«, warnt sie mich.

»Na ja, wenigstens wissen wir jetzt, dass der Emil seine Braut nach allen Regeln der Kunst verwöhnt hat. Er hat ihr alle Wünsche erfüllt. Für mich scheidet sie damit als Täterin aus. Warum die Kuh abfackeln, die sich so problemlos melken lässt?«

Meine Fantasie reicht nicht aus, mir Queen Fiona als eiskalte Killerbraut vorzustellen.

»Stimmt! Aber vielleicht war es einer der Kerle aus dem Verein. Zum Beispiel aus Eifersucht? Oder aus Neid? Dieser Paul oder der Finn zum Beispiel, die unserer Madame Meerrettich ständig am Rockzipfel hängen? Was meinst du? Die sind beide während des Umzugs neben dem Emil hergelaufen. Da hätte einer leicht sein Feuerzeug nehmen und es an Emils Strohverkleidung halten können«, mutmaßt die Nadia.

Wäre mir so eine kleine Geste im Gedränge aufgefallen, überlege ich? Wohl kaum.

»Auf die Gefahr hin, selbst bei einer derart riskanten Aktion in Flammen aufzugehen? Glaubst du das wirklich?«, widerspreche ich meiner Kollegin.

»Nein, natürlich nicht. So beliebt, wie der Emil war, kann ich mir das nur schwer vorstellen. Es sei denn, es gibt ein Motiv, von dem wir bisher noch nicht einmal etwas ahnen.«

Genau das ist es! Uns fehlt bisher ein schlüssiges Motiv für den Mord.

Auf dem Weg zur Baumschule Schmiedinger spielen wir gedanklich noch mehrere Variationen durch, allerdings ohne zufriedenstellendes Ergebnis. Langsam glaube ich, dass es sich bei dem mysteriösen *Fasalecken*-Mord nur um einen dummen Unfall handelt, dem rein zufällig der Emil zum Opfer gefallen ist.

Als wir in der Baumschule ankommen, steht der Paul allein im Laden, wie ich durch das Fenster erkenne. Die Nadia schnappt sich den Stapel Vorladungen, und wir gehen hinein. Sobald er uns sieht, verfinstert sich seine Miene, und einen Moment lang fürchte ich, dass er mir den Pflanztopf, den er gerade mit Erde befüllt, an den Kopf schmeißt, wenn ich nur ein falsches Wort sage.

»Und? Was wollt ihr diesmal? Mich festnehmen, weil ich mit dem Emil befreundet war?«, knurrt er. Doch die Nadia lässt sich von seiner abweisenden Haltung nicht abschrecken.

»Die Vorladungen für eine richterlich angeordnete Befragung abgeben, Herr Schmiedinger. Sie sind doch der Vorsitzende des *Burschenvereins* Effeltrich?« Er nickt widerwillig. »Hier, verteilen Sie die am besten sofort an Ihre Mitglieder. Die Namen stehen auf den Kuverts. Sie können doch lesen, oder?« Sie legt den Stapel vor dem Paul ab. »Einen schönen Tag wünsche ich Ihnen. Wir sehen uns morgen auf dem Polizeiposten – und seien Sie pünktlich, sonst müssten wir Sie von Amts wegen vorführen lassen.«

Mit dieser Drohung machen wir auf dem Absatz kehrt und verschließen die Ohren vor der Flut von Beschimpfungen, die er uns hinterher schreit.

Als der Streifenwagen vor unserem Polizeiposten zum Stehen kommt, holt die Nadia ein Paket aus ihrem Fiat, das sie vorsichtig die Treppe hinauf ins Büro trägt. Dort ist der Ludger gerade im angeregten Gespräch mit einer elegant gekleideten Dame, die ihre *Prada*-Handtasche mitten auf meinem Schreibtisch geparkt hat.

»Das ist die Frau Thümmler, dem Lenny seine Mutter«, stellt er sie vor. Ich wundere mich, denn so hatte ich Mutter Thümmler nicht in Erinnerung. Top gestylt und perfekt geschminkt, in einem schicken Wollmantel und teuer aussehenden Lederstiefeln. Ich kenne sie nur im billigen Baumwollkleidchen mit Schnapsflaschen in der Hand und umgebundener Schürze, auf der so dumme Sprüche wie »Egal, wie's schmeckt, gegessen wird trotzdem« stehen. Zu der Zeit hat sie noch das Brotzeitstüberl in der Schnapsbrennerei bewirtschaftet. Damals ist mir nicht aufgefallen, wie attraktiv die Frau tatsächlich ist. Nur ihre eisblauen Augen stören das angenehme Erscheinungsbild. Ihr Blick ist stechend und kalt. Aber die Dame ist sich ihrer Wirkung, besonders auf den Ludger, vollkommen bewusst.

»Ich möchte meinen Ex-Ehemann, den Schnapsbrenner Thümmler, anzeigen.« Ihre Stimme passt zu der Kälte ihrer Augen.

»Weshalb?«, frage ich, obwohl ich es natürlich weiß.

»Er hat meinen Sohn zusammengeschlagen, und das nicht zum ersten Mal«, teilt sie uns mit, wobei sie recht gefasst wirkt. Hätte einer mein Kind derart geprügelt, würde ich hemmungslos schreien und toben. Sie aber bleibt ruhig.

»Ich komme gerade aus dem Krankenhaus und habe die Blessuren in seinem Gesicht und die Hämatome am ganzen Körper gesehen. Dieser Schläger hat das Kind nicht zum ersten Mal misshandelt. Aber diesmal kommt er mir nicht ungeschoren davon. Die behandelnden Ärzte können die Misshandlungen bezeugen.« Ich schaue fragend hinüber zum Ludger, der eifrig nickt.

»Ich habe schon angefangen, die Anzeige aufzunehmen«, bestätigt er und hackt weiter mit zwei Fingern auf die Tastatur ein.

»Mein Anwalt ist bereits eingeschaltet. Er wird sich bemühen, das Sorgerecht für meinen Sohn zu erstreiten. So kann das doch nicht weitergehen. Bei jeder Kleinigkeit schlägt dieser Säufer auf den Jungen ein.«

»Wir werden Ihrer Anzeige selbstverständlich nachgehen, und auch die Staatsanwaltschaft wird sich damit befassen, Frau Thümmler«, versichert ihr die Nadia. »Kindesmisshandlung ist ein schweres Delikt.«

»Wie geht es Ihrem Sohn?«, frage ich höflich.

»Er hat eine Alkoholvergiftung, 2,8 Promille. Ihm wurde der Magen ausgepumpt. Um sich von der Vergiftung zu erholen, wurde er in ein künstliches Koma versetzt. Außerdem wurde eine nicht unerhebliche Menge *Ecstasy* in seinem Blut nachgewiesen. Solche Exzesse müssen aufhören, bevor er sich damit umbringt.«

»Ihnen ist bekannt, dass er mich und meinen Kollegen mit einem Messer angegriffen und die Angestellten der *Spielothek* mit dem Tod bedroht hat?«, frage ich sie.

Ein verächtliches Lächeln zieht ihre Mundwinkel nach unten. Mit ihrer Attraktivität ist es damit vorbei, ihr Gesicht sieht mit einem Mal verschlagen aus.

»Und Ihnen ist bekannt, dass mein Anwalt im Prozess auf schuldunfähig laut Paragraf 20 StGB wegen Alkoholmissbrauch und Drogenkonsum plädieren wird, nehme ich an. Er hat mir versichert, dass es für meinen Sohn allenfalls eine Geldstrafe oder Sozialstunden geben wird, mehr nicht. Schlimmstenfalls wird er in eine Klinik eingewiesen, um eine Therapie zu machen.«

»Die Schuldunfähigkeit beginnt bei drei Promille«, korrigiert sie die Nadia frostig. »Noch spricht der Richter das Urteil, nicht Ihr Anwalt, Frau Thümmler.«

Mit einem Satz ist sie auf den Füßen und schnappt sich ihre Handtasche.

»Halt, warten Sie!«, ruft der Ludger, während der Drucker zu rattern beginnt. »Sie müssen noch die Anzeige unterschreiben.«

Als er ihr die beiden Seiten vorlegt, setzt sie ihre Unterschrift darunter, ohne den Text noch einmal zu lesen. Dann wirft sie sich in Pose und stolziert hinaus, nicht ohne beleidigt die Tür hinter sich zuzuschmettern.

Was für eine unangenehme Person! Ob der Lenny bei der wirklich besser aufgehoben ist als bei seinem Vater?

Während ich darüber nachdenke, macht sich die Nadia an der mitgebrachten Box zu schaffen.

»Mein Einstand steht ja noch aus. Da dachte ich, dass ihr vielleicht das Baklava probieren wollt, das meine Mutter gestern gebacken hat. Bedient euch!« Einladend hält sie erst mir, dann dem Ludger den geöffneten Karton entgegen, aus dem ein köstlicher Duft aufsteigt.

»Was ist das?«, fragt der Ludger und beugt sich vor, um den Inhalt kritisch zu beäugen.

»Eine orientalische Blätterteigpastete aus Honig, Zimt und gehackten Nüssen. Was dem Franken sein Kerwaküchle ist dem Maghrebiner sein Baklava«, lacht sie, nimmt sich ein honigtriefendes Stück und beißt genüsslich hinein.

»Woher stammst du? Aus Marokko? Oder Algerien?«

Endlich kann der Ludger seine Neugier befriedigen, ohne allzu aufdringlich zu wirken.

»Nein, ich bin in Deutschland geboren und aufgewachsen. Meine Eltern sind Anfang der 90er nach Erlangen gekommen. Zwei Jahre später kam ich zur Welt. Ich bin also eine waschechte Fränkin.«

»Und deine Eltern?«, erkundige ich mich.

»Aus Mateur, das ist ein kleines Städtchen im Norden von Tunesien. Baba will unbedingt in sein Heimatland zurück, sobald er in Rente ist. Das Ferienhaus meiner Eltern liegt am Ichkeul-See, nur einige Kilometer von Mateur entfernt. So weiß ich wenigstens, wo ich in Zukunft jedes Jahr meinen Urlaub verbringen werde.« Sie grinst und wischt sich das verschmierte Kinn ab.

»Das Zeug schmeckt wirklich saugut.« Der Ludger verdrückt schon sein drittes Stück und greift nach dem vierten.

»Kollegen, es tut mir leid, aber morgen müssen wir arbeiten. Ich weiß, es ist Wochenende. Trotzdem, es bleibt uns nicht mehr viel Zeit. Wenn uns der Fall wegen Unfähigkeit entzogen wird, ist das eine riesige Blamage, nicht nur für mich, sondern auch für euch.«

Wo sie recht hat, hat sie recht.

Ich höre schon die spöttischen Kommentare der Forchheimer Kollegen, wenn wir nicht in der Lage sind, den *Fasalecken*-Mord, der in den Medien noch immer sehr präsent ist, aufzuklären.

»Gut, wir treffen uns morgen um 7.30 Uhr im Büro«, entscheide ich. »Erst hören wir uns an, was die Effeltricher Burschen zu sagen haben, dann überlegen wir, was sonst noch zu tun beziehungsweise wer zu befragen ist.«

Mit diesem Vorschlag sind alle einverstanden, und wir verabschieden uns in den wohlverdienten Feierabend.

KAPITEL 13

Samstag, 25. und Sonntag, 26. Februar

Um 7 Uhr in der Früh komme ich von meiner Baiersdorfer Einkaufstour zum Polizeiposten zurück, werfe den Kaffeeautomaten an und arrangiere belegte Semmeln, Butterbrezen und Knieküchle auf großen Tellern, die ich aus meiner Küche geholt habe. Eigentlich sollte es bis zur Aufklärung des Mordes keine Frühstücksorgien mehr geben, aber an einem Wochenende kann man seine guten Vorsätze schon mal über den Haufen werfen, wie ich meine. Immerhin haben wir einen anstrengenden Tag vor uns, an dem wir so manche Lügengeschichte anhören und so manche Frechheit ertragen müssen. Dafür braucht man neben guten Nerven eben auch einen stabilen Magen.

Pünktlich um 7.30 Uhr treffen Nadia und Ludger ein und freuen sich über meine kulinarische Überraschung. Kaum dampft der erste Kaffee in den Tassen, als der Schmiedinger Paul in Begleitung zweier Burschen vor der Tür steht. Als Erstes hören wir uns seine Geschichte an, während die anderen im Flur warten, bis sie an der Reihe sind, uns ihre Sicht auf die Geschehnisse während des Umzugs zu schildern. Der Paul weiß nichts Neues zu berichten. Er war zusammen mit dem Schnappauf Emil, dem Seiler Finn, dem Reiser Tom und dem Goller Benni als *Strohmann* verkleidet beim Umzug, aber das

wissen wir ja schon alles. Erst sind alle auf ihren zugewiesenen Plätzen in einer Reihe marschiert, doch später
hat sich die Formation aufgelöst, und die *Winterbären*
sind durcheinandergewirbelt, wild herumgehüpft und
haben ihre Faxen mit den Zuschauern gemacht, sodass
der Schmiedinger nicht sagen kann, wer zum Zeitpunkt
des Anschlags neben ihm hergelaufen oder wer dem Emil
so nahe gekommen ist, um ihn anzünden zu können.

Der Ludger begrüßt seine Kumpel Goller und Reiser
mit Namen, doch die glotzen nur finster an ihm vorbei,
bevor sie genau das Gleiche wie der Schmiedinger berichten, sodass anzunehmen ist, dass die Aussagen Wort für
Wort vorher abgesprochen wurden. Eigentlich könnten
wir an diesem Punkt die Befragungen abbrechen, weil
von den Effeltrichern keine neuen Erkenntnisse zu erwarten sind.

Aber pflichtbewusst vernehmen wir einen nach dem
anderen der jungen Männer und Frauen, die nacheinander
im Büro eintrudeln. Wir schauen in missmutige Gesichter und hören uns Klagen über den ruinierten Samstag an,
den sie notgedrungen bei der Polizei anstatt im Fitness-
Center oder beim Frisör verbringen.

Die Uhr zeigt zehn Minuten nach 15 Uhr am Nachmittag, als der letzte Effeltricher grantig die Bürotür hinter
sich ins Schloss krachen lässt.

»War's das jetzt?«, will die Nadia vom Kollegen Dauer
wissen, der sich in seinem Stuhl zurücklehnt und mit offenem Mund gähnt. »Oder kommt noch einer?«

Obwohl er alle Burschen aus dem Verein persönlich
kennt, wirft er einen prüfenden Blick auf die Namens-
liste, während sich die Nadia noch einen Kaffee holt, den
fünften an diesem Tag.

»Nein, wir sind durch«, stellt er fest. »Gebracht hat es rein gar nichts, außer, dass wir unseren freien Samstag geopfert haben.«

»Moment mal!« Ich schnappe mir die Liste und fahre mit dem Finger die Reihe der Namen entlang. »Der Seiler Finn ist nicht erschienen.«

Diese Erkenntnis wird erst einmal mit irritiertem Schweigen aufgenommen.

Dann fällt auch dem Ludger auf, dass sich der Finn vor der Befragung gedrückt hat.

»Und jetzt?«, fragt er ratlos.

Während ich der Nadia einen Blick zuwerfe, steht sie bereits vom Schreibtisch auf und wirft sich den Mantel über.

»Wo wollt ihr denn jetzt noch hin? Soll ich mitkommen?« Der Kollege klingt so kleinlaut wie Hänsel aus Grimms Märchen, wenn ihn die Eltern im Wald allein lassen.

»Nicht nötig, Ludger!«, bremst ihn die Kommissarin aus. »Wir fahren zum Haus von Doktor Seiler, um ihn nach dem Verbleib seines Sohnes zu fragen. Dafür brauchen wir keine Verstärkung. Dein Einsatz kommt schon noch, keine Sorge!«

Es ist stockfinster, als wir vor dem Wohnhaus des Arztes parken. Am Haus gibt es keine Außenbeleuchtung, und so stolpern wir im Dunkeln darauf zu. Weil auch keine Klingel zu finden ist, betätigen wir den löwenköpfigen Türklopfer. Nach einer Weile wird die Tür geöffnet, und vor uns steht der Doktor in legerer Freizeitkleidung, im Hintergrund ist klassische Musik zu hören. Es dauert einen Augenblick, bis er mich erkennt.

»Frau Emmerling, habe ich recht? Was kann ich heute

für Sie tun? Gibt es wieder einen Notfall?« Er lächelt mich an.

»Ist Ihr Sohn Finn zu Hause?« Auch ich grinse freundlich, weil der Doc nicht nur ein sympathischer Kerl, sondern auch ziemlich attraktiv ist.

»Finn? Nein, der ist in die Unibibliothek nach Erlangen gefahren, um für die Klausur am Montagmorgen zu lernen. Anatomie, Sie verstehen? Das ist nicht gerade seine Stärke, dafür muss er schon etwas tun. Was wollen Sie denn von meinem Sohn? Geht es um den Tod seines Freundes?«

Ich nicke.

»Dazu kann er Ihnen nichts sagen. Bitte lassen Sie ihn in Ruhe, er ist auch ohne polizeiliche Verhöre verstört genug.«

»Doktor Seiler, wir wollen Ihren Sohn nicht verhören, denn verhört wird schon lange nicht mehr, sondern nur ein paar einfache Fragen stellen«, drängt die Nadia. »Kommt er später hierher zurück?«

»Nein, natürlich nicht. Er bleibt im Studentenwohnheim, weil er auch am Sonntag in der Bibliothek lernen will. Bei diesem Wetter lohnt sich das Hin- und Herfahren nicht.« Das sonnige Lächeln ist verschwunden.

»Wären Sie so freundlich, uns die Adresse des Wohnheims zu geben?« Ungeduldig tritt die Nadia von einem Fuß auf den anderen. Es ist nämlich erbärmlich kalt, der Wind bläst uns kleine Eiskristalle ins Gesicht. »In welcher Bibliothek lernt er?«

»Lassen Sie mich nachdenken. In der Zwischenzeit suche ich die Anschrift des Wohnheims heraus.«

Er verschwindet und lässt uns in der Kälte stehen.

»Versuchen Sie es in der Teilbibliothek 03«, informiert

er uns nach seiner Rückkehr und drückt mir einen Zettel in die Hand.

Wir bedanken uns artig für seine Hilfe und schlittern zurück zum Streifenwagen, wo wir eine Weile überlegen, was nun zu tun ist.

»Wenn ich in Erlangen bin, fahre ich noch kurz in der Uni vorbei und schaue in der Bib nach, ob der Seiler dort sitzt. Wenn nicht, gehe ich ins Wohnheim. Irgendwo wird er sich schon herumtreiben«, entscheidet die Nadia. Sie gibt nicht auf, aber zu Recht, weil es bisher kein greifbares Ergebnis gibt. Dieser Umstand macht nicht nur Kollegin Drissi reichlich nervös.

»Ruf mich auf jeden Fall an, wenn du ihn gefunden hast. Es ist schon komisch, dass er sich vor der Aussage drückt, während seine Freunde es heute hinter sich gebracht haben.«

Ich schaue meiner Kollegin nach, als sie in ihrem Fiat nach Erlangen abdüst. Es ist mittlerweile beinahe 18 Uhr abends. Zeit, sich in den wohlverdienten Feierabend zu verabschieden.

Wach werde ich, weil mir das Buch, das ich im Liegen auf der Couch gelesen habe, aufs Gesicht fällt. Neben mir scheppert der blecherne Klingelton meines Telefons. Völlig desorientiert rapple ich mich auf und greife danach.

»Hey, Evita, kannst du mich verstehen?« Laute Salsamusik dröhnt mir aus dem Hörer entgegen, ich halte das Telefon auf Armlänge von meinem Ohr weg.

»Nadia, wo bist du?«, murmle ich verpennt. Den Geräuschen nach zu urteilen irgendwo in Südamerika.

»Im Studentenwohnheim. Von Finn Seiler keine Spur. Er war heute weder in der Bibliothek noch in seinem Zimmer, soviel ich erfahr....«

Klick, das Gespräch ist beendet.

Das sind keine guten Nachrichten. Ich lege den Hörer beiseite, setze mich auf und überlege angestrengt. Aus welchem Grund ist der Finn nicht erreichbar? Hat er etwas zu verbergen? Weiß er am Ende, wer seinen Freund Emil angezündet hat? Oder war er es vielleicht selbst? Wo könnte er sich versteckt halten? Bei einem Kumpel aus dem *Burschenverein*? Oder im Haus von Queen Meerrettich?

Am liebsten würde ich auf der Stelle nach Effeltrich aufbrechen, um sie persönlich in die Mangel zu nehmen. Mit Sicherheit weiß die Dame, wo sich ihr Freund Finn aufhält. Aber eine Befragung muss bis morgen warten, weil ich jetzt todmüde ins Bett wanke.

Kaum habe ich mir die Bettdecke über die Ohren gezogen, als das Handy auf dem Nachttisch zu hüpfen beginnt. Diesmal sind keine Hintergrundgeräusche zu hören, als ich mich melde.

»Evita, ich bin's noch mal, die Nadia. Hör zu, wir treffen uns morgen früh im Büro und fahren zur Hohenstein. Sie weiß mit Sicherheit, wo ihr Verehrer steckt. Vielleicht hat er sich ja in der Villa Protz verkrochen. Wenn wir ihn bis morgen Mittag nicht gefunden haben, geben wir die Fahndung nach ihm raus.«

»Wann bist du morgen hier?«

»Punkt 9 Uhr. Gute Nacht!«

Der Wind pfeift, als ich am nächsten Morgen am Streifenwagen darauf warte, dass meine Kollegin auftaucht. Schlag 9 Uhr hält ihr Auto am Straßenrand. Heute trägt sie Sportkleidung, weil sie später am Tag noch zum Joggen gehen will. Sehr sportlich, bei dieser Kälte. Ich halte es da lieber mit Winston Churchill: No sports! Der hat mit diesem Motto zufrieden gelebt und wurde immerhin 91 Jahre alt.

Um 9.15 Uhr lasse ich den Wagen vor der Villa Schnapp-auf ausrollen.

»Glaubst du, dass Madame Hohenstein um diese Uhrzeit schon auf den frisch rasierten Beinen ist?«, frage ich unsicher.

»Wenn nicht, stören wir eben ihren Schönheitsschlaf. Ich habe damit kein Problem. Du etwa?«

Nein, ich auch nicht.

Die Nadia legt den Finger auf die Klingel und lässt ihn dort, bis die Tür aufgerissen wird. Rot vor Zorn steht die Dame des Hauses in einem grün-goldenen *Versace*-Hosenanzug vor uns, an den Füßen goldfarbene Pumps von *Aquazzura*. Kein düsteres Schwarz, keine Asche auf dem Haupt von *Miss Meerrettich*. Zumindest kein äußeres Anzeichen von Trauer um den geliebten Mann. Die Frau ist wirklich kalt wie eine Hundeschnauze.

»Haben Sie eigentlich gar keinen Anstand? Es ist Sonntag! Was wollen Sie denn noch von mir?«, schnauzt sie so empört, als kämen wir von den Zeugen Jehovas, um ihr die fünf neuesten Ausgaben des *Wachtturms* aufzuschwatzen. Doch eine Polizeikommissarin Drissi lässt sich von ihren hochherrschaftlichen Allüren nicht beeindrucken.

»Guten Morgen, Frau Hohenstein, wir haben einige Fragen zum Aufenthalt von Finn Seiler. Dürfen wir hereinkommen?«, antwortet sie mit unbewegter Miene und hält ihr den Polizeiausweis unter die Nase. »Falls Sie damit nicht einverstanden sind, besorgen wir uns einen richterlichen Beschluss für eine Hausdurchsuchung. Dann allerdings kommen wir nicht zu zweit, sondern mit ungefähr 20 Kollegen.«

Die Königin schenkt einem derart unwichtigen Stück Papier wie einem Polizeiausweis keine Beachtung, sondern überlegt, ob sie uns das Betreten des Allerheiligsten verweigern soll, auf die Gefahr hin, dass Nadia ihre Drohung wahr macht und die Villa mit der gesamten Mannschaft durchsuchen lässt. Schließlich gibt sie uns mit würdevoller Geste zu verstehen, dass wir eintreten dürfen. Wir folgen ihr in ein Wohnzimmer von der Größe eines Tanzsaals. Eine Seite des Zimmers, hinter der vermutlich die Glasfront mit dem Zugang zum Garten liegt, ist mit silbrig glänzenden Gardinen verhängt. Mitten im Raum prunkt eine schneeweiße Wohnlandschaft aus Leder, auf der eine Fußballmannschaft bequem Platz finden würde, davor ein Tisch aus Chrom und Glas, ein erlesenes Designerstück, das sicher nicht billig war. Ein riesiger Flatscreen mitsamt Soundanlage bedeckt eine komplette Wandseite, auf der anderen Seite des Raums steht ein weißer Konzertflügel. Ein Konzertflügel?

»Ich nehme Klavierunterricht bei einer russischen Pianistin«, teilt mir die Hausherrin, die meinem Blick gefolgt ist, feierlich mit. »Klavierspielen hat so etwas Kultiviertes, finden Sie nicht?«

»Ja, unbedingt«, stimme ich ihr zu und überlege dabei, wo ich in meiner Bude wohl einen Konzertflügel unterbringen könnte. Auch ich wäre nämlich gern etwas kultivierter. Leider fehlt mir dafür in meiner bescheidenen Hütte der notwendige Platz. »Dann können Sie den alten Leuten im Seniorenheim ja den Flohwalzer vorspielen. Die freuen sich bestimmt.«

Sie starrt mich an, als hätte ich den Verstand verloren. Zum 100. Mal frage ich mich, was ein gestandenes Mannsbild wie den Emil an dieser Kunstfigur mit angeschweißten Haaren, falschen Wimpern, aufgeklebten Plastiknägeln und aufgepumptem Busen fasziniert hat. Jede Barbiepuppe hat mehr Charme und Persönlichkeit als so ein weiblicher Android.

»Bitte setzen Sie sich!«, fordert sie uns auf, und wir sinken in die weiße Ledercouch, deren Bezug sich so weich wie Samt anfühlt.

»Ich arbeite nicht mehr im Seniorenheim. Aber um das zu erfahren, stören Sie mich wahrscheinlich nicht an einem Sonntagmorgen. Also, was wollen Sie wissen?«

Mit ihren frisch gegelten Nägeln, die mit winzigen Perlen und Abziehbildern beklebt sind, zupft sie an ihrer Anzugjacke herum, die mehr kostet, als ich im Monat verdiene. Damit kenne ich mich aus, weil ich beim Frisör am liebsten in den Klatschblättern schmökere und daher alle gängigen Luxuslabels kenne. Auch ihr Schmuck ist – wie schon beim letzten Mal – vom Feinsten, *Wempe*, *Wellendorf* und *Cartier* schmücken Finger, Armgelenk und Dekolleté von Queen Meerrettich. Mich wundert, dass sie keine Tiara trägt, aber wahrscheinlich hat sie es daheim gern leger. Dass die Baiersdorfer Männerwelt bei ihrem Anblick außer Fassung gerät, kann ich sogar verstehen, weil sie so ganz anders ist als die anderen Kleinstadtprinzessinnen. Der Ludger jedenfalls würde bei ihrem Anblick Schnappatmung bekommen.

Dieses Luxusweibchen, das elegant die langen Beine übereinanderschlägt, hat nicht die geringste Ähnlichkeit mit dem Mädchen im beigefarbenen Arbeitskittel, das ich vor dem Seniorenheim getroffen habe. Auch eine trauernde Hinterbliebene stelle ich mir ein klein wenig anders vor. Ist das dieselbe Frau, die bei der Todesnachricht ihres Verlobten einen Zusammenbruch erlitten hat? Davon ist kaum eine Woche nach dem Mord nichts mehr zu merken. Im Gegenteil, sie wirkt aufgekratzt und putzmunter. Aber vielleicht trauert sie mehr nach innen.

»Es tut uns leid, Sie so früh stören zu müssen, aber die Angelegenheit eilt«, informiere ich sie, bevor die Nadia mit der Befragung beginnt. Die zieht derweil das Aufnahmegerät aus ihrer sackartigen Tasche und stellt es zwischen uns auf den Designertisch. Die intensive Befragung der Effeltricher Burschen vom gestrigen Tag erwähnen weder Nadia noch ich. Man muss ja als Ermittler nicht gleich alle Karten auf den Tisch legen. Wer weiß, ob sie überhaupt weiter mit uns reden würde, wenn sie davon wüsste.

Fiona nimmt meine Entschuldigung mit majestätischem Nicken zur Kenntnis, von Kopf bis Fuß eine amtierende Königin.

»Die Sache mit der Tonaufnahme kennen Sie ja schon. Ich muss Sie bitten, laut und deutlich zu sprechen«, instruiert die Nadia sie.

Gleichgültig zuckt die Dame des Hauses mit den Schultern und lehnt sich lässig zurück. Vor ihr steht eine halb leere Champagnerflöte. Unwillkürlich frage ich mich, was es am frühen Morgen wohl zu feiern gibt. Als sie meinen Blick bemerkt, nimmt sie das Glas, trinkt einen Schluck und informiert mich:

»Kokoswasser, Frau Emmerling. Sehr gesund und vitaminreich. Sie dachten, dass ich mir schon zum Frühstück Champagner gönne. Sie irren sich, ich trinke nie Alkohol. Das ist schlecht für die Haut und das Bindegewebe. Sie sollten es unbedingt auch einmal probieren.«

Vielleicht ist die Hohenstein schlauer, als sie aussieht.

»Finn Seiler ist ein guter Freund von Ihnen, ist das richtig?«, beginnt die Nadia die Befragung.

»Ja, das stimmt«, bestätigt Fiona.

Dann will die Kollegin wissen, wann und wo sie ihn das letzte Mal gesehen hat.

»Ich weiß nicht mehr genau. Vorgestern vielleicht. Er hat mir einen Kasten Mineralwasser vorbeigebracht, und wir haben zusammen Kaffee getrunken und ein wenig geredet, weil ich mich so einsam gefühlt habe. Er hat mich getröstet. Warum ist das wichtig?«

Ihre Verehrer verwöhnen die Trauernde mit kostenlosem Lieferservice und tröstendem Zuspruch. Das nenne ich ehrenwert.

»Er ist einer amtlichen Vorladung nicht gefolgt, darum wüssten wir gern, wo wir den Herrn Seiler finden, um uns mit ihm über den *Fasalecken*-Umzug zu unterhalten.«

»Keine Ahnung. Ich bin nur eine flüchtige Bekannte, nicht seine Nanny. Fragen Sie doch seinen Vater. Oder seinen Kumpel Paul. Die beiden hängen ständig zusammen ab.«

»Uns wurde gesagt, dass Herr Seiler sich jeden Tag in Ihrem Haus aufhält, oft auch über längere Zeit.«

Die Hohenstein blinzelt mich an wie die Kuh, wenn's blitzt. Mit einem Handgriff überprüft sie dabei, ob ihre Frisur noch perfekt sitzt, und streicht die Fältchen ihrer Hose glatt. Damit gewinnt sie Zeit zum Nachdenken.

»Das hat Ihnen mit Sicherheit die alte Klotz, dieses Tratschmaul von nebenan, gesteckt«, wettert sie plötzlich. »Glotz müsste das Weibsstück heißen, nicht Klotz, weil sie den ganzen Tag aus dem Fenster glotzt und die Nachbarn bespitzelt. Am liebsten natürlich mich, weil ich oft Besuch von Freunden und Bekannten bekomme. Das ist Stalking, sage ich Ihnen! Kann man dagegen denn nichts unternehmen?«

Ihr Gesicht ist puterrot vor Ärger über die neugierige Nachbarin.

»Ist Ihnen bekannt, wer das Vermögen von Herrn Schnappauf erbt?«, schlägt die Nadia plötzlich andere Töne an. »Sind Sie die Erbin? Oder hat er sein Vermögen den Eltern hinterlassen?«

»Ich bin nicht verpflichtet, Ihnen darüber Auskunft zu geben. Sprechen Sie mit dem Familienanwalt oder mit Emils Vater. Der kümmert sich um solche Dinge. Von mir erfahren Sie nichts mehr.« Trotzig verschränkt sie die Arme vor der Brust.

»Wie geht es Ihrer Katze?« Mit dieser Frage bringt Nadia die Hohenstein augenscheinlich aus dem Konzept. »Ich habe sie noch gar nicht gesehen. Wo ist sie denn?«

»Welcher Katze? Wollen Sie mich veralbern? Hier gibt es keine Katze, weil ich nämlich eine Katzenhaarallergie habe«, faucht die Hohenstein, nachdem sie sich gefangen hat.

»Ach, da habe ich wohl etwas verwechselt. Entschuldigen Sie, ich bin manchmal ein wenig durcheinander. Kein Wunder bei so vielen Informationen«, lächelt meine Kollegin.

»Sie wissen also nicht, wo sich Finn Seiler aufhält, richtig?«

»Nein, das weiß ich wirklich nicht, und es interessiert mich auch nicht. Fragen Sie doch einfach die Jungs vom *Burschenverein*.« Demonstrativ schaut sie auf die brillantenbesetzte *Cartier*-Uhr an ihrem Handgelenk. »Obwohl es immer wieder das größte Vergnügen ist, mit Ihnen die Zeit zu verplaudern, muss ich Sie jetzt trotzdem bitten zu gehen. Ich habe nämlich noch einen Termin und bin schon spät dran«, säuselt sie mit falschem Lächeln, steht auf und stöckelt uns voraus zur Haustür.

»Einen Termin? Am heiligen Sonntag?«, flötet die Nadia genauso scheinheilig wie die Hausherrin.

»Ja, stellen Sie sich vor! Ich bin mit Freunden zum Brunch im *Sheraton* verabredet.«

»In Nürnberg, nehme ich an?«

»Man merkt sofort, dass Sie Kommissarin sind«, kontert die Hohenstein schlagfertig. »Natürlich in der Stadt. Oder dachten Sie, im Effeltricher *Sheraton*? Und noch etwas: Das nächste Mal melden Sie sich vorher an, wenn Sie mich wieder einmal belästigen wollen.«

Damit sind wir entlassen.

»Zum Brunch nach Nürnberg? Das kann sie ihrem Frisör erzählen. Sie trifft sich mit dem Seiler, da bin ich mir 1.000-prozentig sicher. Wir fahren ihr hinterher, dann sehen wir schon, was die Dame tatsächlich vorhat.«

Wutschnaubend lässt sich Nadia auf den Beifahrersitz fallen.

»Diese Frau lügt, sobald sie den Mund aufmacht. Ich habe es satt, mich von ihr verarschen zu lassen. Wenn wir sie mit dem Seiler erwischen, können wir wenigstens einen kleinen Erfolg verbuchen.«

Oha, eine Verfolgungsjagd wie im Fernsehen, da bin ich dabei! Action pur, das wollte ich schon immer mal erleben.

»Du glaubst tatsächlich, dass sie nicht nach Nürnberg will, sondern sich irgendwo in einer einsamen Waldhütte mit dem Finn trifft?« Ich starte vorsichtshalber schon einmal den Wagen, damit wir sofort startklar sind, wenn es losgeht. »Da bin ich mir nicht so sicher. So wie die Fiona aufgerüscht ist, will sie sich in der Öffentlichkeit bewundern lassen. Das muss allerdings nicht zwingend in Nürnberg sein. Wahrscheinlich will sie uns nur auf eine falsche Fährte locken und hat ein ganz anderes Ziel.«

Es dauert eine ganze Weile, bis die Hohenstein endlich das Haus verlässt. Sie trägt tatsächlich diesen unsagbar hässlichen Pelz in schreiendem Pink. Was für ein Glück, denn damit sticht sie selbst im dichtesten Gewühl heraus wie ein pinkfarbenes Schaf unter schneeweißen Lämmern.

Vorsichtig trippelt sie zur Garage, dann röhrt ein PS-starker Motor auf. Wir zucken überrascht zusammen, als der silberfarbene Porsche an uns vorbeischießt, weil wir mit dem pinkfarbenen MINI gerechnet haben, der auch farblich viel besser zum Mantel gepasst hätte. Ich nehme die Verfolgung auf, weiß aber, dass es sinnlos ist. Genauso gut könnten wir ihr mit einem Tretroller hinterher rollern. Doch sie hält sich vorschriftsmäßig an jede Geschwindigkeitsbeschränkung, sodass ich keine Mühe habe, sie im Auge zu behalten. Erst als wir die Auffahrt des Frankenschnellwegs Richtung Nürnberg erreichen, braust der Sportwagen wie eine Rakete davon. Obwohl ich das Gaspedal bis zum Anschlag durchtrete, beschleunigt der Streifenwagen auf gerade einmal 110 Stundenkilometer, dann ist Schluss. Sekunden später ist der Porsche außer Sichtweite.

»Und was jetzt?«, erkundige ich mich bei der Kollegin, die stumm meine Bemühungen beobachtet. »Sollen wir umkehren?«

»Auf keinen Fall, wir wissen doch, wo sie anscheinend hin will. Ins *Sheraton* Hotel. Los, fahr zu!«

Als wir am Ziel ankommen, stelle ich den Streifenwagen demonstrativ vor dem Haupteingang ab. Gemeinsam schlendern wir durch die Halle, vorbei am Frontdesk zum Restaurant, das um diese Zeit gut besucht ist. Wir bleiben an der Tür stehen und scannen den Raum mit unseren Blicken. Keine Fiona weit und breit. Es bleibt uns nichts anderes übrig, als von Tisch zu Tisch zu wandern, um uns aus der Nähe zu überzeugen, dass wir sie nicht beim Müslischaufeln und Grünteeschlürfen ertappen.

»Entschuldigung, kann ich den Damen behilflich sein?«, will eine männliche Stimme hinter meinem Rücken wissen. Ich drehe mich um. Vor mir steht ein junger Mann in dunkelblauem Blazer, dessen Namensschild mir verrät, dass ich das Vergnügen mit dem Empfangschef Stäuble habe. Sein linkes Augenlid zuckt nervös.

»Verzeihung, aber Sie können hier nicht einfach so hereinspazieren und unsere Gäste kontrollieren. Das geht nicht! Bitte folgen Sie mir nach draußen.«

Wir tun ihm den Gefallen, und er führt uns zu einer Sitzgruppe in der Halle.

»Womit kann ich dienen?«, fragt er in gedämpftem Ton. »Sie müssen verstehen, dass es unsere Gäste einigermaßen beunruhigt, wenn sich die Polizei im Hause umsieht. Das wirkt äußerst unseriös.«

»Wir sind auf der Suche nach Fiona Hohenstein. Uns wurde mitgeteilt, dass sie sich in Ihrem Hotel aufhält. Wo finden wir sie?«, verlangt die Nadia zu wissen.

»Frau Hohenstein ist nicht hier«, platzt es aus dem jungen Mann heraus, bevor er sich erschrocken räuspert. »Sie haben sicher Verständnis dafür, dass ich Ihnen keine weiteren Auskünfte über unsere Gäste geben darf. Oder haben Sie einen richterlichen Beschluss dabei?«

Den letzten Satz überhört die Nadia.

»Auch nicht über Herrn Finn Seiler?«

Einige Paare schlendern gemächlich an der Sitzgruppe vorbei und werfen uns neugierige Blicke zu. Herr Stäuble beginnt zu schwitzen und fährt mit zwei Fingern zwischen Hals und Hemdkragen entlang, als ob er schlecht Luft bekäme.

»Ich muss Sie auffordern, sofort das Haus zu verlassen und erst dann wiederzukommen, wenn Sie dazu befugt sind. Und jetzt gehen Sie bitte!«

Weil wir keinen Ärger wollen, verabschieden wir uns freundlich und treten hinaus in den nebligen Spätvormittag.

»Wie geht's jetzt weiter, Nadia?«, frage ich missmutig, weil sich die Aktion als Riesenflop entpuppt. Meinen freien Sonntag hatte ich mir ein wenig erholsamer vorgestellt.

»Wir schauen in der Garage nach, ob der Porsche dort parkt.«

»Und wie willst du das anstellen? Der Aufpasser hält hinter dem Frontdesk Ausschau nach Verstößen gegen die Hausordnung, der lässt uns nicht mehr in seine heiligen Hallen«, stelle ich nach einem Blick durch die Glastür fest, weil Herr Stäuble jede unserer Bewegungen wie ein Luchs belauert.

»Ganz einfach, wir warten, bis jemand aus oder in die Garage fährt, dann schlüpfen wir hinein und überprüfen, ob Fionas Wagen dort steht. Das ist kein Problem, das schaffen wir«, davon ist die Nadia überzeugt.

Wir postieren uns so unauffällig wie möglich in der Nähe des Garagentors. Unauffällig ist allerdings schwierig, wenn man eine Polizeiuniform mit Mütze und Pistolengurt trägt. Als meine Füße kurz vor dem Stadium »Eisbein« sind, geht das Tor auf, und ein Mercedes rollt heraus. Geduckt huschen wir ins Innere, bevor sich das Tor schließt. Die Nadia nimmt die rechte, ich die linke Seite des Parkdecks. Langsam gehen wir von einem Wagen zum anderen, aber der gesuchte Porsche ist nicht darunter.

»He, Sie, was machen Sie da? Wie sind Sie hereingekommen?« Vor mir steht ein Kerl in Uniform, allerdings nicht der meiner Kollegen von der Streife, sondern der des *Sheraton* Hotels. »Sie haben hier nichts zu suchen. Verschwinden Sie, oder ich rufe die Polizei!«

»Ich bin die Polizei!« Ich zerre meinen Dienstausweis aus der Brusttasche und halte ihn so, dass er ihn lesen kann.

»Herr Stäuble hat mich gebeten, Sie hinauszubegleiten. Er hat Ihr widerrechtliches Eindringen auf dem Monitor beobachtet. Wenn Sie nicht sofort das Hotel verlassen, zeigt er Sie an wegen Hausfriedensbruch, soll ich Ihnen ausrichten.«

Er bringt uns bis zur Garageneinfahrt, öffnet eine kleine Seitenpforte und schiebt uns reichlich unsanft ins Freie. Nachdrücklich drückt er die Tür hinter uns ins Schloss.

»So, Miss Marple, und was jetzt?« Meine Geduld ist zu Ende. Detektivspielen macht nicht halb so viel Spaß, wie man es uns im Fernsehen vorgaukeln will. Ich friere bis ins Mark, und mein Magen knurrt erbärmlich. Der feinen Essensdüfte im Restaurant haben appetitanregend auf meinen bohrenden Hunger gewirkt.

»Der Porsche steht nicht dort drinnen. Frau Hohenstein hat uns wieder einmal angelogen. Wir fahren zurück nach Baiersdorf. Die ganze Aktion hat nichts gebracht. Was sollen wir noch hier?«

Ich verkneife mir nur mit Mühe ein »das hätte ich dir gleich sagen können«. Die Fiona ist nicht so blöd, der Polizei ihre Pläne auf die Nase zu binden. Die sitzt jetzt in irgendeinem Lokal und lacht sich scheckig über die Deppen in Uniform.

Kaum sitze ich hinter dem Steuer, prasselt heftiger Eisregen gegen die Windschutzscheibe. Blitzeis, das hat uns gerade noch gefehlt! Im Schneckentempo schleichen wir auf dem Frankenschnellweg zurück nach Hause. Als wir nach der Autobahnabfahrt auf die Bundesstraße einbiegen wollen, schneidet uns ein blauer Kastenwagen, und ich bin gezwungen, abrupt zu bremsen. Sofort verliere ich auf der spiegelglatten Fahrbahn die Kontrolle über das Fahrzeug. Obwohl ich versuche gegenzulenken, gerät das Auto ins Schleudern, und wir schlittern unaufhaltsam in Richtung Straßengraben, wo der Wagen in Zeitlupentempo umkippt, um auf der Beifahrerseite liegen zu bleiben. Hilflos wie zwei Crashtest-Dummies hängen wir in den Sicherheitsgurten, zumal es mir nicht gelingt, die Fahrertür aufzustoßen. Sie muss sich bei dem Aufprall verzogen haben. Darum stecken wir hier drinnen fest. Zum Glück erreiche ich über Funk die Polizeistation Forchheim und kann dort den Unfall melden.

»Aber es wird noch ein Weilchen dauern, bis der Abschleppwagen kommt, Evita, weil uns mehr als 50 Unfälle gemeldet wurden und der Abschleppdienst momentan unterwegs nach Heroldsbach ist. Also Geduld, Kollegin, ich tue mein Bestes, um euch zu helfen.«

Nach einer halben Stunde sind wir quasi auf unseren Sitzen festgefroren, weil auch die Heizung ausgefallen ist, und mein Magen knurrt so bedrohlich, als stünde ein Tigerangriff unmittelbar bevor. Rundum sind die Scheiben mit Eis bedeckt, sodass wir nicht sehen können, was draußen passiert. Kaum 90 Minuten vergehen, bevor die Fahrertür mit einem energischen Ruck aufgerissen wird. Zwei Forchheimer Kollegen bemühen sich, mich aus dem Streifenwagen zu zerren und danach die Nadia zu befreien. Mir klappern die Zähne, und ich schlottere vor Kälte von Kopf bis Fuß. Als die Nadia endlich neben mir steht, beschließen wir, uns nach Baiersdorf bringen zu lassen, wo wir uns mit heißen Getränken und Kaminofenfeuer enteisen wollen.

»Mädchen, was hast du dir nur dabei gedacht, am Sonntag mit dem Streifenwagen spazieren zu fahren?«

Neben uns hält ein Opel Crossland, und der Kuhn beugt sich aus dem Fenster. Als er uns zittern und bibbern sieht, stößt er die Türen auf und lässt uns einsteigen. Unterwegs erzählen wir ihm vom erfolglosen Einsatz in Nürnberg und dem anschließenden Unfall.

»Da muss ich den Ludger beauftragen, besser auf euch aufzupassen. Ihr Mädchen kommt mir sonst noch unter die Räder.«

Ein Mann, der selbst eine Nanny nötig hätte, als unser Aufpasser? Manchmal frage ich mich, was im Kopf meines ehemaligen Vorgesetzten eigentlich vorgeht.

»Womit fahrt ihr in den nächsten Tagen zu euren Einsätzen? Die Reparatur des Streifenwagens kann dauern – falls er überhaupt noch zu reparieren ist«, beginnt der Kuhn seine Litanei. »Ich kann euch kein Auto von unseren abtreten, weil wir selbst eines zu wenig haben. Da müsst ihr euch etwas einfallen lassen.«

Bis wir am Polizeiposten Baiersdorf ankommen, müssen wir uns noch eine ganze Reihe Ermahnungen, Warnungen und einen fetten Rüffel anhören. Dann endlich entlässt er uns, und wir beeilen uns, seinen Belehrungen zu entkommen.

Nach einer halben Stunde sitzen wir, jede in eine Wolldecke gewickelt, bei dampfenden Glühwein und einem fröhlich flackernden Feuer uns am Tisch gegenüber und starten ein Brainstorming, wie wir die verbleibenden zwei Tage nutzen können, um den Mörder zu fassen. Mir erscheint die Sache ziemlich aussichtslos, aber die Nadia weigert sich aufzugeben.

»Wer könnte wissen, wo sich der Finn versteckt?«, grübelt sie laut. »Wen könnten wir denn noch fragen? Fällt dir denn niemand ein?«

Während ich an meinem Becher nippe, denke ich scharf nach, dann fällt bei mir der Groschen.

»Diese Gina, eines der *Trachtenmädchen*, hasst die Hohenstein wie die Pest. Ich glaube, die war auf den Emil scharf, bevor die Hohenstein ihre Krallen in ihn geschlagen hat. Die sollten wir uns unbedingt einmal vorknöpfen. Falls sie etwas weiß, wird sie es uns nur allzu gern verraten.«

»Wo finden wir diese Gina?« Die Nadia richtet sich auf und hört mir aufmerksam zu.

»Der alte Schmiedinger oder sein Sohn Paul wissen es bestimmt.«

Wir schauen uns an, dann werfen wir die Decken beiseite und sind fünf Minuten später auf dem Weg nach Effeltrich.

KAPITEL 14

In Nadias Fiat machen wir uns auf den Weg ins Nachbardorf. Mehr als 30 Stundenkilometer sind auf der eisglatten Fahrbahn nicht ratsam, aber nach 20 Minuten rollen wir auf den Hof des Schmiedinger-Anwesens.

»Überlass das mir«, bitte ich die Kollegin, weil ich glaube, dass der Paul eher bereit ist, mir eine Auskunft zu geben als der Kollegin aus der Stadt.

Weil ich die Bewegung des Küchenvorhangs bemerke, weiß ich, dass meine Ankunft schon registriert wurde. Und richtig, als ich die vier Stufen zum Eingang des Wohnhauses hinaufsteige, öffnet der Paul die Tür.

»Geben Sie eigentlich nie Ruhe? Es ist Sonntag. Was wollen Sie denn diesmal?«, bellt er feindselig. Oje, diese Unterhaltung wird nicht einfach.

»Von Ihnen nichts, Paul, außer dem Familiennamen sowie der Adresse von der Gina.«

»Wozu?«

»Ich habe nur eine Frage an sie, das ist alles.«

Er überlegt, ob er mir tatsächlich helfen soll.

»Sie wollen doch auch, dass wir dem Emil seinen Mörder schnappen, oder etwa nicht?«, versuche ich, ihm die Auskunft zu entlocken.

»Dabei kann Ihnen die Gina auch nicht behilflich sein.

Die weiß nichts«, murrt er, aber nicht mehr ganz so bockig wie noch vor wenigen Sekunden.

»Doch, Paul, das kann sie, sonst würde ich jetzt nicht hier stehen, um Sie an einem Sonntag zu belästigen. Es ist wichtig, bitte glauben Sie mir!«

Wieder muss er erst ein wenig nachdenken, doch schließlich rückt er mit der Sprache heraus:

»Sie heißt Schlick und wohnt in der Neunkirchener Straße 3.«

»Danke, Paul!«, rufe ich erleichtert und schlittere zum Fiat zurück.

»In die Neunkirchener Straße 3«, instruiere ich die Nadia.

Vorsichtig lenkt sie ihren Wagen zu der angegebenen Adresse.

Wir halten vor einem liebevoll restauriertem Fachwerkhaus mit grünen Fensterläden. Weil wir beide Zivilkleidung tragen, halten wir die Polizeiausweise griffbereit, obwohl ich die Gina bei meinem Besuch in der Baumschule schon gesprochen habe und ihr mein Gesicht bekannt sein dürfte. Aber sicher ist sicher. Auch bei Familie Schlick gibt es keine Klingel, sondern einen wunderschönen schmiedeeisernen Türklopfer, den die Nadia dreimal gegen das Eichenholz schlägt.

Die Gina öffnet selbst und tritt erstaunt zwei Schritte zurück, als sie mich erkennt.

»Was wollen Sie?«, murrt sie unfreundlich anstatt eines netten »Grüß Gott«.

»Sie etwas fragen. Dürfen wir hereinkommen?«, fragt die Nadia.

»Nein, ich muss Sie nicht ins Haus lassen, hat mein Vater gesagt, und der muss es wissen, weil er Rechtspfleger ist.

Außerdem weiß ich nicht, wer den Emil ermordet hat, und habe auch nichts gesehen. Darum habe ich Ihnen nichts zu erzählen. Also, was wollen Sie von mir?«

»Sie haben noch keine Aussage gemacht. Alle anderen *Trachtenmädchen* waren gestern bei uns und haben ihre Schilderungen zu Protokoll gegeben. Sie sind einer richterlichen Anordnung nicht gefolgt. Theoretisch könnten wir Sie aus diesem Grund mit nach Erlangen nehmen, um Sie dort zu befragen. So etwas kann dauern, ziemlich lange sogar. Aber vielleicht beantworten Sie hier und jetzt unsere Frage, dann könnten wir eventuell darauf verzichten.«

Das leuchtet selbst einer Blitzbirne wie der Gina ein.

»Fragen Sie!«

»Wo könnte sich Finn Seiler aufhalten, wenn er nicht bei seinem Vater ist? Und kommen Sie mir jetzt nicht mit dem Studentenwohnheim in Erlangen. Dort waren wir schon.« Die Nadia ist kurz davor auszurasten.

Man kann förmlich hören, wie es in Ginas Kopf rattert.

»Vielleicht am Dechsendorfer Weiher«, murmelt sie so leise, dass wir es kaum verstehen.

»Am Dechsendorfer Weiher?«, schnauze ich sie an. »Zum Schwimmen oder was?«

»Nein, natürlich nicht.« Sie hampelt nervös von einem Fuß auf den anderen, bis sie sich endlich zum Reden entschließt.

»Der Emil hat dort eine Hütte. Die Jungs sind im Sommer oft zum Feiern hingefahren, ohne uns Mädchen. Männerabende, hat der Emil immer gesagt, dafür brauchen sie keine Weiber.«

»Wo genau liegt diese Hütte?« Die Nadia neben mir ist jetzt ganz aufgeregt, denn das scheint tatsächlich ein brauchbarer Hinweis zu sein.

»Was weiß denn ich. Mich hat er nie dorthin mitgenommen. Die Meerrettichkönigin weiß es sicher oder einer von den Jungs. Fragen Sie doch einen von denen, aber lassen Sie mich in Ruhe.« Nur zu gern würde sie uns die Tür vor der Nase zuknallen, aber das traut sie sich nicht. Die Drohung mit der zeitaufwendigen Befragung zeigt Wirkung.

»Sie rufen jetzt auf der Stelle den Schmiedinger Paul an und lassen sich den Weg zur Hütte beschreiben. Los jetzt, machen Sie schon!«

Die Tür bleibt offen, und sie geht ein paar Schritte in den Flur hinein, wo ein Festnetztelefon steht. Dann hören wir ihre Stimme:

»Pauli, wo genau ist dem Emil seine Hütte am Dechsendorfer Weiher?« Es ist still, weil sie der Wegbeschreibung lauscht, wie ich hoffe.

»Okay, danke. Nein, nein, alles supi. Das brauchst du nicht. Klar, Pauli, erzähl' ich dir später.«

»Die Hütte liegt ungefähr 200 Meter vom Windsurfingklub entfernt. Der Paul sagt, man kann sie gar nicht verfehlen, weil sie ein blaues Schindeldach hat«, teilt sie uns mit finsterer Miene mit. »War's das jetzt, oder wollen Sie sonst noch etwas wissen?«

Als wir verneinen, wirft sie mit einem liebenswürdigen »fuck you« die Tür zu.

»Dann wird uns wohl nichts anderes übrig bleiben, als zum Dechsendorfer Weiher zu fahren«, meint die Nadia auf dem Weg zum Fiat.

»Sollten wir nicht vielleicht besser den Ludger mitnehmen?«, wende ich zaghaft ein, die Ermahnungen von PHM Kuhn noch im Ohr.

»Traust du mir etwa nicht zu, mit diesem Spargeltarzan allein fertig zu werden?« Spöttisch zieht die Nadia die Augenbrauen nach oben. »Nein, wir fahren auf der Stelle los, und zwar ohne Ludger!« Und ohne Dienstwaffen, fällt mir auf.

Da wir nur langsam vorankommen, brauchen wir für die 15 Kilometer fast eine geschlagene Stunde. Mittlerweile ist es stockdunkel. Zum Glück sind wir, bis auf ein paar Todesmutige, mutterseelenallein auf der Straße, weil sich die Sache mit dem Blitzeis offenbar herumgesprochen hat. Wer nicht gerade eine Verhaftung vornehmen muss, bleibt an so einem ungemütlichen Winterabend daheim in der warmen Stube. Wenn ich ehrlich bin, würde ich auch lieber auf der Couch liegen und mir vor dem Fernseher den neuesten *Tatort* reinziehen, aber so erlebe ich ihn eben live und in Farbe.

»Hast du eine Taschenlampe dabei?«, fällt mir ein, als wir eine Tankstelle passieren.

»Nein, wozu?«

»Weil es dunkel ist und wir nicht wissen, ob es rund um die Hütte Licht gibt. Ich habe keine Lust, im Finsteren durch die Gegend zu tappen.«

Meine Kollegin wendet den Fiat und fährt zur Tankstelle zurück.

Ich klopfe an die Glastür, und der Kassierer schließt auf und lässt mich rein. Gemeinsam suchen wir zwei stabile Taschenlampen mit den passenden Batterien aus, die er gleich in die Lampen einlegt. In der Zwischenzeit decke ich mich mit diversen Schokoriegeln und einem matschigen Sandwich ein.

Sobald ich im Auto sitze, reiße ich die Verpackung auf und beiße hungrig in das aufgeweichte Weißbrot.

»Igitt, Evita, wie kannst du dich nur mit solchem Industriemüll vollstopfen?«, fragt meine Kollegin mit angeekeltem Seitenblick.

»Hmpf, ich habe heute noch keinen Bissen gegessen«, nuschle ich mit vollem Mund. Außerdem bin ich bekennender Junkfood-Junkie, der sich regelmäßig von Industriemüll ernährt. Aber das behalte ich besser für mich.

»Trotzdem, du solltest wirklich mehr auf deine Ernährung achten.«

Ganz ehrlich? Ernährung ist im Moment meine geringste Sorge. Ich frage mich nämlich, was uns in der Hütte am See erwartet. Finn Seiler, mit geladenen Jagdwaffen und Messern ausgerüstet? Falls er wirklich seinen Kumpel Emil angezündet hat, bereitet es ihm sicher kein Problem, einen zweiten oder dritten Mord zu begehen. Zum Glück haben wir mit den schweren Taschenlampen wenigstens Schlagwerkzeuge in Händen. Trotzdem habe ich ein echt mulmiges Gefühl im Bauch. Aber das kommt vielleicht von dem matschigen Sandwich.

Es ist gar nicht so einfach, erst den Windsurfingklub und danach die abseits gelegene Hütte zu finden. Straßenbeleuchtung ist so gut wie keine vorhanden, außer einer einzigen vor dem Büro der Windsurfer, deren orangefarbenes Licht weder hell noch weit leuchtet.

»Dort drüben ist es!«, ruft die Nadia schließlich aufgekratzt und deutet auf einen schattenhaften Umriss, zu dem ein naturbelassener Fußweg führt. Im Schritttempo rutscht der Fiat dort entlang, aber etwa 50 Meter vor der Hütte ist auch damit Schluss. Zu Fuß quälen wir uns weiter. Danke für den Tipp mit dem blauen Dach, von dem im Finstern natürlich nichts zu sehen ist. Das Grundstück ist mit Maschendraht eingezäunt und mit einer soliden Pforte gesichert. Der Türknauf lässt sich nicht drehen. Das Haus liegt inmitten völliger Dunkelheit, nur aus zwei Fenstern fällt gedämpftes Licht.

»Schau mal, jemand hat mit einem Fahrzeug hier gewendet.« Die Nadia leuchtet mit ihrer Taschenlampe die Reifenspuren aus. »Aber ich sehe nirgends einen Wagen. Du vielleicht? Wenn die Person dort drinnen mit dem Auto hergekommen ist, wo ist es dann geblieben? Hat ihn jemand zur Hütte gebracht und ist dann weggefahren?« Wir pressen die Gesichter gegen den Maschendraht.

»Komm, wir klettern über den Zaun. Mach mal eine Räuberleiter!«, befiehlt die Kollegin, und ich falte artig die Hände. Leichtfüßig setzt sie einen Fuß darauf und hangelt sich in Windeseile über das Hindernis. Mein Körper hat solche sportlichen Aktivitäten nicht im Programm, darum warte ich, bis sie von innen die Klinke herunterdrückt.

»Komisch, bei dem Radau, den wir veranstalten, hätte man uns doch längst bemerken müssen. Vielleicht lauert uns drinnen einer auf! Also Vorsicht!«, warnt mich die Nadia. In geduckter Haltung huscht sie zum Haus, richtet sich ein wenig auf und späht durchs Fenster ins Innere.

»Evita! Schnell, schau dir das an!« Sie steht am Fenster und presst ihr Gesicht dagegen. Ich stelle mich neben sie und starre ins schwach erhellte Zimmer. Auf dem Flickenteppich liegt ein regungsloser Körper. Obwohl die Nadia ans Fenster klopft und ruft, rührt er sich nicht. Entweder ist er tot oder zumindest so schwer verletzt, dass er nicht reagieren kann.

Ich laufe um die Ecke und rüttle an der Tür. Natürlich ist sie abgeschlossen. Links in einer überdachten Nische stehen Rechen, Hacken und andere Gerätschaften. Schnell schnappe ich mir eine Schneeschaufel, laufe zurück zum Fenster und schiebe die Nadia beiseite. Mit gezieltem

Schwung schlage ich das Fenster ein, dann entferne ich vorsichtig die restlichen Splitter. Die Nadia nimmt Anlauf, springt aufs Fensterbrett und ist mit einem Satz im Zimmer. Sie kniet neben dem reglosen Körper und tastet nach dem Puls.

»Er lebt, aber sein Herz schlägt nur noch ganz schwach! Ruf die Rettung, vielleicht können sie ihn wiederbeleben.«

Mit eisigen Händen fingere ich mein Mobiltelefon aus der Jackentasche und hoffe, dass der Fahrer des Rettungswagens mit meiner diffusen Ortsbeschreibung etwas anfangen kann.

»Hier ist kein Schlüssel«, höre ich die Kollegin von innen rufen. »Schau draußen nach, ob du ihn findest!« Ich taste den oberen Türrahmen ab, schaue unter die Fußmatte, aber ohne Erfolg. Erst als ich einen schweren Blumentopf mit verdorrtem Grünzeug zur Seite schiebe, kommt darunter ein Schlüssel zum Vorschein. Ich stecke ihn ins Schloss, und siehe da, er passt. Ich drehe ihn rasch um und trete in die Hütte, weil ich mir den Bewusstlosen genauer betrachten möchte. Es handelt sich tatsächlich um den Seiler Finn, der vor uns auf dem Boden liegt. Sein Atem ist kaum hörbar, aber ich kann weder äußere Verletzungen am Kopf noch am Körper feststellen, obwohl er nur mit Boxershorts und Achselhemd bekleidet ist. Nirgends ist auch nur ein Tropfen Blut zu sehen. Vielleicht eine Vergiftung? Alkohol oder eine Drogenüberdosis? Ich schnuppere, kann aber nicht den dafür typischen Geruch an ihm feststellen. Behutsam schiebe ich dem Burschen ein Kissen unter den Kopf und decke ihn mit der Wolldecke zu, die auf dem Sofa gelegen hat.

Während die Nadia dem Krankenwagen entgegenläuft, schaue ich mich in der Wohnstube um. Die einzige Lichtquelle sind ein paar fast heruntergebrannte Kerzen, die jemand mit flüssigem Wachs auf dem Tisch festgeklebt hat. Rasch lösche ich sie und schalte das Deckenlicht ein. In Kürze wären sie heruntergebrannt und der Holztisch hätte Feuer gefangen. Dann wäre der Finn genauso verbrannt wie sein Kumpel Emil. Zufall oder Absicht, frage ich mich?

Dann beuge ich mich über das Glas, das neben den Kerzenstummeln steht, um am restlichen Inhalt zu schnuppern. Whisky, dem Geruch nach. Ich richte mich auf und schaue mich um.

Das Häuschen ist in schickem Landhausstil eingerichtet, eine Ferienhütte für erholsame Wochenenden am See. Alles ist vorhanden, von der Mikrowelle über eine Soundanlage bis hin zum Flatscreen. Ich nehme an, dass ein Stromaggregat den nötigen Saft liefert. Hier wurde an nichts gespart. Ich ziehe mir den Ärmel über die Hand, damit ich keine Spuren hinterlasse, und inspiziere den Inhalt des mannshohen Kühlschranks. Smoothies, verschiedene Biersorten, Schampus, Gin, Wodka, Whisky, Soda, Lachs, Hummerkrabben, Forellenfilets, Gänseleberpastete, französischer Käse. Jemand hat sich für ein Luxuswochenende in die Hütte zurückgezogen, mit allem, was das Leben angenehm macht. Am liebsten wurde ich von all den Köstlichkeiten ein wenig naschen, darum ist es besser, wenn ich mich weiter umschaue, bevor ich schwach werde und mir ein Gläschen Champagner gönne.

Ein Kachelofen bullert gemütlich und verströmt trotz des kaputten Fensters wohlige Wärme, auf der Kaminbank steht eine offene Reisetasche. Um nichts falsch zu machen und mir einen Rüffel der Kriminaltechniker einzufangen, verkneife ich mir, sie zu durchsuchen. Zwischen Wohnraum und Schlafzimmer liegt das Bad mit einem Whirlpool und einer Regenwalddusche. Daneben hängen und liegen neckische Dessous der teuersten Marken, die wahrscheinlich der Meerrettichqueen gehören, der winzigen Größe nach zu urteilen. Unzählige Parfümfläschchen und Kosmetika stehen auf jeder freien Fläche. In dieser Luxuseinöde hält man es problemlos aus, wenn man für einige Tage abtauchen will. Im Winter, wenn niemand ans Schwimmen oder Sonnenbaden denkt, ist man hier vollkommen ungestört. Nicht nur ein ideales Liebesnest, sondern auch das perfekte Versteck.

Das breite Bett im Schlafzimmer ist zerwühlt, ein Spitzen-BH und der passende Tanga-Slip liegen auf dem Seidenlaken. Da frage ich mich, wer hier mit wem ein Schäferstündchen verbracht hat. Vielleicht die Hohenstein mit ihrem Verlobten? Oder gab es daneben noch andere Männer, die ihre körperlichen Vorzüge genießen durften? Zu dumm, dass der Seiler meine Fragen nicht beantworten kann, denn mir fallen spontan so einige ein, zum Beispiel, ob er es war, mit dem die Fiona die Laken zerwühlt hat.

Stimmen und Schritte auf den knirschenden Eisplatten stören meine Fantasien rund um das Hohensteinsche Liebesleben.

»Ach, die Frau Emmerling, das hätte ich mir eigentlich denken können.« Es ist die freundliche Notärztin, mit der ich beinahe täglich in dieser Woche das Vergnügen hatte.

»Tut mir leid, dass wir Sie bei diesem Wetter auf die Straße jagen«, entschuldige ich mich.

»Augen auf bei der Berufswahl! Solche Einsätze bringt der Job eben mit sich. Wenn ich lieber im warmen Büro arbeiten würde, wäre ich nicht Notärztin geworden«, lächelt sie, bevor sie sich über den Seiler beugt, um ihn zu untersuchen. Sie leuchtet ihm in die Augen und überprüft den Puls. Stumm stehen wir daneben und warten auf ihre Diagnose. Als sie den Kopf hebt, horchen wir gespannt auf:

»Ich tippe auf eine Vergiftung, aber was es genau war, kann ich Ihnen auf die Schnelle nicht sagen, das muss die Untersuchung im Krankenhaus ergeben.«

»Wie immer ins Forchheimer Klinikum?«, fragt die Nadia, die neben dem Eingang lehnt.

»Ja, genau«, antwortet sie knapp. »Fragen Sie am späten Nachmittag nach dem Ergebnis, vorher werden Sie keine Auskunft erhalten.« Sie dreht sich zu den Rettungssanitätern um und lässt sich die Sauerstoffmaske geben, die sie dem Finn aufs Gesicht legt. »Packt den armen Kerl warm ein, damit er sich nicht auch noch eine Lungenentzündung einfängt.«

Dann liegt der Finn unter einer Goldfolie auf der Trage und wird zum Krankenwagen geschafft. Wir verabschieden uns von der Frau, die uns auf einen Kaffee und ein Gespräch in der Krankenhauskantine einlädt.

Uns bleibt jetzt nur noch, auf die Kriminaltechniker aus Erlangen zu warten, die das Häuschen professionell durchsuchen und die Spuren sichern sollen. Das kann wegen der winterlichen Straßenverhältnisse eine Zeit lang dauern, aber egal, die halbe Nacht ist schon vorbei, und erholsamer Schlaf wird – nach Meinung von Kollegin Drissi – sowieso überbewertet. Während ich es mir auf dem Sofa bequem mache, schließt die Nadia den Holzladen vor dem zerschlagenen Fenster, dann streift sie unruhig durch den Wohnraum und begutachtet jeden einzelnen Gegenstand, die Hände auf dem Rücken verschränkt. Als sie vor dem Kachelofen anhält, um die Kleidungsstücke zu

mustern, die auf der Kaminbank liegen, ertönt ein schar-
fer Knall, und Glasscherben fliegen uns um die Ohren.
Einen Moment sind wir starr vor Schreck, dann schreie ich:

»Runter, runter, da schießt einer auf uns!«

KAPITEL 15

»Bleib ruhig liegen, ich schalte das Licht aus!«

Die Kollegin hat sich als Erste von dem Schock erholt.

Sie robbt zum Lichtschalter, streckt den Arm nach oben und knipst die Deckenbeleuchtung aus. Reglos verharren wir im Dunkeln auf dem Flickenteppich und horchen durch das zerschossene Fenster auf Geräusche von draußen. Der Schütze hat das zweite, noch intakte Fenster getroffen, die Scherben liegen im Zimmer verstreut. Von außerhalb der Hütte ist kein Laut zu hören, nur im Kachelofen hinter uns knistert das Feuer. Die Nadia kriecht ans zerschossene Fenster, zieht sich am Sims hoch und späht in die Finsternis. Zweige knacken, und ungesehen huscht jemand über den knirschenden Harsch durch das Dickicht. Die Nadia will auf Knien Richtung Tür kriechen, doch ich halte sie am Ärmel zurück.

»Bist du verrückt?«, zische ich. »Wer immer das da draußen ist, er hat ein Gewehr oder eine Pistole, und du bist unbewaffnet. Willst du dich umbringen lassen?«

»Nein, ich will nur prüfen, ob ich vorhin zugesperrt habe.«

Sie robbt hinüber und drückt vorsichtig die Klinke nach unten. Tatsächlich, aus Gewohnheit hat sie den Schlüssel, der im Schloss steckt, umgedreht und so die Tür hinter den Sanitätern abgeschlossen.

»Was sollen wir jetzt machen?«, wispert sie, als sie zurückkommt.

»Warten, bis die Erlanger Kollegen eintreffen. Solange verkriechen wir uns und hoffen, dass er nicht ins Haus eindringt.«

Vorsichtshalber gehen wir hinter der Couch in Deckung, falls dem Schützen noch einmal einfallen sollte, auf uns zu zielen.

»Was glaubst du, wer uns abknallen will, Nadia?«

»Sicher nicht der Finn. Der scheidet als Täter diesmal definitiv aus«, raunt sie mir ins Ohr. Bloß kein unnötiges Geräusch, falls der Killer ums Haus schleicht und uns belauert.

»Außer der Gina Schlick und dem Paul Schmiedinger wusste niemand, wo wir hinwollten«, überlege ich.

»Aber sie könnten es ihren Freunden erzählt haben«, widerspricht die Nadia.

Der Gedankenaustausch findet im kaum hörbaren Flüsterton statt. Wir können nur hoffen, dass die Spurensicherer sich beeilen und eintreffen, bevor der Unbekannte uns findet.

Wieder spitzen wir die Ohren, aber es ist nichts mehr zu hören. Langsam zieht Eiseskälte durch das kaputte Fenster ins Haus, und noch immer ist keine Verstärkung aus Erlangen in Sicht. Da vernehmen wir ein Kratzen und Scharren. Jemand versucht, die Tür zu öffnen. Wir kauern uns noch enger zusammen. Nadia greift nach meiner Hand und hält sie fest. Ihre ist schweißnass, genau wie meine. Wenn es dem Schützen gelingt, in die Hütte einzudringen, dann war's das für uns beide.

In diesem Augenblick hören wir in der Ferne ein Martinshorn heulen. Erleichtert atmen wir auf, als sich Schritte eilig vom Haus entfernen. Doch wir bleiben in unserem Versteck hocken, bis eine Stimme ertönt:

»Hallo, ist jemand zu Hause? Hier ist die Polizei! Bitte öffnen Sie und kommen Sie mit erhobenen Händen heraus!« Die Nadia springt auf, und ich höre, wie der Schlüssel im Schloss umgedreht wird, während ich mich mit schmerzenden Gelenken aufrichte. Noch nie habe ich mich über den Anblick von Kollegen so sehr gefreut wie in diesem Moment. Jeden einzelnen der Ankömmlinge begrüße ich mit freundschaftlichem Handschlag.

Aber wenn ich mir jetzt einbilde, dass die Nacht mit unserer Rettung zu Ende ist, dann täusche ich mich, denn die Frau Kommissarin organisiert bereits ein Team uniformierter Kollegen für eine Festnahme inklusive Hausdurchsuchung in der Baumschule Schmiedinger.

»Komm schon, Evita, damit uns der Kerl nicht durch die Lappen geht. Ich will ihn schnappen, bevor er abhauen kann«, spornt sie mich an, als ich gerade meine tauben Beine mit leichten Kniebeugen zum Leben erwecke. Sie packt mich am Jackenärmel und zieht mich hinter sich her ins Freie. Dort stehen drei Streifenwagen und das Fahrzeug der KTU.

»Kannst du mir verraten, was du jetzt vorhast?«, frage ich sie, sobald wir in ihrem Fiat sitzen.

»Eine Festnahme – und die Sicherstellung der Tatwaffe!«, raunt sie mir zu.

»Wen willst du denn mitten in der Nacht verhaften?« Ich bin zu müde zum Nachdenken.

»Mein Bauch sagt mir, dass der Paul Schmiedinger den Emil ermordet und auch auf uns geschossen hat.«

»Mein Bauch sagt mir, dass ich tierischen Hunger habe und todmüde bin«, knurre ich, aber die Nadia antwortet nicht. Ich spüre förmlich, wie ihr Körper neben mir vor Jagdeifer vibriert. Obwohl ich nicht an die Schuld vom Schmiedinger glaube, kann ich seine Festnahme nicht verhindern.

Weit nach Mitternacht rollen Nadias Wagen in Begleitung eines Polizeifahrzeugs mit ausgeschaltetem Motor und ohne Licht auf das Grundstück der Baumschule. Dort warten schon zwei weitere Streifenwagen. Organisieren kann sie, die Kollegin, das muss man ihr lassen. Voller Elan springt sie hinaus, geht zu dem VW Golf, der neben der Treppe parkt, und legt beide Hände auf die Kühlerhaube. Sie nickt zufrieden, und ich gehe davon aus, dass der Motor noch warm ist, weil das Auto vor Kurzem gefahren wurde. Irre ich mich, und es war doch der Paul?

Als Nächstes bespricht Kommissarin Drissi mit den Uniformierten die Vorgehensweise. Ich bin nur noch schmückendes Beiwerk ohne Mitspracherecht und beobachte, wie sich zwei Beamte mit gezogener Waffe rechts und links der Haustür postieren, während die Nadia die Familie aus dem Schlaf klingelt. Es dauert eine Weile, bis im oberen Stockwerk das Licht angeht. Nach einiger Zeit wird die Tür geöffnet, und sofort dringen bewaffnete Polizisten ins Haus ein. Während es drinnen scheppert und rumort, lehne ich erschöpft den Kopf zurück, schließe die Augen und döse vor mich hin. Wach werde ich, weil jemand die Autotür aufreißt und ich um ein Haar im Halbschlaf von der Rückbank ins Freie falle. Triumphierend beugt sich die Nadia zu mir ins Wageninnere:

»Wir haben ihn, Evita, der Fall ist gelöst. Schau nur!«

Ich reibe mir schlaftrunken die Augen. Ein Polizist trägt drei Gewehre an uns vorbei und verstaut sie im Kofferraum seines Fahrzeugs, dann wird der Paul in Handschellen zu einem der Dienstwagen geführt und auf den Rücksitz bugsiert.

»Was ist denn los? Wieso ist der Fall gelöst?«, will ich wissen.

»Aus einem der Gewehre wurde vor Kurzem geschossen. Es war der junge Schmiedinger, der uns töten wollte, das steht für mich felsenfest. Mit Sicherheit hat er auch den Schnappauf angezündet. Der Typ ist scharf auf die Meerrettichkönigin. Noch leugnet er zwar, aber dieses Würstchen koche ich weich, das verspreche ich dir.«

»Du kochst ihn weich? Jetzt noch? Wo denn?«, erkundige ich mich, weil mir alles ein wenig zu schnell geht.

»In Erlangen natürlich. Keine Sorge, das erledige ich allein. Dich liefern die Kollegen unterdessen zu Hause ab. Sobald der Täter sein Geständnis unterschrieben hat, melde ich mich. Mein erster eigener Fall ist gelöst!«, ruft sie triumphierend und lacht. »Bis morgen, Evita, schlaf gut.«

Damit dreht sie sich um und hastet zu ihrem Fiat. Eines nach dem anderen verlassen die Autos den Hof, als Letztes das, das mich zum Baiersdorfer Polizeiposten bringen soll.

Völlig erledigt steige ich die Treppe zu meiner Wohnung hinauf und muss mich dabei am Handlauf festhalten. Das anstrengende Wochenende zeigt Wirkung, noch nie habe ich mich derart zerschlagen gefühlt. Aber falls die Nadia recht behalten sollte, dann ist der Mord am Schnappauf Emil aufgeklärt und der Mörder in Gewahrsam. Das ist ein großartiger Erfolg für eine blutige Anfängerin, der man zwei unbedarfte Dorfsheriffs zur Seite gestellt hat. Warum also kann ich mich nicht darüber freuen? Vielleicht liegt es daran, dass ich nicht an Pauls Schuld glaube. Ich kenne den Burschen zwar nicht sehr gut, aber schon recht lange. Bisher war er noch in keiner Weise verhaltensauffällig, sondern immer liebenswürdig, hilfsbereit und geduldig. Und jetzt wird er beschuldigt, einen Freund und Vereinskameraden ermordet zu haben. Aber über solche Unvereinbarkeiten denke ich morgen nach, weil ich kaum noch in der Lage bin, Schuhe und Jacke abzustreifen, bevor ich auf das Sofa falle und eingeschlafen bin, bevor mein Kopf auf das Kissen fällt.

KAPITEL 16

Montag, 27. Februar

Am nächsten Morgen weckt mich ein schüchterner Sonnenstrahl, der auf meinem Gesicht tanzt und an meiner Nase hängen bleibt. Sonnenschein, das hatten wir seit länger als einer Woche nicht mehr, deshalb werte ich es als positives Zeichen für den Start in die neue Woche.

Sobald ich geduscht und angezogen bin, gehe ich hinunter ins Büro. Da es erst kurz nach 7 Uhr ist, nehme ich mir Zeit, die Leselampen einzuschalten, die Heizung hochzudrehen und den Kaffeeautomaten anzuwerfen. Auf die Nadia warten wir heute wohl vergebens, weil die in Erlangen den Mordfall Schnappauf abschließt und ihren Erfolg dem Staatsanwalt präsentiert.

Nachdem ich mir einen großen Kaffee mit Milch eingeschenkt habe, setze ich mich an meinen Schreibtisch und überlege. Nach wie vor bin ich davon überzeugt, dass der Paul diese schreckliche Tat nicht begangen hat. Ein Mann, der Pflanzen, Blumen und Tiere liebt! Nein, das kann nur ein Irrtum sein, weil ich sonst sowohl an meiner Menschenkenntnis als auch an meinem Bauchgefühl zweifeln müsste.

Während ich die Geschehnisse der beiden letzten Tage Revue passieren lasse, trifft der Ludger mit einem prall gefüllten Rucksack ein.

»Servus!«, grüßt er, lässt sich auf seinen Drehstuhl fallen und schaut sich um. »Wo ist denn deine neue beste Freundin?«

»Wenn du damit die Nadia meinst, die ist vermutlich in einem Verhörraum in Erlangen und befragt einen Verdächtigen, den wir gestern Abend festgenommen haben.«

»Wir« klingt in diesem Fall vielleicht ein wenig übertrieben, weil ich ja nur untätig danebengestanden habe, aber das muss ich dem Kollegen nicht sofort auf die Nase binden.

»Echt jetzt, ihr habt einen Verdächtigen geschnappt? Wen denn?« Der Ludger scheint den Inhalt des Rucksacks völlig vergessen zu haben, weil er keine Anstalten macht, die mitgebrachten Leckereien auszupacken. Stattdessen beugt er sich neugierig zu mir herüber. »Jetzt erzähl halt!«

»Den Paul Schmiedinger!«, gebe ich verlegen preis.

Daraufhin kehrt unheilvolle Stille ein, bevor mich der Ludger anschreit:

»Den Paul? Du spinnst doch, Evita!« Er wird erst blass, aber dann zieht eine bedrohliche Zornesröte aus dem Hemdkragen über den Hals bis in seine Wangen. »Der Paul kann keiner Fliege etwas zuleide tun. Und der soll seinen Freund Emil hinterrücks umgebracht haben? Nie und nimmer hat er etwas mit dem Mord zu tun! Diesen Schwachsinn hat dir die Drissi eingeredet, stimmt's?«

Mir geht es ja genauso wie dem Ludger, auch ich kann nicht an die Schuld vom Schmiedinger glauben. Nachdem ich ihm das gestanden habe, starrt er mich bitterböse an.

»Und warum hast du dann seine Verhaftung nicht verhindert, wenn du denkst, dass der arme Kerl unschuldig ist? Machst du in Zukunft alles, was dir die Domina aus Erlangen anschafft? Bisher hast du dich immer auf deine

Menschenkenntnis verlassen und damit immer richtiggelegen. Wach auf, Evita, weil ich dir sage, dass der Paul ganz sicher nicht unser Täter ist.«

»Das ist auch meine Meinung, aber die Kollegen haben ihn sozusagen mit rauchendem Colt erwischt.« Dann berichte ich von den Schüssen auf Nadia und mich. »Als wir ankamen, war der Motor seines Autos noch warm, und aus einem der Gewehre, die die Kollegen im Haus gefunden haben, war kurz zuvor geschossen worden. Das sind ziemlich eindeutige Beweise.«

»Indizien, Frau Kollegin, keine Beweise. Woher weißt du, dass der Paul der Schütze war? Sein Vater hat einen Jagdschein und geht am Wochenende gerne auf die Jagd. Vielleicht hat er das Gewehr benützt. Woher will die Drissi wissen, dass der Paul mit seinem Golf am Weiher gewesen ist? Ebenso gut kann ihn sein Vater gefahren haben, weil der VW im Revier geländegängiger ist als sein alter Benz, und der Lada-Jeep mit Motorschaden in der Reparaturwerkstatt steht. Ach ja, bevor ich es vergesse, die Überlinger Kollegen haben uns die Aussage vom Straßer Nico gemailt.«

»Ja und? Was steht drin?«, frage ich genervt.

»Dass der Lenny an besagtem Sonntag sehr wohl einen schwarzen Hoodie getragen hat. Der mit der braunen Lederjacke war angeblich der Nico selbst. So wurde es jedenfalls protokolliert.«

Ich habe mich also nicht getäuscht. Vater Thümmler hat in einem der Kapuzenträger seinen Filius erkannt.

»Wenn eine der Hoodie-Gestalten der Lenny war, wer war dann der andere?«, überlege ich laut.

Der Ludger holt die Fotos hervor und betrachtet eines nach dem andcren.

»Der Thümmler hat so nahe bei der anderen Kapuze gestanden, dass er den Kerl auf jeden Fall erkannt haben muss.«

Wir schauen uns an.

»Was hältst du davon, Ludger, dem Lenny einen Besuch abzustatten? Ruf an und erkundige dich, ob er immer noch im Klinikum behandelt wird«, fordere ich meinen Lieblingskollegen auf, der heute Morgen offensichtlich nicht daran denkt, sein Frühstück mit mir zu teilen.

Da die Dame am anderen Ende der Leitung Auskünfte, egal welcher Art, verweigert, machen wir uns in Ludgers Privatwagen selbst auf den Weg ins Klinikum Forchheim. Dort erfahren wir, dass der Patient Thümmler auf die Intensivstation verlegt wurde. Das sind keine guten Nachrichten. Wir setzen uns in den Wartebereich und drehen Däumchen, bis der behandelnde Arzt eine Minute Zeit für uns findet. Auf Anfrage weisen wir uns aus und berichten, dass wir die Beamten sind, die den Krankenwagen für den Lenny gerufen haben. Trotzdem ist er nicht bereit, uns mehr zu sagen als:

»Wir mussten den Patienten in ein künstliches Koma legen. An eine Befragung ist in den nächsten Tagen überhaupt nicht zu denken. Bitte vergessen Sie nicht, für weitere Auskünfte einen richterlichen Beschluss mitzubringen. Jetzt entschuldigen Sie mich, ich habe zu tun.«

Damit sind wir entlassen.

Als wir die Klinik verlassen wollen, treffen wir im Foyer mit der freundlichen Notärztin zusammen. Sie erinnert sich, uns zum Kaffee eingeladen zu haben, und wir folgen ihr in die Cafeteria. Auf dem Schild an ihrem Arztkittel steht »Dr. Ulrike Kanz«. Gut, dass ich sie jetzt mit Namen ansprechen kann.

»Frau Doktor Kanz, wir wissen, dass Sie an die ärztliche Schweigepflicht gebunden sind. Könnten Sie uns trotzdem etwas über Lennart Thümmler erzählen? Der behandelnde Arzt verweigert jegliche Auskunft.«

»Ich verrate kein Geheimnis, wenn ich Ihnen erzähle, dass der Junge eine Alkoholvergiftung in Verbindung mit einer Drogenüberdosis hatte. Sein Kreislauf ist kollabiert, und die Atmung hat ausgesetzt. Sie waren ja selbst dabei, als es passierte. Meine Kollegen hatten alle Mühe, ihn am Leben zu halten.«

»Das hat uns bereits seine Mutter erzählt«, wispere ich, da um uns herum alle Tische besetzt sind und neugierige Augenpaare uns von oben bis unten taxieren. Die Leute fragen sich natürlich, was die Polizei im Klinikum zu schaffen hat.

»Sein Rücken und Oberkörper sind mit Hämatomen übersät. Wir haben Spuren von Tritten sowie alte, schlecht verheilte Knochenbrüche festgestellt. Lenny war über längere Zeit schweren Misshandlungen ausgesetzt. Diese Information haben Sie aber nicht von mir, verstanden? Ich komme sonst in Teufels Küche.«

»Wann denken Sie, wird er ansprechbar sein?.«

Doktor Kanz zuckt mit den Schultern.

»Wir können froh sein, wenn er ohne bleibende Schäden aufwacht. Ich kann Ihnen nicht sagen, ob und wann Sie mit Lenny sprechen können. Sie müssen sich gedulden, so wie wir alle.«

Mit derart schlechten Neuigkeiten haben wir nicht gerechnet.

Der Lenny ist zwar der ewige Unruhestifter, aber ein solches Schicksal wünscht man niemandem. Auf jeden Fall müssen wir erst einmal dafür sorgen, dass sein Vater für die Misshandlungen, die er seinem Sohn zugefügt hat, zur Rechenschaft gezogen wird.

»Wir haben ja noch einen anderen Verdächtigen hier im Haus, Doktor Kanz. Wie geht es dem Finn Seiler, der heute Nacht eingeliefert wurde?«

Im Augenblick wirkt es so, als würde es dem Polizeiposten Baiersdorf keinerlei Schwierigkeiten bereiten, die Krankenhausbetten mit Patienten zu belegen.

Sie öffnet den Mund, um über den Seiler zu berichten, als ihr Pager zu piepen beginnt. Die Ärztin wirft nur einen kurzen Blick darauf und ist bereits auf dem Sprung.

»Entschuldigen Sie, aber ich muss los.«

»Schon gut, ich zahle Ihren Kaffee und das Mineralwasser«, rufe ich ihr nach.

Im Gehen dreht sie sich um und hebt grüßend die Hand.

»Du, Ludger, wenn wir schon einmal hier sind, sollten wir auch den Seiler besuchen, oder was meinst du?«

An der Anmeldung erkundigen wir uns nach der Zimmernummer des Patienten Seiler. Zu unserer Überraschung liegt auch er auf der Intensivstation. Der diensthabende Arzt ist sichtlich genervt, als wir schon wieder bei ihm auftauchen, um Fragen über Herrn Seiler zu stellen.

»Habe ich Ihnen nicht erst vor einer halben Stunde erklärt, dass ich Sie weder zu meinen Patienten vorlasse noch irgendwelche Auskunft über deren Krankengeschichten erteile? Die ärztliche Schweigepflicht, Sie verstehen? Oder können Sie mir jetzt einen richterlichen Beschluss zeigen? Nein? Dann muss ich Sie auffordern zu gehen, damit ich meine Arbeit verrichten kann. Auf Wiedersehen!« Er dreht sich um und lässt uns stehen.

»Und was jetzt?«, erkundige ich mich verärgert, weil wir überall auf Schweigen stoßen.

Aber der Ludger hat eine Idee.

»Heute ist doch die Testamentseröffnung. Wen könnten wir denn fragen, wem Emil sein Vermögen vermacht hat?«

Auf dem Rückweg zum Polizeiposten denken wir darüber nach.

»Vielleicht Emils Mutter«, überlegt der Ludger laut, als er seinen Hyundai auf dem Parkplatz vor dem Haus abstellt. »Wir könnten heute Nachmittag in die Brauerei fahren und uns nach der Erbschaft erkundigen.«

Das sollten wir unbedingt machen, aber zuerst muss ich zur Bank, weil ich gerade noch fünf Euro im Portemonnaie habe. Bei dieser Gelegenheit kann ich auch gleich im Supermarkt vorbeischauen, denn in meinem Kühlschrank herrscht gähnende Leere. Mein Kollege steigt aus, und ich wechsle zur Fahrerseite hinüber.

Wie immer am Montagmorgen herrscht in der Bank geschäftiges Treiben. Ich halte Ausschau nach Ingrid Reindl, meiner Schulfreundin aus Kindertagen, die die Bankfiliale Baiersdorf leitet. Sie ist gerade am Tresen im Kundengespräch. Doch sobald sie mich sieht, winkt sie mir zu und gibt Zeichen, in ihr Büro zu gehen. Die Tür steht offen, deshalb trete ich ein und nehme auf dem Sessel vor dem Schreibtisch Platz. Es dauert eine Weile, bis sie hereinkommt und die Tür hinter sich schließt.

»Hallo, Evita!« Bussi Bussi rechts und links, dann bietet sie mir ein Heißgetränk oder wahlweise ein Mineralwasser an. Da mein Kaffeepensum für heute längst erfüllt ist, lehne ich dankend ab und erkundige mich stattdessen nach ihrem Ehemann und den Kindern. Sie will wissen, ob der *Fasalecken*-Mord aufgeklärt ist, und zieht einen beleidigten Flunsch, weil ich darüber nicht sprechen will.

»Wenn du dein Wissen derart unter Verschluss hältst,

sollte ich dir auch nichts über die Hohenstein Fiona erzählen«, schmollt sie, während sie nervös mit ihrem Füllfederhalter herumspielt.

Sie weiß etwas über die Meerrettichkönigin? Das ist interessant!

Ich beuge mich über den Schreibtisch, greife nach ihrer Hand und halte sie fest.

»Ingrid, wenn du irgendetwas erzählen kannst, was uns bei den Ermittlungen weiterhilft, dann sag es«, bitte ich sie, doch sie zögert.

»Eigentlich fällt es unter das Bankgeheimnis, und ich darf mit niemandem, auch nicht mit dir, Evita, darüber reden. Aber unter diesen Umständen … ich weiß nicht so recht.«

»Bitte, Ingrid, von mir wird bestimmt niemand erfahren, wer mir diese Information zugespielt hat.«

»Du hast gut reden. Jeder weiß doch, dass wir befreundet sind. Der Verdacht wird als Erstes auf mich fallen, und ich werde deshalb den größten Ärger bekommen.«

Ich lehne mich zurück und warte. Entweder spuckt Ingrid ihre ach so geheime Info aus oder ich gehe. Immerhin wartet noch jede Menge Arbeit auf mich.

»Also gut«, lenkt meine Freundin endlich ein. »In Baiersdorf wissen alle, wie sehr der Schnappauf seine Braut verwöhnt hat. Ihr hat es an nichts gefehlt. Seine Verschwendungssucht ist seit Langem das Thema Nummer eins im Städtchen.« Sie bricht ab und überlegt.

»Was willst du damit sagen, Ingrid? Jetzt hör auf, verschämt herumzudrucksen und rede endlich Klartext!«

»Aber nur, weil du meine beste Freundin bist, Evita. Eine Woche vor dem *Fasalecken*-Umzug war die Hohenstein bei mir, weil sie einen Kredit aufnehmen wollte.«

Ich horche auf.

»Wie bitte? Einen Kredit? Wozu das denn? Sie hatte doch alles, was sie wollte, ihr Verlobter hat ihr jeden Wunsch erfüllt. Wofür dann ein Kredit? Hast du sie nicht gefragt?«

»Genau das habe ich getan, aber sie hat nur ziemlich frech geantwortet, ich solle mich um meine eigenen Angelegenheiten kümmern, weil es mich nichts anginge, wofür sie das Geld verwendet, solange sie die Raten pünktlich zurückzahlt. Sie hat mir sogar gedroht, ihre Konten bei uns zu kündigen und die Bank zu wechseln, wenn ich ihr den Kredit verweigere. Eine sehr unangenehme Person, diese Hohenstein. Zum Glück haben wir nicht viele solcher Kunden, weil ich sonst verzweifeln würde.«

»Wie ist sie denn sonst so als Bankkundin, die Fiona Hohenstein?«, frage ich.

»Arrogant, rechthaberisch, beratungsresistent. Ganz die große Dame, die Frau Meerrettichkönigin. Meine Mitarbeiter nehmen Reißaus, sobald sie an den Schalter tritt. Keiner will sie bedienen, dieses Vergnügen bleibt immer mir überlassen.«

»So ähnlich habe ich sie auch in Erinnerung. Regelrecht feindselig«, gebe ich zu.

»Jeder hat sich gefragt, warum ein liebenswerter Kerl wie der Emil Schnappauf an diesem narzisstischen Luder hängen geblieben ist.« Die Ingrid ist jetzt mächtig in Fahrt, ihre Empörung über Fionas Verhalten sprudelt nur so aus ihr heraus. »Wenn du mich fragst, war ihr der Emil völlig gleichgültig. Sie war nur hinter seinem Geld her, alles andere hat sie nicht interessiert. Ihr zuliebe wurde dieser Palast in Effeltrich gebaut, weil sie mit einem Anbau an seinem Elternhaus nicht zufrieden war. Das hat ihr

Verlobter mir selbst erzählt, als wir wegen der Finanzierung gesprochen haben. Was Fiona sich wünscht, das soll sie auch bekommen, egal, zu welchem Preis, war seine Devise.«

»Dieser Satz kommt mir irgendwie bekannt vor.« Fassungslos über so viel verliebte Blindheit schüttle ich den Kopf. »Wie hoch ist denn besagter Kredit?«

Meine Freundin atmet tief ein, bevor sie antwortet:

»25.000 Euro!«

Überrascht stoße ich einen Pfiff aus.

»25.000? Nicht schlecht, dafür muss eine einfache Altenpflegerin viele runzelige Hintern abwischen. Da stellt sich tatsächlich die Frage, wofür sie eine solche Summe braucht, und aus welchem Grund sie nicht ihren zukünftigen Ehemann darum gebeten hat, wenn der so spendabel war.«

»Dasselbe habe ich mich auch gefragt. Der Mann baut ihr eine Villa, kauft ihr ein Auto, überhäuft sie mit Schmuck und bucht einen teuren Luxusurlaub. Dagegen wären 25.000 Euro geradezu Peanuts gewesen.«

Unsere ratlosen Blicke kreuzen sich.

»Woran denkst du?«, will ich von meiner Jugendfreundin wissen.

»Und du?«, erwidert sie.

»Ich habe zuerst gefragt, Ingrid.«

Sie zögert kurz, bevor sie zugibt:

»An Erpressung. Das war mein allererster Gedanke. Aber dafür erscheint mir die Summe viel zu niedrig. Welcher Erpresser würde sich damit zufriedengeben?.«

Das Gleiche denke ich auch. Und trotzdem lohnt es sich, diesen Ansatz weiter zu verfolgen.

»Vielen Dank für den Hinweis, Ingrid. Wir werden sehen, ob er uns nützt.«

Sie steht auf und begleitet mich zur Tür. Wir umarmen uns mit vertrauter Herzlichkeit.

»Wenn euer Fall abgeschlossen ist, kommst du wieder einmal zu uns zum Essen. Stell dir vor, Marco besucht Kochkurse in der Volkshochschule und ist seit Neuestem ganz versessen darauf, uns mit italienischen und asiatischen Leckerbissen zu verwöhnen.«

Wir lachen beide, denn bisher war Ingrids Mann mehr an Squash und Golf interessiert als an Küchenarbeit.

»Danke für die Einladung. Ich komme gerne, aber du musst mir versprechen, dass du an diesem Abend den Kochlöffel schwingst. Mein Vertrauen in Marcos Kochkünste ist eher minimal.«

Wir verabschieden uns, und ich gehe zum Auto zurück, den Kopf voll mit wilden Spekulationen. Bisher habe ich noch nicht einen einzigen Menschen getroffen, der Fiona Hohenstein wirklich mochte. Ein paar Kerle waren vielleicht scharf auf sie, aber das hat mit Sympathie nichts zu tun, sondern mit Geilheit. Sie ist überall unbeliebt, eine andere Beschreibung fällt mir nicht ein.

Den Einkauf erledige ich lustlos und im Schnelldurchlauf, weil ich darauf brenne, die soeben gehörten Neuigkeiten mit Ludger zu teilen. Rasch packe ich den Einkaufswagen voll, damit ich für die nächsten Tage genügend Proviant zu Hause habe.

Wie immer hilft mir der Ludger beim Transport der Tüten vom Auto in meine Wohnung. Ich habe in der *Fränkischen Backstub* frische Küchle gekauft, die noch handwarm sind, als ich sie am Schreibtisch aus der Verpackung hole. Zeit für eine Kaffeepause und ein informelles Gespräch unter Kollegen. Aufmerksam hört sich Ludger meine Geschichte über den geheimnisvollen Kredit an, während er ein Küchle nach dem anderen verdrückt.

»Was hältst du von der Story?«, will ich abschließend wissen.

Ein wenig hilflos zuckt er mit den Schultern.

»Vielleicht hat sie Schulden, von denen der Emil nichts wissen durfte? Vielleicht hat sie damit ihre Familie unterstützt, die ja bekanntlich am Hungertuch nagt«, vermutet er. »Oder sie brauchte Bares, um ihren Schatz mit einem besonderen Hochzeitsgeschenk zu überraschen?«

»Ein Geschenk für 25.000 Euro? Woran denkst du da?«

»An eine Uhr, zum Beispiel. Oder an ein spezielles Golf-Set. Ein einziger *Honma*-Schläger kostet an die 5.000 Euro.«

Ich schnappe überrascht nach Luft, dann tippe ich mir an die Stirn. 5.000 Euro für einen schwindligen Golfschläger? Wie irre ist das denn?

»Wir können noch tagelang rätseln, was die Fiona mit dem Geld anstellen will. Wenn wir es genau wissen wollen, müssen wir sie selbst danach fragen«, schlägt der Ludger vor.

Nie und nimmer, das kommt überhaupt nicht infrage! Dann weiß die Hohenstein, dass einer der Bankangestellten geplaudert hat, und wer, das ist in diesem Fall so klar wie Kloßbrühe. Aber ich habe meiner Freundin fest versprochen, sie nicht zu verraten.

»Nein, das geht nicht, Ludger, auf gar keinen Fall, verstehst du? Das war eine streng vertrauliche Information. Offiziell wissen wir nichts von diesem ominösen Kredit.«

Er nickt, und wir beenden unsere Spekulationen.

»Wollten wir nicht Frau Schnappauf einen Besuch abstatten?«, erinnert mich der Ludger nach einer Weile.

Stimmt, das stand heute auf Platz eins der To-do-Liste.

Aber zuvor greife ich zum Hörer und rufe bei der Kriminaltechnik in Erlangen an.

»Scholz«, meldet sich eine angenehm tiefe Stimme nach dem dritten Klingelton.

Ich nenne Dienstgrad und Namen und frage, ob im Fall Schmiedinger beziehungsweise Seiler schon Untersuchungsergebnisse vorliegen.

»Im Whiskyglas wurden Rückstände von Gammahydroxybuttersäure nachgewiesen. Sie wissen, was das ist?«, fragt er ein wenig von oben herab. Aber selbst Provinzbullen wie wir haben schon von *Liquid Ecstasy*, dieser fiesen Vergewaltigungsdroge, gehört.

»Das heißt, das Opfer wurde mit *GHB* betäubt?«, erkundige ich mich.

»Genau. Aber was der Kerl sonst noch so alles geschluckt oder gespritzt hat, danach müssen Sie den behandelnden Arzt fragen.«

»Wissen Sie vielleicht schon, aus welcher Waffe auf Kommissarin Drissi und mich geschossen wurde? War es eines der sichergestellten Gewehre aus der Baumschule Schmiedinger?«

»Immer langsam, junge Frau, so schnell schießen die Franken nicht, hahaha, auch wenn es im Fernsehen so dargestellt wird, als wären die kriminaltechnischen Untersuchungen in einer Stunde erledigt. Sie werden sich noch ein paar Tage gedulden müssen. Wir arbeiten nicht nur an Ihrem Fall, sondern auch noch an anderen.«

Trotz der dürftigen Information bedanke ich mich artig und lege auf.

»Der Finn wurde mit *GHB* ausgeknockt«, teile ich dem Ludger mit, der dem Telefonat gespannt gelauscht hat.

»Das hat er bestimmt nicht freiwillig zu sich genommen. Jemand hat es ihm heimlich in den Whisky geschüttet.«

»Wenn Nadias Theorie stimmt, dann war dieser ›Jemand‹ der Schmiedinger Paul. Traust du deinem Kumpel so etwas zu?«, frage ich.

»Auf keinen Fall. Mit Drogen wollte der Paul nie etwas zu tun haben«, davon ist mein Kollege felsenfest überzeugt. »Aber der Arzt im Klinikum wird uns ganz sicher nicht erzählen, woran der Finn fast gestorben wäre. Einen richterlichen Beschluss für die Auskunftserteilung werden wir nicht bekommen, weil alle davon ausgehen, dass der Schmiedinger Paul der Mörder ist.«

Zweiter Punkt auf der To-do-Liste: Frau Doktor Kanz in Sachen Finn Seiler ansprechen – und hoffen, dass sie sich bereit erklärt, uns weiterzuhelfen.

Aber erst einmal wollen wir Emils Mutter einen Besuch abstatten.

Bei dem herrlichen Wetter ist es das reinste Vergnügen, in gemütlichem Tempo nach Forchheim zu schaukeln. Im hellen Sonnenlicht sieht die Landschaft aus wie von einem Maler skizziert. Ich drehe mein Gesicht der Sonne zu und stelle mir vor, dass ein sorgenfreier Urlaubstag vor mir liegt. In der Ferne glitzern Schneefelder auf dem Walberla, dem fränkischen Ayers Rock. Wie schön wäre heute eine Wanderung über seine Doppelkuppe, aber stattdessen wartet eine Menge Arbeit auf uns. Der Spaziergang muss warten, bis wir unsere Nachforschungen abgeschlossen haben.

Als wir in der Brauerei ankommen, ist die Mittagsruhe vorbei. Hochbeladene Gabelstapler transportieren Bierkästen in die Lagerhalle, an der Rampe stehen mehrere Lastwagen, die mit Ware beladen werden. Wir fahren bis zum Wohnhaus, wo wir den Streifenwagen abstellen.

Auf unser Klingeln öffnet uns die junge Frau, die sich als Gesellschafterin von Frau Schnappauf bezeichnet.

»Sie schon wieder«, knurrt sie und starrt mich so empört an, als wollte ich an der Haustür um Geld betteln. »Was wollen Sie denn noch?« Den Ludger ignoriert sie komplett.

»Ist Frau Schnappauf zu Hause?« Mein Kollege hat sich vorgedrängt und hält seinen Dienstausweis hoch. »Wir haben noch eine Frage an sie.«

»Da muss ich mich erst erkundigen, ob sie Besuch empfangen will. Warten Sie hier!«

Rumms, mit einem satten Knall fällt die Tür ins Schloss.

Nach ein paar Minuten wird sie wieder geöffnet, und wir werden wortlos ins Haus gewunken.

»Füße abtreten, ich weiß!«, komme ich ihrer Anweisung zuvor.

Dieses Mal werden wir nicht ins Wohnzimmer gebeten, sondern eine freischwebende Treppe hinauf in die obere Etage geführt. Auf das Klopfen der Angestellten ertönt ein kaum hörbares »Herein«, dann stehen wir in einem dämmrigen Raum. Unter den abgedunkelten Fenstern ruht die Dame des Hauses auf einer zartblauen Ottomane, bis zum Hals in eine farblich passende Decke gewickelt, den Kopf erschöpft an mehrere Seidenkissen gelehnt und mit verquollenen Augen. Sie hat geweint, das ist nicht zu übersehen.

»Entschuldigen Sie, wenn ich liegen bleibe«, murmelt sie. »Aber ich fühle mich heute nicht wohl.«

Sofort eilt die Frau zu ihr, um ihre Decke glattzuziehen und die Kissen aufzuschütteln.

»Danke, Sylvana. Wären Sie so gut, uns Tee zu bringen? Die Herrschaften trinken sicher gerne eine Tasse mit mir.«

Ohne ein Widerwort huscht Sylvana hinaus.

»Die Gute ist immer so fürsorglich«, lächelt die Hausherrin. »Sie kümmert sich rührend um mich, eine wahre Stütze. Ich wüsste gar nicht, was ich ohne sie tun würde.«

Sie bittet uns, auf den gegenüber stehenden Sesseln Platz zu nehmen.

»Es tut uns leid, Sie schon wieder stören zu müssen, Frau Schnappauf«, entschuldige ich mich. »Wie wir wissen, war heute Morgen die Testamentseröffnung. Wären Sie bereit, mit uns darüber zu sprechen? Uns interessiert natürlich, welchen Personen Ihr Sohn sein Vermögen vererbt hat. Für unsere Ermittlungen wäre das ein wertvoller Hinweis.«

Bei meinen Worten beginnen ihre Tränen erneut zu fließen. Sie schiebt die Decke beiseite und greift nach einem Taschentuch, um Augen und Wangen zu trocknen. Bevor sie etwas sagen kann, wird der Tee serviert. Strafend schaut Gesellschafterin Sylvana von oben auf mich hinab:

»Wenn Sie Frau Schnappauf weiterhin aufregen, muss ich Sie bitten zu gehen. Der Arzt hat ihr absolute Ruhe verordnet. Sie quälen Sie mit Ihren Fragen, sehen Sie das nicht?«

»Es ist schon in Ordnung, meine Liebe, die Beamten machen nur ihre Arbeit. Sie können uns jetzt allein lassen. Ich läute, wenn ich etwas brauche.«

Für einen Augenblick meine ich, in einem Roman von Jane Austen gelandet zu sein, in dem die verzärtelte Dame des Hauses das Personal per Klingelzug herbeizitiert, und es fällt mir schwer, Emils Mutter mit der harten Realität zu konfrontieren.

»Frau Schnappauf«, beginne ich erneut. »Sie waren heute bei der Testamentseröffnung. Wären Sie bereit, uns zu sagen, wen Ihr Sohn in seinem letzten Willen bedacht hat?«

Sie nippt an ihrem Tee und fixiert mich dabei betrübt aus feuchten Augen.

»Können Sie sich das nicht denken? Seine Verlobte ist seit heute Millionärin. Er hat alles dieser Schlange vermacht, seinen gesamten Besitz. Die Villa, die Hütte am See, die Fahrzeuge, das Barvermögen, seine Lebensversicherung. Aber das Schlimmste ist, dass er ihr seine Anteile an der Brauerei überschrieben hat. Das ist eine echte Katastrophe, sagt mein Mann. Natürlich werden wir das Testament anfechten, aber damit missachten wir dem Wunsch unseres Sohnes. Für mich fühlt es sich an, als würden wir auf sein Grab spucken.«

Sie schluchzt in ihr Taschentuch, bevor sie fortfährt:

»Warum hat der Emil das nur getan, frage ich Sie? Warum hat er sich an diese wertlose Person geklammert, die nicht ihn, sondern nur sein Geld geliebt hat? Keiner aus der Familie kann sich sein Verhalten erklären.«

Kollege Ludger und ich schweigen verlegen. Auch wir hatten nicht damit gerechnet, dass der Emil sein ganzes Hab und Gut an seine Braut verschleudert. Da sie seit heute Anteile an der Brauerei besitzt, kann sie sich in die Firmengeschäfte einmischen. Was hat der Braumeister sich dabei nur gedacht? Und zum wiederholten Mal frage ich mich, wofür sie einen Kredit gebraucht hat, wenn ihr Verlobter derart großzügig war. Mit dem Ellbogen stupse ich den Ludger leicht in die Seite, um ihm zu signalisieren, dass wir das Gespräch an dieser Stelle beenden sollten.

Wir stehen auf, bedanken uns und wünschen Emils Mutter alles Gute. Dann verabschieden wir uns, ohne auf das Eintreffen der tüchtigen Sylvana zu warten. Die erwartet uns am Fuß der Treppe.

»Bitte verschonen Sie in Zukunft Frau Schnappauf mit Befragungen. Die Patientin ist sehr krank, weitere Aufregungen könnten fatal sein.«

Dieses Mal klingt sie nicht schnippisch und überheblich, sondern ernsthaft besorgt.

»Patientin? Wie meinen Sie das?«, erkundigt sich der Ludger.

»Nun ja, ich bin keine gewöhnliche Hausangestellte, sondern Krankenpflegerin. Seit mehr als einem Jahr kümmere ich mich um Frau Schnappauf. Bis vor Kurzem ging es ihr beinahe wieder gut. Aber nun hat sie ihr einziges Kind verloren. Dieser furchtbare Schicksalsschlag ist für die Patientin kaum zu verkraften. Wir sind in großer Sorge um sie.«

Das wussten wir nicht, und ich verkneife mir die Frage nach ihrer geheimnisvollen Krankheit.

»Keine Sorge, wenn noch Gesprächsbedarf besteht, wenden wir uns an Herrn Schnappauf. Danke, dass Sie uns informiert haben.«

Schweigend gehen wir zum Auto zurück.

Als wir auf dem Heimweg sind, spricht der Ludger aus, was mir ständig im Kopf herumspukt:

»Wozu hat die Fiona diesen Kredit gebraucht?«

Das ist die Frage aller Fragen.

Zurück im Büro greife ich zum Telefon und rufe im Klinikum Forchheim an. Doktor Kanz ist im Einsatz, aber man wird ihr ausrichten, dass die Polizei Baiersdorf um ihren Rückruf bittet.

Kaum habe ich aufgelegt, da läutet das Telefon. Aber es ist nicht Ulrike Kanz, sondern Kollegin Drissi.

»Hallo, Nadia, wie läuft die Vernehmung? Hat der Schmiedinger Paul sein Geständnis schon unterschrieben?« Ich versuche, nicht allzu biestig zu klingen.

»Nein, er leugnet hartnäckig«, faucht sie verärgert. »Du kannst dir deinen Sarkasmus also sparen.«

»Welchen Sarkasmus, bitteschön? Ich habe mich nur ganz normal nach dem Erfolg deiner Befragung erkundigt. Aber das Würstchen lässt sich nicht so leicht weichkochen, habe ich recht?«, frage ich, erleichtert, dass der Paul nichts gestanden hat, wofür er nicht verantwortlich ist.

Doch darauf geht sie nicht ein.

»Wenn du Auskünfte über kriminaltechnische Untersuchungen wünschst, wendest du dich in Zukunft an mich, weder an den Scholz noch an seine Mitarbeiter, verstanden?« Grußlos wird der Hörer aufgelegt.

»Ohoooh, da scheint jemand richtig sauer zu sein, weil es nicht so läuft, wie sie es sich erhofft hat«, grinst der Ludger. »Ich habe gleich gesagt, dass der Paul nichts mit dem Mord an seinem Kumpel Emil zu tun.«

Obwohl Frühstückszeit und Mittag längst vorüber sind, packt der Ludger jetzt endlich seinen Rucksack aus, und wir fallen ausgehungert über Olgas Delikatessen her.

KAPITEL 17

Montag, 27. Februar

Den Nachmittag verbringen wir mit liegen gebliebener Verwaltungsarbeit. Es ist nach 17 Uhr nachmittags, als das Telefon klingelt.

»Hallo, hier ist Ulrike Kanz. Spreche ich mit Frau Emmerling?«

»Frau Doktor, danke, dass Sie zurückrufen«, freue ich mich. »Ich hätte ein Anliegen. Darf ich Sie im Klinikum aufsuchen?«

Sie lacht.

»Warum so ungemütlich? In einer Stunde habe ich Feierabend und eigentlich geplant, heute Abend italienisch zu kochen. Hätten Sie Lust, mir beim Essen Gesellschaft zu leisten?«

»Sehr gerne, und danke für die Einladung.«

Sie nennt mir ihre Adresse und ihre Privatnummer für den Fall, dass etwas dazwischenkommen sollte, bei unseren Jobs weiß man ja nie. Beim Essen bespricht sich vieles leichter, und ich habe Fragen an sie, die gegen ihr Berufsethos verstoßen. Darüber spricht man besser nicht in aller Öffentlichkeit.

Nach dem Duschen schlinge ich die Haare zum Bun, schlüpfe in Jeans, meinen Lieblingspullover aus flauschigem Mohair und die neue Steppjacke mit dem Kunstpelzkragen. Zum Glück haben sich bei meinem heutigen Großeinkauf auch einige Flaschen Wein in den Einkaufswagen geschmuggelt. Ich schnappe mir den Valpolicella Jahrgang 2019 und mache mich auf den Weg. Unterwegs schaue ich noch in der Pizzeria vorbei, um zwei Portionen Tiramisu für den Nachtisch mitzunehmen.

Pünktlich um 20 Uhr erreiche ich nach kurzem Fußmarsch durch eine kalte, sternklare Nacht das Fachwerkhäuschen der Ärztin. Es liegt in einer ruhigen Seitenstraße, halb versteckt hinter einer Thujahecke. Für einen Moment bleibe ich stehen und bewundere das sorgfältig renovierte Gebäude. Drumherum gibt es einen Garten, in dem ich trotz der Dunkelheit Obstbäume erkenne. So würde ich auch gern wohnen, im Fachwerkhaus mit eigenem Obstgarten. Ich öffne die Pforte und gehe auf das Haus zu. Bevor ich läuten kann, öffnet Doktor Kanz die Tür.

»Genau auf den Punkt!«, lacht sie und bittet mich ins Haus. »Die Lasagne ist in der Minute fertig geworden.«

Sie nimmt mir Wein und Dessert ab, und ich folge ihr in den Flur, dessen Fußboden aus urigen Granitplatten besteht. An den Wänden hängen gerahmte Kohle- und Bleistiftzeichnungen.

»Die sind echt gut!«, lobe ich.

»Das sind Arbeiten meines Vaters. Er war Lehrer für Kunst und Geschichte am Forchheimer Gymnasium«, erklärt meine Gastgeberin.

Nachdem sie mir die Jacke abgenommen hat, folge ich ihr in den Wohnbereich. Zu meiner Überraschung kommen mir einige der alten Möbelstücke bekannt vor. Sie sind handgefertigt und stammen meiner Meinung nach aus einer Kunstschreinerei. Jedes Stück ist mit Liebe zum Detail gearbeitet. Als ich die Sachen aus der Nähe angeschaut habe, erkundige ich mich:

»Wissen Sie, wer diese Möbel angefertigt hat?«

»Die sind schön, nicht wahr? Meine Großeltern haben sie mir vererbt. Sie haben sehr viel Wert auf Qualität gelegt. Das ist noch beste fränkische Handarbeit von einem Kunstschreiner namens Gebhard.«

Unglaublich, denn dieser Handwerker war mein Großvater. Als ich ihr das erzähle, schüttelt sie mit sympathischem Lachen den Kopf und sagt:

»Was für ein Zufall. So hängt alles mit allem zusammen.«

Das Ecksofa ist neu, fügt sich aber perfekt in den ländlichen Wohnstil ein. In einem offenen Kamin lodert Feuer und verbreitet den angenehmen Geruch von trockenem Birkenholz. Küche, Ess- und Wohnzimmer sind in einem einzigen großen Raum untergebracht, die verschiedenen Bereiche getrennt durch Regale in verschiedenen Größen. Das Arrangement strahlt lässige Gemütlichkeit aus, in der man sich auf Anhieb wohl fühlt.

Während ich mich am Esstisch niederlasse, holt Doktor Kanz die Lasagne aus der Röhre und platziert die Auflaufform zwischen uns auf dem Tisch. In der Zwischenzeit entkorke ich den Wein und schenke ein. Als das Nudelgericht auf den Tellern dampft, prosten wir uns zu, und ich bedanke mich noch einmal für die Einladung.

»Da ich die Ältere bin, ist es an mir, dir das Du anzubieten. Ich heiße Ulrike.«

»Ich bin die Evita.«

Wir stoßen noch einmal an, bevor wir uns über das köstliche Abendessen hermachen. Nachdem ich noch einen Nachschlag verdrückt habe, lehne ich mich mit einem zufriedenen Seufzer zurück.

»Das war die beste Lasagne, die ich je gegessen habe!«

Das Lob entspricht voll und ganz der Wahrheit.

»Kochen ist meine Leidenschaft. Nichts entspannt mich mehr, als nach einem anstrengenden Arbeitstag am Herd zu stehen«, gesteht Ulrike. »Allerdings habe ich niemanden, der meine Kochkünste zu schätzen weiß, darum freue ich mich über jeden Gast, der guten Hunger mitbringt. Allein zu essen ist eine traurige Angelegenheit.«

Da kann ich ihr nur beipflichten. Ulrike ist wie ich geschieden, und eine Weile plaudern wir über die Vor- und Nachteile des Lebens als berufstätige Singlefrau und unser Faible für Möbel mit Vergangenheit, dann serviert sie den Nachtisch zusammen mit einem doppelten Espresso.

»Nun rück schon raus mit der Sprache, Evita, du bist doch nicht nur wegen meiner weltberühmten Lasagne hier. Dein Anruf hat mich neugierig gemacht. Was hast du auf dem Herzen?«

Eigentlich habe ich keine Lust, den angenehmen Abend mit Fragen über Mord und Totschlag zu stören, aber aus genau diesem Grund bin ich ja hergekommen.

»Ulrike, kannst du mir etwas über den Patienten Finn Seiler erzählen? Ohne richterlichen Beschluss verweigern mir deine Kollegen jede Auskunft«, beginne ich zaghaft, weil ich weiß, das ist ganz ganz dünnes Eis. Darüber darf sie mit keinem Außenstehenden sprechen.

»Wenn herauskommt, dass ich mit dir über meine Patienten spreche, komme ich in Teufels Küche, das weißt du. Ich könnte nicht nur meinen Job, sondern auch meine Approbation verlieren. Aber wenn ich dir nicht helfe, wandert vielleicht ein Unschuldiger ins Gefängnis. Das darf auf keinen Fall passieren. Kann ich mich darauf verlassen, dass dieses Gespräch unter uns bleibt?«

Ich nicke, aber ihre Kinnmuskeln sind verkrampft, sie ist sichtlich angespannt.

»Also, was willst du wissen?«

»Die KTU hat uns mitgeteilt, dass Finn mit K.o.-Tropfen ausgeknockt wurde. Aber das war doch nicht alles, hab ich recht? Da waren noch andere Substanzen im Spiel. Kannst du mir sagen, welche? War es Gift? Drogen? Medikamente? Was hatte er sonst noch intus, außer dem *Liquid Ecstasy*?«

Nervös spielt sie mit ihrem Weinglas, dreht es in der Hand hin und her. Dann rückt sie mit der Sprache heraus:

»*Fentanyl.*«

»Fenta… was?« Mit dieser Bezeichnung kann ich nichts anfangen.

Sie wiederholt: »*Fentanyl.* Ein Opioid, ungefähr 50-mal stärker als Heroin. Bei Akutschmerzen wird es intravenös gespritzt. In der Drogenszene ausgesprochen beliebt.«

»Aber so ein Zeug ist doch sicher nicht frei verkäuflich, oder?«

»Natürlich nicht«, antwortet sie stirnrunzelnd. »Opioide sind verschreibungspflichtig. Bei unsachgemäßer Dosierung können sie zum Tod führen, und genau das war auch die Absicht des Täters. Die Dosis war letal, sie hätte den Jungen unweigerlich getötet, wenn ihr ihn nicht rechtzeitig gefunden hättet. Du und deine Kollegin, ihr habt ihm das Leben gerettet.«

»Woher weißt du, dass Finn diesen Dreck nicht selbst eingeworfen hat?«, stottere ich.

»Das Medikament wurde ihm injiziert. Er hatte einen Einstich hinter dem Ohr, ganz versteckt, sehr professionell. So handelt kein Selbstmörder. Hätte er sich damit umbringen wollen, hätte er Tabletten geschluckt und mit Alkohol nachgespült. Eine todsichere Angelegenheit.«

»Ulrike, entschuldige, aber ich muss das wissen. Wenn das *Fentanyl* nicht frei verkäuflich ist, woher bekommt man es dann?«

»Da gibt es viele Möglichkeiten. Im Darknet, zum Beispiel. Aus dem Medizinschrank eines Krankenhauses oder einer Pflegeeinrichtung. Beim örtlichen Drogendealer.«

Unruhig rühre ich in meiner Espressotasse herum, bis das klirrende Geräusch meine Gesprächspartnerin nervt und sie mir den Löffel wegnimmt.

»Übrigens, Herr Seiler soll morgen im Laufe des Tages aus dem künstlichen Tiefschlaf geweckt werden. Dann wird er auf die Innere verlegt, wo er noch einmal gründlich durchgecheckt wird. Wenn er keine Schäden davongetragen hat, wird er im Lauf der Woche entlassen und darf nach Hause gehen. Dort ist er in den besten Händen, sein Vater ist ja Arzt. Sind das nicht gute Neuigkeiten?«

Zerstreut bejahe ich ihre Frage, weil meine Gedanken schon um den morgigen Vormittag kreisen.

Für Ulrike ist das Thema Finn Seiler damit beendet, deshalb unterhalten wir uns noch eine Weile über die Spitzengastronomie in der Fränkischen Schweiz, ein schier unerschöpfliches Thema. Weil ich nicht mehr so recht bei der Sache bin, bedanke ich mich nach einer Weile für den angenehmen Abend und das wunderbare Essen und mache mich auf den Heimweg.

Der eisige Wind bläst mir den Alkoholnebel aus dem Hirn, sodass ich wieder geradeaus denken kann. Mir bleibt genügend Zeit zum Überlegen, bis ich nach Hause komme.

Finn Seiler wird in wenigen Stunden auf die Station verlegt. Mein Plan steht, die Zeit drängt, aber ich weiß, was ich als Nächstes zu tun habe.

KAPITEL 18

Am nächsten Morgen treibt mich die Unruhe zeitig aus den Federn. Für die bevorstehende *Mission Impossible* lasse ich die Uniform an der Garderobe hängen und steige stattdessen in Zivilkleidung.

Im Büro setze ich mich mit einem Haferl Kaffee an den Schreibtisch und versuche, noch einmal in Gedanken meinen Plan durchzuspielen. Um meine Hände zu beschäftigen, blättere ich die Protokolle vor mir durch. Dabei stoße ich die Tasse um, und die braune Brühe tropft von der Tischplatte auf den Boden. Hastig springe ich auf, um meine Verkleidung für den heutigen Vormittag nicht zu ruinieren, und hole Lappen und Eimer.

»Servus, Evita!« Die Stimme vom Ludger hinter mir. »Was ist denn das für eine Sauerei?«

»Das Kaffeetassendesaster«, knurre ich und wischte die letzten Spuren weg.

»Heute keine Uniform?« Der Kollege mustert mich misstrauisch von oben bis unten. »Was geht ab?«

»Ich hab einen Termin. Privat, sozusagen. In ungefähr einer Stunde bin ich wieder da«, murmle ich und kann meinem Kollegen dabei nicht in die Augen schauen. Heimlichkeiten zwischen uns hat es bisher nicht gegeben, außerdem ich bin eine verdammt schlechte Lügnerin. Aber den heutigen Schritt muss ich alleine gehen. Den Ludger will ich nicht in meine halb legalen Aktivitäten hineinziehen. Wenn etwas schiefgeht, kann ich mit einer fetten Anzeige wegen Hausfriedensbruch und Verletzung der Persönlichkeitsrechte sowie des Datenschutzes rechnen. Die geringste Strafe dafür wäre eine Dienstaufsichtsbeschwerde und eine Abmahnung. Hoffentlich bleibe ich unentdeckt.

»Wollen wir nicht erst einmal frühstücken?«, fragt er erstaunt und deutet auf den vollen Rucksack.

»Danke, Ludger, heute nicht. Ich hab keinen rechten Appetit.«

»Was denn? Kein Appetit? Dann ist es ernst. Muss ich mir Sorgen machen?«

Ich schüttle den Kopf.

»Melde dich, wenn ich dir irgendwie helfen kann«, bietet er mir an. Er ist nicht nur ein Kollege, sondern vor allem ein echter Kumpel.

Um 8.15 Uhr mache ich mich auf den Weg. Unterwegs halte ich am Blumenladen und kaufe ein Biedermeiersträußchen, als Tarnung gewissermaßen. In Forchheim angekommen, verstecke ich den zwischenzeitlich notdürftig zusammengeflickten Streifenwagen zwei Straßen von der Klinik entfernt auf einem Parkplatz. Blöd, dass man damit mehr auffällt, als wäre man mit der Pferdekutsche unterwegs.

Mit den Blümchen bewaffnet, betrete ich kurz darauf als anonyme Besucherin das Klinikum Forchheim und marschiere geradewegs zum Wartebereich vor der Intensivstation. Meine Hände sind vor Aufregung so feucht, dass mir um ein Haar der Strauß aus der Hand gleitet.

Zum Glück muss ich mich nicht lang gedulden, bis ein Pfleger an mir vorbeigeht und mit einer Codekarte die Tür entsperrt. Hastig springe ich auf und erwische sie gerade noch an der Klinke, bevor sie zufällt. Nachdem ich mich nach allen Seiten umgeschaut habe, schlüpfe ich hinter dem Mann in die Intensivstation. Im Gang ist es still, es ist niemand zu sehen. Aber mein Herz klopft dermaßen laut, dass ich befürchte, gleich kommt einer, der sich nach dem lästigen Gehämmere erkundigt. Kalter Angstschweiß strömt mir aus jeder verfügbaren Pore über den Rücken. Was ich jetzt vorhabe, ist nichts anderes als die illegale Beschaffung von Beweisen, eine höchst ungesetzliche Aktion. Das zieht ein Beweisverwertungsverbot nach sich, was nichts anderes bedeutet, als dass in einem Prozess die auf diese Weise beschafften Beweise nicht anerkannt werden und der Richter sie ignorieren muss, als würden sie nicht existieren. Aber auch dieses Wissen kann mich nicht stoppen. Auf leisen Sohlen schleiche ich zum Zimmer Nummer 8, öffne die Tür einen Spalt und spähe hinein.

»Hallo?«, flüstere ich, doch der Seiler Finn reagiert nicht. Reglos hängt er mit geschlossenen Augen an allerlei Schläuchen, auf Mund und Nase liegt eine Atemmaske, neben ihm zeigt ein Gerät mehrere farbige Kurven an, wobei es unentwegt hohe Pieptöne von sich gibt. Ich schiebe mich ins Zimmer und ziehe geräuschlos die Tür hinter mir zu.

Dann lege ich die Blumen beiseite und fange an, im Nachttisch zu stöbern. Gleich in der zweiten Schublade werde ich fündig und atme erleichtert auf. Finns Mobiltelefon ist eingeschaltet und als ich mich einloggen will, verlangt es nach einem Fingerabdruck. Vorsichtig setze ich mich auf die Bettkante neben den Patienten und drücke seinen rechten Daumen auf das Display. Nichts. Mit keinem Finger der rechten Hand lässt sich das verdammte Ding entsperren. Erst mit dem Mittelfinger der Linken funktioniert es, und die Apps werden angezeigt. Ein echter Komiker, dieser Finn.

Nachdem ich die wenigen gespeicherten Dokumente durchgesehen habe, tippe ich auf die App »Fotoalbum«. Der Seiler hat mehr als 1000 Fotos gespeichert, aber mir fehlt die Zeit, jedes einzelne gezielt anschauen, deshalb lasse ich eines nach dem anderen im Schnelldurchlauf vorbeirauschen. Bei Foto Nummer 788 halte ich an und reiße vor Verwunderung die Augen auf. Mit allem habe ich gerechnet, mit einer solchen Überraschung allerdings nicht. Langsam scrolle ich weiter nach unten. Ein Foto eindeutiger als das andere. Das muss ich dem Ludger zeigen, sonst glaubt er es nicht, deswegen schicke ich acht der Bilder auf mein Handy und lösche anschließend den Verlauf auf dem Gerät von Finn. Er muss ja nicht gleich erfahren, dass seine extravaganten Aufnahmen in die weite Welt – also nach Baiersdorf – verschickt wurden.

Danach wechsele ich zu *WhatsApp*. Ganz oben steht der Name, mit dem der Finn den häufigsten Kontakt hatte. Es ist auch sein letzter Anruf in der Anrufliste, einer von mindestens 15 an einem einzigen Tag. Rasch überfliege ich den regen Austausch der beiden Teilnehmer. Interessant, was sie sich zu sagen oder besser zu schreiben haben. Als ich mich gerade in diese spannende Lektüre vertiefen will, geht plötzlich die Tür auf und eine junge Krankenschwester steht neben mir. Sie scheint sich über meinen Besuch nicht sonderlich zu freuen.

»Wer sind Sie, und was machen Sie hier? Wie sind Sie überhaupt hier hereingekommen? Am besten rufe ich den Sicherheitsdienst«, fährt sie mich an und fischt ein Handy aus der Jackentasche. Ich schnappe mir die Blumen, drücke sie der verdutzten Frau in die Hand und mache mich schnellstens aus dem Staub, bevor tatsächlich ein Security-mensch auf mich aufmerksam wird. Was ich wissen wollte, habe ich erfahren, mehr braucht es im Augenblick nicht. Jetzt bloß nicht auffallen und nichts wie weg.

Erst als ich im Auto sitze, bin ich in der Lage, ein paar Mal tief durchzuatmen. Zum Glück habe ich mich für Zivilkleidung und eine tief in die Stirn gezogene Wollmütze entschieden, also gehe ich davon aus, dass ich nicht als Polizistin erkannt wurde. Trotzdem bin ich vor lauter Stress derart schweißgebadet, dass mir das Shirt feucht am Rücken pappt. Jetzt nichts wie ab nach Hause. Duschen, umziehen, Notizen über das soeben Gesehene machen.

»Evita!« Als ich ins Büro spaziere, springt der Ludger von seinem Drehstuhl auf. »Was ist denn passiert? Du siehst aus, als hättest du gleich einen Schlaganfall. Komm, setz dich, ich hole dir ein Glas Wasser.«

Mit einem Becher in der Hand stürzt er hinaus. Als er mit dem Wasser zurückkommt, hockt er sich auf meine Schreibtischkante und hält ihn mir an die Lippen. Aus Höflichkeit trinke ich ein paar Schlucke, dann schiebe ich seine Hand beiseite.

»Ist gut, Ludger, du musst mich nicht gleich ertränken«, rüge ich ihn mit schiefem Grinsen. »Sobald ich mich umgezogen habe, reden wir.«

Geduscht und in Uniform sitze ich eine halbe Stunde später im Büro und erzähle dem Kollegen haarklein von meinem Abstecher ins Klinikum Forchheim. Als ich damit fertig bin, ist er erst einmal sprachlos, doch dann wettert er los:

»Bist du eigentlich völlig irre? Was, wenn du erwischt worden wärst? Vielleicht hätte man dich aus dem Polizeidienst entlassen. Du kannst doch nicht einfach einer bewusstlosen Person Daten klauen. Das ist eine Straftat, Frau Kollegin.«

Ich ignoriere die Moralpredigt. Stattdessen will ich wissen:

»Hast du dir die Fotos angeschaut, die ich dir geschickt habe?«

»Fotos? Welche Fotos? Nein, ich habe keine Fotos gesehen.«

»Moment!«

Ich öffne meine Bilddatei und reiche ihm das Mobiltelefon über den Schreibtisch. Beim Anblick der Aufnahmen werden seine Augen immer größer, und ein paar Mal muss er bei den Szenen, die darauf abgebildet sind, schlucken.

»Das ist ja …«

»Porno pur!«, bestätige ich.

Schamrot im Gesicht gibt er mir mein Telefon zurück.

»Was hast du jetzt vor?«, fragt er mit belegter Stimme. »Du kannst die zwei doch nicht darauf ansprechen, dann wissen sie ja sofort … Nein, nein, Evita, das geht auf keinen Fall.«

»Das hatte ich auch gar nicht vor. Oder hältst du mich für so bescheuert, dass ich sie vorwarne? Aber ich möchte der Gina Schlick einen Besuch abzustatten. Du kennst sie doch besser als ich. Weißt du, wo sie um diese Uhrzeit stecken könnte?«

Er schaut zur Wanduhr hinüber und denkt nach.

»Vermutlich im Forchheimer *Königsbad*.«

»Um diese Zeit? Was tut sie denn da?«

»Soviel ich weiß, arbeitet sie dort.«

Ich greife zum Telefon und rufe im *Königsbad* an. Nein, die Gina ist nicht im Haus, sie hat heute frei, teilt mir eine freundliche Dame an der Rezeption mit.

Ich will schon aufspringen, aber der Ludger hält mich zurück.

»Wen von den beiden hältst du für den Mörder, Evita? Den Finn oder …«

»Ich weiß es nicht, vielleicht waren es beide gemeinsam.« Ich schnappe mir Jacke und Mütze und rufe ihm auf dem Weg zum Streifenwagen zu: »Auf geht's, Kollege, wir besuchen das Fräulein Schlick in Effeltrich.«

»Was willst du eigentlich von der Gina?«, erkundigt sich der Kollege, als wir im Auto sitzen.

»Nur ein wenig plaudern, Klatsch und Tratsch unter Weibern, verstehst du? Deshalb wäre es nicht verkehrt, wenn du im Auto warten würdest. Oder geh einfach derweil einen Kaffee trinken.«

»Da hätte ich auch im Büro bleiben können, wenn du mich von der Befragung ausschließt«, mault er, trotzig wie ein kleiner Junge.

»Nein, ich brauche dich, weil wir hinterher noch etwas auskundschaften müssen.«

»Deine Geheimnistuerei geht mir echt auf den Zwirn.« Jetzt ist der Ludger beleidigt, aber er bleibt brav im Wagen, als ich vor dem Fachwerkhaus mit den grünen Fensterläden aussteige. Nachdem ich dreimal mit dem Türklopfer gegen das Holz gehämmert habe, wird die Tür von innen aufgezogen.

»Ach, Sie sind's schon wieder!«, wundert sich meine Gesprächspartnerin in spe bei meinem Anblick. »Was wollen Sie denn diesmal? Ich habe den Emil nicht angezündet und weiß auch nicht, wer es war. Also, worum geht's diesmal?«

Ich frage mich, ob sie dauerhaft schlecht gelaunt ist oder mich persönlich nicht mag.

»Ich muss dringend mit Ihnen reden, Frau Schlick. Unter vier Augen, wenn möglich.«

»Kann ich das Angebot ablehnen?«, fragt sie spöttisch.

»Nein!«, entgegne ich.

»Okay, dann rein mit Ihnen.«

Sie dirigiert mich zum Esstisch in der Wohnküche und mustert mich neugierig.

»Gina, ich hätte gern gewusst, was Sie von Fiona Hohenstein halten.«

»Echt jetzt? Und dafür kommen Sie extra hierher? Normalerweise interessiert sich kein Schwein für meine Meinung«, gibt sie ehrlich zu.

»Mich schon, darum frage ich Sie ja. Was denken Sie über Frau Hohenstein?«

Mit der Frage öffne ich eine Schleuse, denn jetzt strömt eine Welle angestauter Wut aus dem Mädchen heraus.

»Wissen Sie, mit dem Emil und mir, das hätte wirklich was werden können. Wir kannten uns schon lange und sind ein paar Mal zusammen ausgegangen, zum Tanzen, ins Kino, auf die Kerwa und so. Er mochte mich, sehr sogar, bilde ich mir ein. Aber sobald diese Barbiepuppen-Fehlpressung gemerkt hat, dass ich ernsthaft in den Emil verliebt war, hat sie ihn angebaggert wie blöde und ihn sich schließlich gekrallt.« Sie zerknüllt eine gebrauchte Serviette, die auf dem Tisch liegt, zwischen ihren Händen. »Sie hätten mal sehen sollen, wie sie den Emil angeschmachtet hat, die arme, hilflose Fiona, die angeblich von allen geilen Mannsbildern belästigt wurde. Es stimmt, einige haben tatsächlich an ihr geklebt wie die Schmeißfliegen am Klofenster. Da musste Ritter Emil natürlich einschreiten und Königin Fiona retten. Er war total vernarrt in sie und hat alles gemacht, was sie wollte, wie eine Marionette. Sie hat die Fäden gezogen, und der dumme Kerl hat getanzt. Dabei hat sie sich gar nichts aus ihm gemacht, weil sie noch andere Eisen im Feuer hatte.«

»Wen meinen Sie damit?«

Jetzt wird es spannend.

»Den Schmiedinger Paul, zum Beispiel. Das ist ihr Haussklave, der macht sich zum Deppen für das Weib. Geht einkaufen, fegt den Gehweg, arbeitet im Garten, wäscht das Auto per Hand, damit es bloß keinen Kratzer abkriegt, so Sachen eben. Und der Alfi, den haben Sie in der Baumschule gesehen. Das ist der mit den roten Haaren. Der war ihr persönlicher Chauffeur, bevor sie den Emil kennengelernt hat. Weil sie kein Auto hatte, hat er sie herumkutschiert, als wäre sie wirklich eine königliche Hoheit. Er war so verknallt in diese Bitch, dass er morgens sogar eine Stunde früher aufgestanden ist, nur um seine Prinzessin zur Arbeit zu fahren. Einmal hat er sich sogar mit dem Paul darum geprügelt, wer sie in seinem Auto mitnehmen darf.«

»Und wer hat gewonnen?«, frage ich amüsiert.

»Keiner, weil beide ausgeschaut haben, als wären sie mit Vollgas gegen einen Panzer geknallt, und sie mit einem anderen Kerl abgezogen ist«, würgt die Gina mit angeekelter Miene hervor.

»Was ist eigentlich mit dem Finn Seiler?«, will ich jetzt wissen, weil von dem bisher noch keine Rede war.

»Der Finn? Das ist so ein Stiller, der kaum etwas redet und bei dem ich nie so recht weiß, was er von uns und den *Fasalecken* hält. Aber wenn die Fiona mit ihm spricht, wird er jedes Mal rot wie eine Tomate und stottert verlegen herum. Ich glaube, der ist auch total verschossen in Miss Meerrettich, genau wie die anderen Hanswursten. Einmal hat sie ihm die Haare zerzaust und den Kopf gestreichelt, da habe ich gesagt, er soll bloß aufpassen, dass er nicht zu sabbern anfängt. Er mich so bitterbös angeschaut, dass ich es mit der Angst gekriegt habe. Aber an dem hat die Hohenstein garantiert kein Interesse. Das ist doch nur ein armer Student, der keinen Cent auf der Naht hat. Für den musste der Emil die Zeche immer mit bezahlen, wenn wir unterwegs waren.«

»Glauben Sie, Gina, dass die Fiona mit all diesen Männern, oder wenigstens mit einem davon, ein Verhältnis hatte? Auch nachdem sie mit dem Emil verlobt war?«

»Keine Ahnung!«, brummt sie und zuckt mit den Schultern. »Ich steh ja nicht neben dem Bett und halte die Laterne.«

»Aber Sie vermuten, dass der Seiler auch in die Hohenstein verliebt ist?«, hake ich noch einmal nach.

»Das vermute ich nicht, das ist so sicher wie das Amen in der Kirche.«

»Die Hohenstein auch in den Finn?«

»Bestimmt nicht!«, bekräftigt sie. »Die Schlampe ist in niemanden verliebt, außer in sich selbst.«

»Trauen Sie einem der Männer einen Mord zu?« Zum Schluss stelle ich die eine Frage, auf die es ankommt. »Vielleicht dem Finn Seiler? Oder dem Paul Schmiedinger?«

Ich lehne mich zurück und warte.

Meine Frage macht das Mädchen für einen Moment sprachlos, bevor es empört ausruft:

»Natürlich nicht! Wie kommen Sie denn darauf? Keiner der Jungs hätte dem Emil etwas angetan, weil alle ihn mochten. Das war einer von uns, ein Kumpel, wenn Sie wissen, was ich meine.«

»Herzlichen Dank, Gina, das war's schon. Sie haben

mir sehr geholfen, und es war schön, einmal in Ruhe mit Ihnen zu plaudern.«

Ich strecke ihr die Hand entgegen, nach der sie nach kurzem Zögern greift.

»Echt jetzt? Mein Gequatsche hat Ihnen geholfen?« Ein zaghaftes Lächeln gleitet über ihr Gesicht. »Wenn ich das meinem Vater erzähle!«

»Gina, bitte behalten Sie unsere Unterhaltung noch ein paar Tage für sich. Danach können Sie Ihrem Vater, Ihren Freunden oder wem auch immer davon erzählen. Aber nicht heute oder morgen. Versprechen Sie mir das?«

Sie nickt eifrig.

»Klar, versprochen. Sie können sich auf mich verlassen.« Sie schaut mich von der Seite an. »Darf ich Sie auch etwas fragen?«

»Nur zu!«, fordere ich sie auf.

»Ich würde auch gern Polizistin werden, so wie Sie. Der Job im *Königsbad* ist öde, aber ich finde es swag, wie Sie mit den Leuten umgehen, echt total krass. So lässig wäre ich auch gern. Was muss ich denn machen, um eine Stelle bei Ihnen zu kriegen?«

»Ernsthaft? Sie interessieren sich für Polizeiarbeit?« Ihre Erklärung haut mich um, weil ich nie geglaubt hätte, dass ich die Gina dermaßen beeindruckt habe.

»Trauen Sie mir das etwa nicht zu?« Sie zieht den Kopf zwischen die Schultern, weil meine Frage sie verunsichert hat. »Sie halten mich wahrscheinlich für ein dummes Hasenhirn, das nichts auf die Reihe kriegt, so wie alle anderen auch.«

»Nein, Gina, im Gegenteil, das ist eine tolle Idee. Natürlich sollten Sie sich bewerben. Im Internet gibt es ein Stellenportal der bayerischen Polizei, da erfahren Sie alles, was

Sie für eine Bewerbung wissen müssen. Machen Sie das und bewerben Sie sich! Wer weiß, vielleicht spreche ich Sie schon bald mit ›Frau Kollegin‹ an«, ermutige ich das Mädchen, das offensichtlich von ihrem Vater oft gedemütigt wird und nur wenig Selbstvertrauen besitzt.

Daraufhin strahlt sie und schüttelt mir noch einmal ausgiebig die Hand zum Abschied.

»Verdammt, Evita, das hat ja ewig gedauert«, beschwert sich der Kollege, als ich auf den Beifahrersitz falle. »Ich bin schon halb erfroren, weil diese Dreckskarre nicht einmal eine Standheizung hat.«

»Dann fahr zu!«, sage ich und drehe die Heizung bis zum Anschlag auf. »James, zur Villa Schnappauf, please!«

Dort angekommen, steige ich aus und schaue mich nach allen Seiten um. Hier steht der Streifenwagen auf 100 Meter gut sichtbar auf offenem Feldweg. Kein Strauch, kein Baum, kein Gebüsch weit und breit, das als Sichtschutz dienen könnte. Nach einem Blick in die Garage winke ich dem Ludger auszusteigen. Der Porsche steht nicht auf seinem Platz. Wahrscheinlich ist die neue Besitzerin damit unterwegs.

»Ich möchte mir die Rückseite des Hauses anschauen, kommst du mit?«, erkundige ich mich beim Ludger, der seine eisigen Hände aneinander reibt und von einem Fuß auf den anderen hopst, um sich aufzuwärmen.

»Die Fiona scheint ausgeflogen zu sein. Vielleicht sollten wir später wiederkommen, wenn sie daheim ist«, schlägt er vor.

»Nein, jetzt!«, bestimme ich und klettere über die geschlossene Gartenpforte. »Kommst du oder wartest du lieber hier?«

Leise vor sich hin maulend folgt er mir bis ans Haus.

Ich stelle mich auf die Zehenspitzen und versuche, in eines der Fenster zu lugen. Drinnen sind die Vorhänge zugezogen, also schleiche ich an der Wand entlang bis zur Rückseite des Hauses, die in der gesamten Länge verglast ist. Von hier aus hat man freie Sicht in den Wohnbereich bis hin zum Flur. Darauf hatte ich gehofft.

Der mit Büschen und jungen Bäumen bepflanzte Garten ist riesig, ebenso die überdachte Terrasse mit dem rustikalen Kamin, der auch als Grill fungiert. Im Sommer lässt es sich hier bestimmt prima aushalten.

»Evita, jetzt komm endlich!« Nervös schaut sich der Ludger nach allen Seiten um. »Wenn wir hier beim Herumschnüffeln erwischt werden, dann ist das zumindest Hausfriedensbruch oder unerlaubtes Eindringen.«

»Hast du nicht den Kerl in den schwarzen Klamotten gesehen, der ums Haus geschlichen ist?«, frage ich und grinse. »Wir verfolgen ihn, weil wir ihn für einen Einbrecher halten.«

Daraufhin zieht der Ludger seine Dienstwaffe und hält sie schussbereit vor sich.

»Was? Wo?« Hektisch dreht er sich im Kreis, die Waffe im Anschlag.

»Der Kerl ist längst getürmt. Steck die Knarre ein, bevor du dir damit ins Knie schießt.« Kopfschüttelnd rolle ich die Augen nach hinten, weil der Ludger manchmal auf dem Schlauch steht, und zwar mit beiden Füßen.

Wir ziehen uns zurück, und ich hoffe, dass niemand unsere Aktion beobachtet hat.

»Huhu, Frau Emmerling!«

Die Stimme gehört Frau Klotz, die uns zuwinkt, als wir soeben ins Auto steigen wollen. Wie konnte ich die aufmerksame Nachbarin vergessen?

»Warte einen Moment, ich bin gleich zurück«, weise ich den Kollegen an, der immer noch an seinem Halfter herumfummelt, und gehe hinüber zu der älteren Dame, die bis zum Bauchnabel aus dem Fenster hängt.

»Frau Klotz, was kann ich für Sie tun?«, frage ich leicht verärgert, weil sie wirklich jede Bewegung rund um die Nachbarvilla registriert.

»Observieren Sie dieses feine Fräulein von nebenan?«, fragt sie neugierig. »Dafür ist es doch draußen viel zu kalt. Das machen Sie am besten von meinen Fenstern aus. Da haben Sie alles gut im Blick!«

»Danke, das ist wirklich sehr freundlich, aber im Augenblick ist keine Observierung geplant. Wir kommen aber gern auf Ihr Angebot zurück, wenn es nötig sein sollte!«

»Machen Sie das!«, ermuntert sie mich euphorisch und reicht mir eine Papiertüte aus dem Fenster. »Hier, das ist für Sie und den jungen Mann dort im Auto. Nur ein paar Plätzchen und zwei Stück Kuchen für den Nachmittagskaffee.«

Ich bedanke mich bei ihr und versichere ihr noch einmal, ihr Angebot anzunehmen, falls Bedarf besteht.

KAPITEL 19

Dienstag, 28. Februar bis Donnerstag, 2. März

Der restliche Dienstag verstreicht ohne nennenswerte Vorkommnisse. Als wüssten die Baiersdorfer, dass ihre Dorfsheriffs mit der Aufklärung des Mordfalls Schnappauf vollauf beschäftigt sind, verhalten sie sich geradezu vorbildlich. Keine verirrte Katze, keine Diebstähle im Supermarkt, keine Wirtshausrauferei, keine Verkehrssünder vor der Schule. Darum widmen wir uns erst einmal dem Inhalt von Frau Klotz' Tüte, sobald wir hinter unseren Schreibtischen sitzen. Mmh, Nougatstangen und Zitronenkuchen, genau das Richtige für zwei ausgehungerte Polizisten.

Kurz vor Feierabend meldet sich Kommissarin Drissi, um uns mitzuteilen, dass der Paul Schmiedinger in die U-Haft überstellt wurde.

»Warum das denn? Hat er gestanden?«, frage ich ungläubig.

»Nein, im Gegenteil. Er hat nach einem Anwalt verlangt, und der hat ihm geraten, von seinem Aussageverweigerungsrecht Gebrauch zu machen. Genau das tut er jetzt auch. Er schweigt. Außer seinen Personalien hat er bisher nicht viel zu Protokoll gegeben, nur, dass er unschuldig ist und seinen Freund Schnappauf nicht angezündet hat. Weil er nicht kooperieren will, hat der Richter U-Haft angeordnet. Er meint, dass der Schmiedinger in der Haft

268

schon zur Besinnung kommen würde. Daran glaube ich allerdings nicht. Aber ich werde diesem Mörder sein Verbrechen schon noch nachweisen.«

»Wie denn, Nadia? Mit einer warmen Motorhaube als Beweis?«, frage ich. »Habt ihr Fasern, Hautreste oder Fingerabdrücke von ihm gefunden oder liegt der ballistische Befund vor?«

»Noch nicht, aber aus einem der Gewehre wurde kurz vorher geschossen, das steht fest.«

»Natürlich, weil der Vater damit auf der Jagd war«, stelle ich noch einmal klar. »Glaub es mir doch, der Schmiedinger ist unschuldig.«

»Warten wir's ab, Evita. Du bist auf beiden Augen blind, wenn es sich um jemanden aus deinem Bekanntenkreis handelt, aber du wirst dich noch wundern.«

Ich wundere mich schon jetzt, und zwar über die Sturheit von Nadia.

Sie wird uns über ihre Ergebnisse auf dem Laufenden halten, verspricht sie, bevor sie auflegt.

Am Abend heize ich als Erstes den Schwedenofen ein, weil ich vergessen habe, die Heizung hochzudrehen und die Wohnung in der Zwischenzeit ausgekühlt ist. Als Nächstes beseitige ich das herrschende Chaos, gieße meine Pflanzen, hänge Jacken und Uniform in den Schrank, sammle andere herumliegende Klamotten ein und stopfe sie in die Waschmaschine, bevor ich eine TK-Pizza in die Röhre schiebe und mir ein Glas Trollinger einschenke. Ich muss mich in Zukunft besser um meinen Haushalt kümmern, nehme ich mir wieder einmal vor. Vielleicht sollte ich auch einen Kochkurs belegen, so wie Marco Reindl, der Mann meiner Freundin. An einem Abend wie heute könnte ich mir leckere Hausmannskost, wie ein knuspriges Schäufele mit Klößen oder Fleischküchle mit buttrigen Karotten zubereiten, anstatt mich mit fettigem Fastfood zu begnügen. Bei dem Gedanken an einen zarten Schweinsbraten mit Beilagen läuft mir das Wasser im Mund zusammen. Mit meinen bescheidenen Kochkünsten schaffe ich es nicht einmal, Bratwürste zu braten, ohne dass sie sofort aufplatzen. Das muss sich ändern! Ja, ein Kochkurs ist das ideale Projekt für den bevorstehenden Frühling.

Während ich auf mein Essen warte, stelle ich mich ans Fenster und schaue hinaus in die sternklare Nacht. Nächste Woche ist Vollmond, und schon jetzt breitet sich sein silbriges Licht auf den schneebedeckten Feldern hinter dem Gartenzaun aus. Das Außenthermometer zeigt minus fünf Grad. Morgen beginnt der erste Monat im Frühling. Den Effeltricher *Fasalecken* ist es nicht gelungen, den Winter zu vertreiben. Vielleicht ist das seine Rache für den Mord an einem seiner *Winterbären*.

Während ich lustlos die Pizza kaue, die mehr wie ihre Pappdeckelverpackung schmeckt, denke ich über den Plan nach, den ich mir zurechtgelegt habe. Hoffentlich gelingt er, und wir schnappen den wahren Täter, damit der Schmiedinger Paul frei kommt.

Bei diesen Überlegungen schlafe ich todmüde vor dem laufenden Fernseher ein.

Am Mittwochmorgen nehmen wir unsere alte liebgewonnene Routine wieder auf. Während ich für Kaffee sorge, packt der Ludger den Frühstückstransporter, also seinen Rucksack, aus. Auf seinem T-Shirt prangt heute der Schriftzug: »Franggn sind a hadde Währung«. Wenn das der Kuhn sehen könnte! Der würde ausrasten – wegen dem Verstoß gegen die Dienstvorschriften und so.

Nach Herzenslust lassen wir uns Lachs, Zwetschgenbaames, Käse, hart gekochte Eier, Obst und Gemüsesticks schmecken. Die Olga war der Meinung, dass wir uns nach so viel Ermittlungsstress ein Luxusfrühstück verdient haben, darum schlemmen wir mit großem Genuss.

Satt bis obenhin lehnen wir uns mit zufriedenem Grunzen in unseren Stühlen zurück. Noch ein letzter Schluck Kaffee, bevor wir uns kopfüber in den Alltag stürzen.

»Das war fei gut!«, stellt der Ludger zufrieden fest. »Unser gemeinsames Frühstück hat mir in den letzten Tagen richtig gefehlt. Ein Glück, dass jetzt alles wieder seine Ordnung hat.«

Da muss ich ihm recht geben. Diese kulinarische Zeremonie zu Beginn des Arbeitstags ist für mich oft das Highlight des Tages.

Als Nächstes macht sich der Kollege auf den Weg zur Autowaschanlage, um unsere Rostlaube innen und außen zu reinigen, eine seiner liebsten Aufgaben. In der Zwischenzeit langweile ich mich mit Schreibarbeiten, Ablage, Bodenschrubben und Staubwischen. Eigentlich war die Hektik der letzten Tage auch ganz schön, vor allem das Herumfahren und Zeugen befragen. Endlich einmal richtige Polizeiarbeit, nicht bloß das Verwalten von Vorgängen. Aber noch ist die Geschichte ja nicht zu Ende. Schau mer mal, was der heutige Tag mit sich bringt.

Er bringt die Carmela Schwankel, deren Briefkasten in der letzten Nacht abgerissen und geklaut wurde. Ordnungsgemäß nehme ich die Anzeige auf und verspreche ihr hoch und heilig, dass wir uns auf die Jagd nach den Vandalen machen, sobald der Kollege mitsamt dem fahrbarem Untersatz in der Polizeistation eintrifft. Ich habe alle Hände voll zu tun, die anhängliche Nachbarin wieder loszuwerden, die mir gerne noch ein paar Anekdoten aus ihrem aufregenden Leben an der Seite ihres Katers erzählen würde.

Der Mittwoch verstreicht ebenso ereignislos wie der Donnerstag. Weil es wenig zu tun gibt, gehe ich heute ein wenig früher in meine Wohnung. Nach Feierabend will ich Pflanzen umtopfen, eine Arbeit, die schon längst überfällig ist.

Meine Hände sind bis über die Handgelenke voll feuchter Erde, als es um 19 Uhr an meiner Wohnungstür klopft.

Bitte nicht schon wieder diese Katzenmutter mit ihrem abgerissenen Briefkasten, bete ich insgeheim, bevor ich öffne.

»Guten Abend, Evita, der Herr Dauer war noch im Büro und hat mich hereingelassen. Oh, ich sehe, dass ich ungelegen komme. Du bist beschäftigt.«

»Nein, auf keinen Fall!«, wehre ich überrascht ab. »Komm doch rein, Ulrike.«

Sie hält einen Topf in Händen, der mit einem Tuch abgedeckt ist.

Ich biete ihr einen Platz in der Wohnküche an, und sie stellt ihr Mitbringsel auf dem Herd ab, während ich hinüber ins Bad springe, um mir die Hände zu schrubben, bevor ich mich zu ihr an den Tisch setze.

»Was darf ich dir anbieten?«, frage ich. »Wasser, Kaffee, Tee, Wein oder Bier? Du hast Glück, ich war gerade einkaufen und habe ausnahmsweise alles im Haus.«

»Zu einem Glas Rotwein sage ich nicht nein. Und wenn du Teller mitbringst – der Bohneneintopf ist noch warm.«

Ich hebe den Topfdeckel und schnuppere. Mmh, ein aromatischer Duft nach Kräutern und Gewürzen steigt auf, und ich beeile mich, den Tisch zu decken.

»Das war absolut fantastisch!«, gebe ich nach der zweiten Portion gerne zu.

»Und so einfach zuzubereiten. Ich kann es dir gerne beibringen, wenn du willst.«

»Aber du bist nicht nur hier, um mich mit gesundem Essen zu versorgen, habe ich recht?«, spekuliere ich.

»Ich dachte, es interessiert dich, dass Herr Seiler morgen früh aus der Klinik entlassen wird. Er hat sich erstaunlich rasch erholt, seine Werte sind weitgehend normal.«

»Danke, Ulrike, auf die Nachricht warte ich seit Tagen«, lache ich erleichtert. »Du ahnst nicht, wie sehr du mir mit deinen Informationen hilfst!«

Wir bleiben noch eine Weile in der Küche sitzen und plaudern über das Mobiliar meines Großvaters, das ich ihr bei einem Rundgang durch die Wohnung zeige. Liebevoll streicht sie mit der Hand über das Holz und die Intarsien des Kleiderschranks. Besonders der Schreibtisch mit den Löwenfüßen hat es ihr angetan.

»Das sind wirklich außergewöhnliche Stücke«, lobt sie. »Eines schöner als das andere.«

»Ja, wir haben nicht nur kulinarisch den gleichen Geschmack«, bestätige ich.

Kurz nach 20 Uhr verabschiedet sie sich, weil sie morgen Frühdienst hat, aber erst, nachdem wir uns fürs Wochenende zu einem Abendessen in einem nahegelegenen Fischlokal verabredet haben. Ich glaube, ich habe eine Freundin mit ähnlichen Vorlieben gefunden, und darüber freue ich mich.

In dieser Nacht mache ich kein Auge zu, weil mir mein Plan für den nächsten Tag im Kopf herumspukt. Unruhig wälze ich mich im Bett von einer Seite auf die andere und schaue alle zehn Minuten auf den Wecker.

Kurz vor 6 Uhr hält mich nichts mehr in den Federn, und ich rufe den Ludger an, um ihn zu bitten, heute zeitig im Büro zu erscheinen, Zivilkleidung zu tragen und seine Waffe nicht zu vergessen. Hoffentlich hat er alles richtig verstanden, weil er, anstatt zu antworten, nur ganz verschlafen in den Hörer grunzt.

Ich lege den Pistolengürtel um, stecke die Waffe hinein, steige in ausgeleierte Jogginghosen, streife mir ein bequemes Sweatshirt über und schnüre meine Boots zu. Dann schnappe ich mir Handschellen und Beweissicherungstüten und verlasse die Wohnung. So ausgerüstet fühle ich mich wie eine waschechte Ermittlerin.

Um 7.30 Uhr erscheint der Kollege und will als Erstes wissen, warum wir uns so früh auf den Weg machen, und vor allem, wohin die Reise geht. Ich weihe ihn in mein Vorhaben ein und hänge das Schild »Vorübergehend geschlossen« an die Haustür.

Im Hause Klotz brennt Licht, als der Streifenwagen im Schritttempo daran vorbeischleicht.

»Du musst den Wagen irgendwo parken, wo er nicht sofort jedem auffällt«, weise ich den Kollegen an. »Dann kommst du zurück zu Frau Klotz, aber möglichst so, dass dich keiner sieht.«

Er nickt und lässt mich aussteigen. Die Überwachungsaktion kann beginnen.

Ich läute, und nur Sekunden später öffnet Frau Klotz die Tür, so, als hätte sie mit der Klinke in der Hand dahintergestanden und auf mich gewartet. Trotz der frühen Stunde ist sie tadellos frisiert und ordentlich gekleidet. Im ersten Moment stutzt sie und überlegt, wer ich bin, weil sie mich nur in Uniform kennt.

Doch dann fällt der Groschen.

»Frau Emmerling, wie schön!« Sie streckt die Hand nach mir aus und zieht mich ins Haus. »Ich freue mich über Ihren Besuch. Kommen Sie, kommen Sie! Der Kaffee läuft gerade durch, wir können zusammen frühstücken, wenn Sie möchten.«

Ich nicke und teile ihr mit, dass gleich mein Kollege Dauer eintreffen wird.

In Windeseile deckt sie den Tisch für drei Personen, stellt Platten mit Wurst und Käse, Obst, Honig und Marmeladen auf den Tisch.

»Reineclauden und Kürbis. Selbst gemacht!«, strahlt sie und schiebt mir zwei verschiedene Gläser hin. »Probieren Sie. Wenn es Ihnen schmeckt, gebe ich Ihnen etwas davon mit.«

Sie holt ein Körbchen mit verschiedenen Semmeln, dann eilt sie zur Tür, um den Ludger einzulassen, der gerade zaghaft anklopft.

»Sie wollen bestimmt meine Nachbarin beschatten, habe ich recht?«, fragt sie aufgeregt, während sie uns Kaffee einschenkt und das Milchkännchen herumreicht.

Weil ich den Mund voll Marmeladensemmel habe, kann ich nur nicken.

»Ich habe schon zwei Operngläser für Sie bereitgelegt. Das eine hat meinem verstorbenen Mann gehört, das andere ist mein eigenes. Sie können sie beide gern für Ihre Observation benutzen. Mir hat meines schon oft gute Dienste geleistet, das versichere ich Ihnen.«

Nur mit Mühe kann ich mir ein Grinsen verkneifen, weil Frau Klotz mich immer mehr an Miss Marple erinnert. Sie sieht nicht nur so aus, sondern ist schnüffeltechnisch genauso ausgefuchst wie die Hobbydetektivin in den alten Agatha-Christie-Filmen. Ich stelle mir vor, wie sie den Ludger auffordert, seine Hände zur Räuberleiter zu verschränken, damit sie durch ein Fenster ins Nachbarhaus spähen kann.

Kurz vor 9 Uhr nehmen Ludger und ich unsere Positionen ein. Während ich den Vorgarten samt Eingang der Nachbarvilla beobachte, behält der Ludger die Rückseite des Hauses im Auge. Abwechselnd leistet Frau Klotz dem Kollegen und mir dabei Gesellschaft. Auch ohne Opernglas nimmt ihr Adlerauge jede noch so kleine Bewegung wahr, sieht sowohl den Briefträger als auch den Paketzusteller, bevor ich sie entdecke, und weist den Ludger auf die Fußspuren im Nachbargarten hin. Es sind unsere, die wir am Dienstag im Schnee hinterlassen haben.

Ohne besondere Vorkommnisse zieht sich der Vormittag schleppend in die Länge. In der Villa Schnappauf ist es ruhig, von Fiona Hohenstein ist weder etwas zu hören noch zu sehen. Verdammt, ich habe vergessen zu überprüfen, ob der MINI und der Porsche in der Garage stehen. Was, wenn die Meerrettichkönigin verreist ist? Dann sitzen wir uns hier für *nada* den Hintern platt.

»Frau Klotz, ich habe eine Aufgabe für Sie. Können Sie drüben nachsehen, ob beide Autos in der Garage stehen?«, bitte ich die fränkische Miss Marple um Hilfe. Sie ist sofort Feuer und Flamme, zieht sich winterfest an und denkt sogar daran, eine Zeitung als Tarnung mitzunehmen.

Atemlos kommt sie nach fünf Minuten zurück und berichtet, dass das Garagentor geschlossen ist, aber im Obergeschoss der Villa, dort, wo sie das Schlafzimmer von Queen Meerrettich verortet, Licht brennt. Wenn aber die Lampe mit einer Zeitschaltuhr gekoppelt ist, verschwenden wir mit einer Observation nur unsere Zeit.

Endlich, es ist kurz vor 13 Uhr mittags, wird das Licht im Wohnzimmer eingeschaltet, und die Hohenstein tänzelt im kurzen Trägernachthemdchen durch den Raum, in der Hand eine Zigarette, berichtet der Ludger. Jetzt heißt es aufpassen! Kollegin Klotz übernimmt die Observation der Eingangstür der Villa, und ich stelle mich neben den Ludger, um einen Blick ins nachbarliche Wohnzimmer zu werfen. Die Königin scheint keinen Besuch zu erwarten, weil sie im Nachthemd auf der Couch liegt, während bei *Netflix* die Serie *Pretty Little Liars* läuft. Eine Geschichte über Lügen und Verrat, wie passend!

Langsam ziehen dunkle Wolken auf, und vereinzelt fallen feine Flocken vom Himmel. Am frühen Nachmittag ist es bereits stockfinster, und im Nachbarhaus werden in mehreren Zimmern die Deckenlampen eingeschaltet. Wie gut, dass vor der Glasfront im Wohnbereich die Vorhänge zurückgezogen sind, denn im Licht ist jede Bewegung der Bewohnerin klar und deutlich zu sehen. Die Hohenstein holt eine Flasche Schnaps und eine Schachtel Zigaretten aus der Küche und gießt sich einen großzügigen Schluck in einen Tumbler. Sie hebt das Glas, als wolle sie einer unsichtbaren Person zuprosten. Soviel zu ihrer schnippischen Bemerkung, dass sie nie Alkohol trinken würde.

In diesem Augenblick hält ein Taxi vor der Villa. Als die Innenbeleuchtung des Wagens angeht, erkenne ich den Finn Seiler. Endlich! Mein Plan geht auf, die Warterei hat ein Ende.

»Ludger!«, rufe ich. »Es geht los!«

Nachdem der Finn geläutet hat, wird er ins Haus gelassen und verschwindet eine Zeit lang aus unserem Blickfeld. In Windeseile werfen wir unsere Jacken über, stürmen aus dem Haus und steigen so geräuschlos wie möglich über den Zaun, der die Grundstücke voneinander trennt, in den Nachbargarten. Auf Zehenspitzen schleichen wir uns auf die Terrasse, die zum Glück überdacht ist, und suchen Deckung hinter dem breiten Kamin. Von hier aus haben wir quasi den Logenplatz, um das Geschehen im Inneren des Hauses zu beobachten.

Es dauert eine ganze Weile, bis Bewegung in die Sache kommt. Als Erste erscheint Fiona, die jetzt einen Seidenkimono über den Hemdchen trägt. Sie bleibt vor der Glastür stehen und starrt in unsere Richtung. Sofort kauern wir uns noch tiefer im Schatten zusammen.

»Meinst du, sie hat uns gesehen?«, wispert der Kollege mir ins Ohr.

»Nein, auf keinen Fall!«, antworte ich im Flüsterton und schiebe mich so weit nach vorn, bis ich um die Ecke schielen kann.

Jetzt betritt der Seiler die Szene. Sein Gesicht ist weiß wie die Wand und er sieht irgendwie krank aus, als er sich auf die Couch fallen lässt, nach dem Tumbler greift und ihn mit einem einzigen Zug leert. Die Fiona dreht sich langsam zu ihm um. Wie es scheint, beginnt nun eine hitzige Diskussion, denn sie läuft nervös vor der Terrassentür auf und ab und fuchtelt dabei wild mit beiden Händen herum, so als würde sie dem Seiler etwas erklären.

»Kannst du was verstehen?« Der Ludger haucht mir seinen warmen Atem in den Nacken.

Ich schüttle den Kopf und beuge mich noch weiter vor.

Die Hohenstein geht hinüber zum Tisch, greift nach der Schachtel und zündet sich eine Zigarette an. Empört wedelt der Seiler mit der Hand den Rauch beiseite, den sie provokativ in seine Richtung bläst. Nach einem kurzen Wortwechsel tritt sie an die Terrassentür und öffnet sie einen Spaltbreit, um Luft in das Zimmer zu lassen. Was für ein Glück, denn jetzt ist jedes Wort zu hören, das drinnen gesprochen wird. Rauchen ist auf so manche Art und Weise schädlich, wie wir gleich erfahren.

»… mir doch, dass es nur ein Versehen war«, sagt die Meerrettichqueen gerade. »Ein bisschen *Liquid Ecstasy*, und schon geht die Luzy ab in der Kiste. Das kennst du doch, das war nicht das erste Mal, dass wir es probiert haben. Bisher hat es dir immer gefallen. Regelrecht darum gebettelt hast du, wenn ich mich recht erinnere.«

»Aber du hast dich noch nie in der Dosierung geirrt«, höre ich den Seiler im Hintergrund. »Wozu hast du mir das *Fentanyl* gespritzt? Doch nicht, um Spaß mit mir zu haben. Nein, versuch bloß nicht, mich für blöd zu verkaufen, mit Medikamenten kenne ich mich aus. Du wolltest mich aus dem Weg schaffen, du Miststück.« Er steht auf und geht einen Schritt auf sie zu. Sie weicht zurück, bis sie mit dem Rücken an den Kaminsims stößt.

»Nein, natürlich nicht, Finni-Schatz!«, säuselt sie. »Warum sollte ich den besten Liebhaber ermorden, den ich je hatte?«

»Vielleicht, weil er auch ein Stück vom Kuchen abhaben will!«, brüllt er, rot vor Wut. »Oder glaubst du, ich bin mit läppischen 25.000 zufrieden, während du dir Emils Millionenerbe in die Tasche steckst?«

Neben mir schnauft der Ludger vor Schreck so laut wie eine Dampflok. Dann presst er sich schnell die Hand vor den Mund. Unnötig, weil im Wohnzimmer gerade richtig die Post abgeht, sodass keine Gefahr besteht, entdeckt zu werden.

»Vielleicht sollte ich die Bullen darüber aufklären, wo

du während des *Fasalecken*-Umzugs wirklich warst, du Schlampe. Dann kannst du die Kohle vergessen, weil du nämlich im Knast verrottest!«

»Und dich werden sie wegen Erpressung drankriegen, mein Lieber«, kontert sie, kalt wie eine Hundeschnauze. »Du bist es, der ein paar Jahre einfährt, und dann tschüs, Medizinstudium und Arztpraxis. Bevor du mich fertigmachst, mache ich dich fertig, verlass dich drauf, Loser!«

»Ich werde der Bulette nicht nur die Fotos präsentieren, sondern ihr auch erzählen, dass du es warst, die den Emil umgebracht hat, um sein Erbe einzusacken.«

»Was weißt du schon!«

Blitzschnell greift Fiona auf den Sims hinter sich und hat plötzlich eine Pistole in der Hand, die sie auf den Seiler richtet. Gleichzeitig greifen der Kollege und ich nach unseren Dienstwaffen. Jetzt wird es ernst.

»Du bist und bleibst ein Versager, Finn! Noch nicht einmal jetzt hast du kapiert, dass du das Opfer sein solltest, nicht den Emil. Du denkst immer noch, ich hätte den Emil wegen des Erbes umgebracht.« Die Stimme der Hohenstein trieft vor Hohn. »Denk doch nur einmal scharf nach. Dich wollte ich abfackeln, du mieser kleiner Erpresser, weil ich weiß, dass ich dich nie mehr loswerde. Du wirst immer wieder vor meiner Tür stehen, um Geld zu fordern. Zuerst für dein Studium, später für deine Praxis, für medizinische Geräte und … und … und. Es wird nie ein Ende nehmen. Du hast mich in der Hand, weil du über meine Tat Bescheid weißt, und hättest du vorher nur ein einziges Wort über unsere Affäre verlauten lassen, wäre meine Verlobung Geschichte gewesen. Der liebe Emil hätte mich in der Minute aus dem Haus geworfen, und dann tschüs, Luxusleben!«

Wie festgewachsen steht der Finn mitten im Raum und starrt ungläubig auf die Pistole in der Hand von Fiona.

»Aber deine Spielchen sind hier und jetzt zu Ende. Ich schieße dir eine Kugel in den Kopf, zerreiße meine Klamotten und behaupte, du hättest versucht, mich zu vergewaltigen.«

Abrupt dreht sie sich zur Seite und schlägt den Kopf hart gegen die Wand, bis Blut aus einer Wunde an ihrer Stirn strömt.

»Jeder wird glauben, dass du mich verprügelt hast!«, ruft sie und hebt die Waffe.

Vor Schreck bekommt der Ludger Schluckauf, und bei der Vorstellung, wie die Fiona vor unseren Augen den Seiler abknallt, wird es mir siedend heiß.

»Das ist Notwehr, verstehst du, Finni-Schatz?«, höre ich die Fiona triumphieren. »Ich, eine hilflose Frau, habe mich gegen den Psychopathen verteidigt, der meinen Verlobten auf dem Gewissen hat und der mir in meinem eigenen Haus Gewalt antun wollte.«

Dann kracht ein Schuss, und der Seiler geht zu Boden, als hätte ihn jemand umgehauen. Putz und Mauerstücke spritzen in alle Richtungen, und in der Wand hinter ihm klafft plötzlich ein Loch.

Eine Sekunde später knallt es neben mir, und Tausende Glassplitter fliegen uns um die Ohren, als die Terrassentür zersplittert. Die Hohenstein wird nach hinten gegen den Kamin geschleudert und rutscht wie in Zeitlupe an der Wand entlang, an der sie eine breite rote Spur hinterlässt.

»Ludger! Du hast die Meerrettichkönigin erschossen!«, stammle ich atemlos, während er die Waffe in seiner Hand so ungläubig betrachtet, als wäre sie soeben vom Himmel gefallen.

Mit knackenden Gelenken rapple ich mich auf und stolpere durch die zerschossene Scheibe ins Zimmer. Der Seiler hat sich hinter der Couch verkrochen, scheint aber, wie durch ein Wunder, unverletzt zu sein. Doch die Frau liegt reglos vor mir. Blut tropft aus einer Schulterwunde auf den Marmorboden und auch ihre Stirn ist blutig. Sofort ziehe ich mein Mobiltelefon aus der Jacke, alarmiere den Notruf und fordere Krankenwagen und Verstärkung aus Forchheim an. Der Kollege zerrt unterdessen den Finn aus seinem Versteck, und ich höre das Klicken der Handschellen.

Während ich mich neben die Verletzte knie und die Hand gegen die Wunde presse, um den Blutfluss zu stoppen, holt der Ludger ein Kissen, damit ich den Kopf der Bewusstlosen darauf betten kann. Als es klingelt, stürzt er zur Tür und kommt mit der Notärztin und zwei Sanitätern zurück.

»Du schon wieder, Evita? Für eure Polizeistation würden sich eigene Belegbetten lohnen.« Die Ulrike schüttelt den Kopf. »Eigentlich hätte ich es mir denken können, als es hieß: Einsatz in Effeltrich. Habt ihr wieder einmal einen Patienten für das Klinikum? Man könnte fast glauben, ihr bekommt eine Fangprämie.«

»Diesmal eine Patientin«, kläre ich sie auf und trete beiseite, damit sie ihre Arbeit verrichten kann.

»Die Kugel steckt noch in der Wunde!«, stellt die Ulrike fest, nachdem sie die Fiona untersucht hat. »Ich informiere die Kollegen, damit eine Notoperation vorbereitet wird. Wir nehmen sie mit«, sagt sie in Richtung der Sanitäter, die den Transport vorbereiten.

»Seid ihr beide unverletzt?« Sie mustert uns aufmerksam.

Wir nicken, obwohl der Ludger von Kopf bis Fuß zittert und kreidebleich ist.

»Alles klar bei Ihnen, Herr Dauer?« Besorgt greift die Notärztin nach Ludgers Arm und führt ihn zur Couch, damit er sich setzen kann. »Sie scheinen unter Schock zu stehen. Ich gebe Ihnen etwas zur Beruhigung. Und du, Evita, hol bitte ein Glas Wasser.«

Just in diesem Moment treffen die Kollegen aus Forchheim ein.

Auf meine Bitte hin führen sie den Seiler hinaus, um ihn in einem der VW-Busse zu verfrachten, mit denen sie gekommen sind. Ein Kollege bleibt bei ihm, damit er nicht auf die Idee verfällt, doch noch zu türmen. Der andere kommt zurück, weil er wissen will, wer von uns beiden geschossen hat. Ich deute mit dem Kinn auf den Ludger, der fix und fertig in einer Sofaecke hängt.

»Alle Achtung, Kollege, das war ein echter Meisterschuss! Kampfunfähig anstatt mausetot«, lobt der Forchheimer Polizist und reckt anerkennend den Daumen nach oben. »Du kannst stolz auf dich sein!«

Gerade, als der Krankenwagen mit der Hohenstein an Bord und Blaulicht um die Ecke biegt, hält der Fiat von Nadia vor dem Zaun. Offensichtlich hat sie sich in aller Eile den Mantel über die Freizeitklamotten geworfen, um sofort nach Effeltrich zu düsen.

»Was ist passiert?«, ist ihre erste Frage, sobald sie das Zimmer betritt.

»Hallo, Nadia«, begrüße ich sie, nehme ihren Arm und ziehe sie mit in die Küche, weil die Spurensicherer, die gerade eingetroffen sind, Platz brauchen, um ihre Arbeit aufzunehmen. Dort berichte ich ihr haarklein von den Geschehnissen in der Villa und dem von uns belauschten Gespräch zwischen dem Finn und der Täterin.

»Du meinst, dass es die Hohenstein selbst war, die

ihren Verlobten angezündet hat? Bist du sicher?«, fragt sie ungläubig.

»Ja, aber wie ich es verstanden habe, hat sie ihn anscheinend verwechselt. Das eigentliche Opfer sollte der Finn Seiler sein. Der hatte bereits einen hohen Betrag von ihr erpresst. Sie war in Panik, dass er sich damit nicht zufriedengeben, sondern immer weiter Geld von ihr fordern würde. Eine berechtigte Angst, wie ich glaube.«

Erschöpft falle ich auf einen Stuhl und schaue zu ihr hoch.

»Aber das musst du sie selbst fragen, Nadia, sobald sie vernehmungsfähig ist.«

»Keine Sorge, das werde ich«, presst sie grimmig zwischen den Zähnen hervor. »Aber zuerst knöpfe ich mir den Herrn Studenten vor, darauf kannst du dich verlassen.«

»Kommt der Schmiedinger Paul jetzt frei?«, erkundige ich mich beklommen. »Die Schuldige ist doch gefunden, und es besteht kein Grund mehr, den armen Kerl weiterhin festzuhalten.«

»Darüber entscheidet der Haftrichter, nicht ich!«

Irgendwie scheint die Nadia sauer zu sein, dass nicht sie, die toughe Großstadt-Kommissarin, es war, die die wahre Täterin überführt hat, sondern die Baiersdorfer Landeier. Im Augenblick ist mir das allerdings schnurz, weil ich völlig am Ende bin.

»Du weißt, wo du uns findest, Nadia, wenn du uns brauchen solltest.« Damit stehe ich auf, gehe an ihr vorbei ins Wohnzimmer, sammele den Ludger ein und hake ihn unter, denn er scheint ein wenig benommen zu sein.

Weil er sich nicht erinnern kann, wo er den Streifenwagen abgestellt hat, bitte ich einen der Kollegen, die in großer Zahl im und ums Haus herumschwirren, uns in Baiersdorf abzuliefern. Dort begleite ich den Kollegen bis an die Tür, wo ich ihn seiner Olga übergebe. Dann lasse ich mich vor der Polizeistation absetzen, bedanke mich und schleppe mich mühsam Stufe für Stufe in meine Wohnung.

Ein Tag wie aus einem Fernsehkrimi liegt hinter mir. Wir haben eine gewiefte Mörderin geschnappt, und der Ludger, der friedlichste Mensch, den ich kenne, hat in Nothilfe auf sie geschossen – und getroffen. Beides hätte ich nie für möglich gehalten.

Mit trägen Bewegungen schäle ich mich aus Jacke und Boots und schleiche in die Küche, wo ich auf einen Stuhl plumpse. Vor meinem inneren Auge ziehen die Erlebnisse des Tages vorbei. Zum Glück steht noch der Wein vom Vortag auf dem Tisch. Mit einer Hand greife ich danach und gönne mir einen Riesenschluck direkt aus der Pulle, mit der anderen streife ich mir die Jeans von den Beinen. Den Trollinger fest an meine Brust gepresst, schlurfe ich ins Schlafzimmer, wo ich gerade noch die Flasche in Sicherheit bringe, bevor ich kopfüber in die Kissen falle und sofort einschlafe.

KAPITEL 20

Freitag, 3. März

Wach werde ich, weil mein Festnetztelefon ununterbrochen läutet. Mühsam klappe ich ein Augenlid nach oben, rapple mich auf und torkle in den Flur, um »Emmerling« ins Telefon zu schnauben.

»Evi, mein Mädchen, was höre ich da?«, röhrt der Kuhn in den Hörer. »Du und der Kollege Dauer habt diese hinterfotzige Killerin geschnappt? Herzlichen Glückwunsch, kann ich da nur sagen!«

»Dankeschön!«, murmle ich, noch halb im Schlaf.

»Meine Jungs haben mir alles über eure Heldentat berichtet, vor allem, dass der junge Kollege dem Seiler-Buben das Leben gerettet hat. Respekt! Wer hätte das dem Dauer zugetraut? Also ich auf keinen Fall!« Der Kuhn platzt fast vor Begeisterung.

»Können wir später reden?«

»Ich komme persönlich vorbei!«, verspricht der Kuhn und legt auf. War das ein Versprechen oder mehr eine Drohung?

Jetzt brauche ich erst einmal eine Dusche, stelle ich fest, nachdem ich an dem Sweatshirt gerochen habe, das ich noch vom Vortag trage. Es stinkt penetrant nach Angst, Rauch und Schweiß.

Eine halbe Stunde später sitze ich geschniegelt, gestriegelt und in Uniform an meinem Schreibtisch. Das Telefon läutet im Minutentakt, weil die Forchheimer Kollegen mir zu unserem Erfolg gratulieren. Einen solchen Einsatz mit Schusswaffen hat es bisher weder bei ihnen und schon gar nicht bei uns in Baiersdorf gegeben, darum spricht sich die Geschichte herum wie ein Lauffeuer. Als Letzte meldet sich die Nadia, die in Kürze den Seiler in die Mangel nehmen wird. Mit Hochspannung fiebert sie seiner Aussage entgegen und verspricht, mich über jedes Detail der Vernehmung auf dem Laufenden zu halten. Später am Tag wird sie sich über das Befinden der Hohenstein erkundigen, denn sie will wissen, wann die Täterin hafttauglich sein wird.

»Zwei Beamte bewachen das Krankenzimmer, damit nicht einer ihrer Verehrer auf die Idee kommt, ihr zur Flucht zu verhelfen und sie in einem Versteck vor uns in Sicherheit zu bringen«, teilt sie mir mit.

Außerdem will sie wissen, ob der Ludger und ich an der Pressekonferenz teilnehmen werden, die morgen in der Polizeiinspektion Erlangen stattfindet. Vertreter aller großen Zeitungen und Fernsehsender haben ihre Teilnahme angekündigt, und der Staatsanwalt würde sich freuen, uns drei der Presse als dynamisch-erfolgreiches Ermittlerteam zu präsentieren. Ich sage zu, denn ein bisschen Beifall haben wir uns nach all der Plackerei redlich verdient, wie ich finde.

Es ist nach 9 Uhr, als der Ludger eintrifft. Seine Olga hat ihn mit dem Auto hergebracht, weil er immer noch fix und fertig ist von Ereignissen am Vortag. Den Einsatz seiner Dienstwaffe wird er so schnell nicht vergessen.

Kaum sitzt er mir gegenüber, als der Kuhn hereinplatzt. Mir drückt er ein Frühlingssträußchen in die Hand, dem Ludger hat er ein Sixpack mit feinstem fränkischem Bier mitgebracht.

»Glückwunsch, ihr zwei!«, schreit er und haut sowohl mir als auch dem Ludger auf die Schultern, dass es kracht. »Das habt ihr wirklich prima gemacht!« Dann bemerkt er, dass der Ludger blass und still am Schreibtisch hängt. »Wenn du Hilfe brauchst, mein Junge, schicke ich den Polizeipsychologen vorbei. Ein guter Mann, der schon vielen unserer Leute geholfen hat.«

Er schmeißt sich auf den Besucherstuhl und will von mir einen detaillierten Bericht über unsere Erlebnisse in Effeltrich hören. Erst nach einer Stunde erhebt er sich schwerfällig, aber es dauert noch eine Weile, bis er sich zum Gehen aufrafft, weil er sich halt bei uns heimisch fühlt.

Als der Ludger sich in den vorzeitigen Feierabend verabschiedet, lehne ich mich in meinem Drehstuhl zurück und denke über die vergangenen 13 Tage nach, in denen mein ruhiges Leben komplett auf den Kopf gestellt wurde. Mit der Langeweile ist es – zumindest vorerst – vorbei, weil in dieser kurzen Zeitspanne zu vieles passiert ist, das ich erst einmal verarbeiten muss. Noch nie seit Beginn meiner Dienstzeit gab es einen Schusswaffeneinsatz, noch nie eine Mörderin mitten unter uns. Ich denke an den Emil, der wegen eines tragischen Versehens sein Leben verloren hat, und an den Finn, der im Gefängnis landen wird, anstatt eine Karriere als Arzt zu beginnen. Das macht mich traurig.

Ich bin schon auf dem Weg in meine Wohnung, als die Nadia anruft. Selbst durchs Telefon ist ihre Erschöpfung zu hören. Die Vernehmung von Finn Seiler war enorm anstrengend und hat sie viel Kraft gekostet. Aber der Verdächtige hat letztendlich in vollem Umfang gestanden, teilt sie mir mit, weil er sich davon vor Gericht eine Strafmilderung erhofft. Erpressung ist kein Kavaliersdelikt, die

Strafe dafür ist hoch. Mit einem mehrjährigen Gefängnisaufenthalt kann er sicher rechnen.

»Rate, wonach der Seiler als Erstes gefragt hat, als er in den Verhörraum gebracht wurde.«

»Keine Ahnung«, erwidere ich. »Ob er ein Bier kriegt?«

»Nein, wie es der Fiona geht.« Ihr Lachen klingt bitter. »Er macht sich größte Sorgen um sein Liebchen. Obwohl sie dreimal versucht hat, ihn umzubringen. Dieses Weib wollte ihn anzünden, ihn vergiften und hat auf ihn geschossen, aber alles, worum er sich Gedanken macht, ist ihr Wohlergehen. Vielleicht kann ich ihr das Geheimnis entlocken, mit welchen Tricks sie die Kerle zu willenlosen Zombies macht, die ihr aus der Hand fressen und jeden Wunsch erfüllen.«

»Dieses Geheimnis würde ich auch gerne kennen. Verrätst du es mir, falls du es erfährst? Damit würde ich es auch gern einmal versuchen. So ein Haussklave würde mir auch gefallen.«

Wir lachen beide, und die Nadia klingt jetzt etwas entspannter.

»Der Erpresser und die Mörderin«, füge ich nachdenklich hinzu. »Ein schönes Paar, die zwei kriminellen Subjekte, fast so gut wie Bonnie und Clyde. Auf jeden Fall passt ein Erpresser weitaus besser zur Killerqueen als der gutmütige Bierbrauer. Aber der war ja eh nur der Versorger, der die Kohle ranschaffen musste, der arme Kerl.«

»Jetzt weiß ich auch, wer die zweite Person im schwarzen Hoodie beim *Fasalecken*-Umzug war«, berichtet die Nadia, nachdem sie Atem geholt hat.

»Wahrscheinlich die Fiona.«

»Ja, ungeschminkt, mit dunkler Perücke und getönter Brille. Kein Mensch hat sie erkannt, als sie sich unter die Zuschauer gemischt hat. Außer vielleicht der Lenny Thümmler, aber das glaube ich nicht so recht.«

»Woher weiß das der Seiler?«

»Von der Hohenstein selbst.«

Die Nadia seufzt und muss erst ihre Kehle anfeuchten, bevor sie weiterspricht.

»Sie und der Finn hatten schon vor Fionas Verlobung ein Liebesverhältnis. Er hat bis zum Schluss gehofft, dass sie sich gegen den Emil und für ihn entscheidet. Die Fotos von Finns und Fionas akrobatischen Übungen im Bett hat er heimlich geknipst, vielleicht, um seinem Wunsch nach einer festen Beziehung bei Gelegenheit ein wenig mehr Nachdruck zu verleihen. An eine echte Erpressung will er dabei allerdings nicht gedacht haben. Die Bilder waren als, sagen wir mal ›Erinnerung‹ an ›schöne Zeiten‹ gedacht, so jedenfalls drückt er es aus. Erst als seine Angebetete ihm einen Tritt in den Hintern gegeben hat, ist er auf die Idee verfallen, die Fotos zu Geld zu machen. Der Seiler befürchtete von Anfang an, dass der Anschlag eigentlich ihm gegolten hat, wollte es aber nicht wahrhaben. Er hat sich eingeredet, dass es der Fiona dabei ausschließlich um Emils Erbe ging. Ihre größte Angst war, dass der Emil die Fotos sehen könnte. Damit wäre ihr Traum vom Luxusleben geplatzt. Nur weil die *Strohbären* wild durcheinandergewuselt und nicht geordnet in Reih und Glied marschiert sind, hat es den Falschen getroffen. Die Hohenstein hat den Überblick verloren und das Feuerzeug versehentlich an die Strohverkleidung ihres Verlobten gehalten anstatt an die von Seiler.«

»Meinst du, sie war es auch, die am Dechsendorfer Weiher auf uns geschossen hat?«, frage ich.

»Davon kannst du ausgehen. Ihre Pistole muss zwar

noch ballistisch untersucht werden, aber wer soll es denn sonst gewesen sein? Den Seiler hat sie mit dem Versprechen in die Hütte am Weiher gelockt, sich mit ihm versöhnen zu wollen. Sie hat ihm nicht nur ein Schäferstündchen, sondern eine feste Beziehung in Aussicht gestellt, als sie ihn in Erlangen getroffen hat. Der Seiler, trotz allem immer noch verrückt nach seiner alten Flamme, war sofort einverstanden und ist mit ihr zur Hütte am Weiher gefahren. Dort hat sie ihn erst mit *GHB* betäubt, um ihm danach das *Fentanyl* spritzen zu können. Wäre es ihr gelungen, hätte Seilers Tod wie eine Überdosis ausgesehen, und niemand hätte Verdacht geschöpft. Erfahrung mit der Verabreichung von Medikamenten hat sie im Seniorenheim reichlich gesammelt. Diese Fiona ist eine skrupellose Mörderin. Ein Mord und drei Mordversuche, wer hätte diesem Püppchen so viel kriminelle Energie zugetraut? Kennst du den Spruch von Nietzsche?«

»Welchen?«, frage ich.

»›Wenn du lange in den Abgrund blickst, blickt der Abgrund auch in dich hinein.‹ Das tut er gerade, denn im Augenblick fühle ich mich so schmutzig, als hätte mich die Gemeinheit der beiden Täter besudelt.«

»Das tut mir leid, Nadia«, antworte ich nach langem Schweigen.

»Einerseits bin ich froh, dass wir die Richtige in Gewahrsam haben, auch wenn sie derzeit noch im Krankenhaus liegt, andererseits bin ich regelrecht geschockt über so viel Grausamkeit. Diese Hohenstein hätte ihren Liebhaber ohne Mitleid verbrannt, als wäre er ein mittelalterlicher Hexenmeister, den sie zum Tod auf dem Scheiterhaufen verurteilt hat. Ein gruseliger Gedanke.«

»Was passiert jetzt mit ihr?«, frage ich.

»Sie bleibt in der Klinik, bis die Ärzte ihr Okay zur Entlassung geben. Danach überstellen wir sie direkt in die U-Haft. Dort wird sie bis zum Prozessbeginn inhaftiert.«

»Vergiss nicht, den Paul freizulassen. Der arme Kerl sitzt noch immer im Gefängnis«, erinnere ich sie.

»Er kommt morgen frei, großes Kommissarinnenehrenwort!«, verspricht die Kollegin Drissi.

»Soll ich ihn abholen, Nadia?«

»Nein, das ist nicht nötig, ich veranlasse, dass er von zwei Kollegen nach Hause gebracht wird. Zufrieden, Frau Kollegin?« Sie gähnt laut.

»Ich mache jetzt Schluss, weil ich total erschlagen bin. Tschüs, Evita, wir sehen uns morgen bei der Pressekonferenz. Danach besprechen wir alles Weitere.«

Langsam lege ich den Hörer auf und lehne mich erst einmal erleichtert in meinem Bürostuhl zurück, bevor ich mich aufraffen kann, in meine Wohnung hinauf zu gehen.

Eine halbe Flasche Trollinger wartet auf mich.

ENDE

DANKESCHÖN!

Mein besonderer Dank geht an Frau Bea Löffler, die Vorsitzende des *Heimatvereins Baiersdorf* und an Herrn Jan Leuthäußer vom Effeltricher *Burschenverein Zufriedenheit,* die mich bei meinen Recherchen über Baiersdorf sowie den *Fasalecken*-Brauch unterstützt haben.

Bedanken möchte ich mich aber vor allem bei meiner Literaturagentin Anna Mechler, die mich immer wieder zu neuen Buchprojekten ermutigt und mir seit mehr als einem Jahrzehnt mit Rat und Tat zur Seite steht.

Danke an Claudia Senghaas, meine liebenswerte Lektorin, die mich mit offenen Armen beim *Gmeiner-Verlag* aufgenommen hat.

Danke auch an Valeria Marino, Laura Oberndorff, Monika Heinzelmann, Carola Magg und das gesamte *Gmeiner*-Team. Es ist ein Vergnügen, mit Ihnen zusammenzuarbeiten.

Samy und Linh, ihr seid für mich da, wenn ich euch brauche.

Joachim, du stehst mir als Freund und Krimi-Kollege täglich zur Seite. Ohne dich und deine guten Ideen wäre ich oft ratlos.

Susan, du sorgst mit Nachdruck dafür, dass ich ab und zu meinen Schreibtisch verlasse, um gemeinsam mit dir im Biergarten zu relaxen.

Karl, du bist mein Held, ohne deine IT-Kenntnisse wäre ich gezwungen, meine Manuskripte mit Feder und Tinte zu schreiben.

Tanja und Thomas, Reiner, Karin und Celine, eure Freundschaft begleitet mich seit vielen Jahr(zehnt)en.

Jutta, niemand sorgt so liebevoll für mich wie du. Du bist und bleibst die gute Seele unseres Hauses.

Last but not least ein herzliches *Dankschee* an die Jungs und Mädels von *www.frankenstyle.de.* Ludgers T-Shirts mit den frechen Franken-Sprüchen kommen aus ihrer Firma.

Bei euch allen bedanke ich mich für eure Geduld und euer Verständnis sowie den technischen, kollegialen, kulinarischen und seelischen Beistand, den ich von euch erhalte. Ohne euch wäre es an manchen Tagen einfach nicht zu schaffen!

Friederike Schmöe
Wilde Wut
Kriminalroman
278 Seiten, 12,5 x 20,5 cm,
Paperback
ISBN 978-3-8392-0660-7

Babs verliert ihre Wohnung in der UNESCO-Welt-
erbestadt Bamberg an einen Immobilienhai. In ihrem
Zorn schließt sie sich einer Anti-Gentrifizierungs-
gruppe an. Diese veranstaltet Pop-up-Demos in der
Innenstadt und hetzt in den sozialen Medien gegen
Makler, die Häuser im beliebten Zentrum aufkaufen
und zu Luxusapartments umbauen. Als ein bekannter
Wohnungsmakler tot aufgefunden wird, gerät Babs
ins Fadenkreuz der Ermittlungen. Privatdetektivin
Katinka Palfy soll helfen.

GMEINER SPANNUNG

WWW.GMEINER-VERLAG.DE
Wir machen's spannend

Michael Gerwien
Letztes Busserl im Hofbräuhaus
Kriminalroman
281 Seiten, 12,5 x 20,5 cm,
Paperback
ISBN 978-3-8392-0611-9

Ein lauschiger Abend im Biergarten. Die Abend-
zeitung wird an den Tisch gebracht, an dem Franz
Wurmdobler mit seinen besten Freunden und
Kollegen eine kleine Feier wegen seiner bevorstehenden Pensionierung ausrichtet. Der Aufmacher der
Zeitung: Franz soll in jungen Jahren ein Mädchen
vergewaltigt haben. Max Raintaler und sein Kollege
Bernd Müller glauben nicht an Franz' Schuld und
nehmen die Ermittlungen auf. Dabei geraten sie in
einen Strudel von Mord und Lügen in der Welt der
Schönen und Reichen. Es wird gefährlich!

GMEINER SPANNUNG

WWW.GMEINER-VERLAG.DE
Wir machen's spannend

Lutz Kreutzer
Schaurige Orte in Bayern
Kriminalroman
282 Seiten, 12,5 x 20,5 cm,
Paperback
ISBN 978-3-8392-0642-3

Zwölf schaurige Geschichten von zwölf Autorinnen
und Autoren über zwölf reale Orte in Bayern, angelehnt an Legenden und Ereignisse von der Römer-
zeit bis in die Gegenwart: von Kelten, Römern und
einer geheimnisvollen Toten am Bodenlosen See. Wie
eine bettelarme Bauernmagd mit dem Herrgott von
Tann haderte und bittere Rache übte. Als ein junger
Mann im Angesicht des Todes das wahre Gesicht
des grausamen Königs Watzmann zu sehen glaubte.
Warum sich zwei Schwestern im Schatten der König-
lichen Villa in Regensburg zu Rivalen bis aufs Blut
entwickelten.

GMEINER SPANNUNG

WWW.GMEINER-VERLAG.DE
Wir machen's spannend

Kurt Kment
Schnablerrennen
Kriminalroman
316 Seiten, 13,5 x 21 cm,
Klappenbroschur
ISBN 978-3-8392-0643-0

Ein Hauptverdächtiger, der es nicht gewesen ist und
eine frische Beziehung, die er nicht recht einordnen
kann – Kommissar Besener hat in Gaißach alle Hände voll zu tun. Der Schuppen des Schnablervereins
ist explodiert und ein Zeuge des Anschlags wurde tot
aufgefunden. Ist das traditionelle Schnablerrennen,
das in ein paar Wochen stattfinden soll, das Ziel? Die
Gaißacher lassen sich nicht in die Karten schauen,
die üblichen Ermittlungsmethoden stoßen bei dieser
eingeschworenen Dorfgemeinschaft an ihre Grenzen.
Beseners Team zieht alle Register.

GMEINER SPANNUNG

WWW.GMEINER-VERLAG.DE
Wir machen's spannend